니체의 숲으로 가다

Friedrich Wilhelm Nietzsche

니체의 숲으로 가다

초판 1쇄 발행_ 2004년 12월 25일
초판 4쇄 발행_ 2010년 9월 27일

지은이_ 프리드리히 빌헬름 니체
옮겨엮은이_ 김욱
펴낸이_ 이대희
펴낸곳_ 지훈출판사

출판등록일_ 2004년 8월 27일
출판등록번호_ 제300-2004-167호
주소_ 서울시 종로구 필운동 278-5번지 세일빌딩
전화_ 02-738-5535~6
팩스_ 02-738-5539
E-mail_ jihoonbook@naver.com

ISBN 89-955883-0-6 03850
ⓒ지훈 2004

잘못 만들어진 책은 구입하신 서점에서 교환하여 드립니다.

Die Geburt der Tragödie Morgenröte. Gedanken über die moralischen Vorurteile Der Fall Wagner Götzen-Dämmerung Nietzsche contra Wagner Der Antichrist Ecce homo Dionysos-Dithyramben Die fröhliche Wissenschaft Also sprach Zarathustra. Ein Buch für Alle und Keinen Jenseits von Gut und Böse Zur Genealogie der Moral Menschliches, Allzumenschliches Die Geburt der Tragödie Morgenröte. Gedanken über die moralischen Vorurteile Der Fall Wagner Götzen-Dämmerung Nietzsche contra Wagner Der Antichrist Ecce homo Dionysos-Dithyramben Die fröhliche Wissenschaft Also sprach Zarathustra. Ein Buch für Alle und Keinen Jenseits von Gut und Böse Zur Genealogie der Moral Menschliches, Allzumenschliches Die Geburt der Tragödie Morgenröte. Gedanken über die moralischen Vorurteile Der Fall Wagner Götzen-

니체의숲으로가다

프리드리히 빌헬름 니체 지음 ; 김욱 옮겨엮음

Friedrich Wilhelm Nietzsche

이 책을 읽는 분들에게

Friedr. Nietzsche

  니체는 괴테를 가리켜 '하나의 문화'라고 규정했다. 마찬가지로 오늘날 우리는 니체를 '하나의 문화'라고 정의한다. 그만큼 니체는 우리 시대에 너무나 많은 영향을 끼친 대표적인 철학자이며 예술가이다. 지난 20세기의 화두는 단연 니체였다. 인류는 니체를 통해 나치즘이라는 광포한 정치사상과 맞닥뜨렸고, 히틀러라는 악마적 초인超人을 경험해야 했다. 니체가 주장한 권력의 의지는 히틀러에 의해 삶의 초월超越이 아닌 삶의 파멸로 확인되었다.

  마찬가지로 우리는 니체를 통해 그 같은 상처로부터 회복될 수 있는 실존주의도 만났다. 인류의 역사가 단순한 무리의 역사가 아니라 각 개인들의 삶이 이어진 거대한 기록이라는 사실을 처음으로 인지하게 된 것도 바로 니체를 통해서였다. 그가 정신분열에 시달리면서까지 끝내 놓지 못했던 초인으로의 해방을 인류는 이처럼 상반된 두 가지 시선으로 받아들였던 것이다.

소위 철학과 예술이란 엄밀히 말해서 철학자와 예술가의 삶이다. 그런 의미에서 평생 독신을 고수한 채 금욕적인 인생을 살아온 칸트가 도덕적 신성神聖에 집착하고, 나폴레옹의 광기가 전 유럽을 휩쓴 시대에 콜레라로 사망한 헤겔이 삶의 분열을 활용해 절대적인 변증법을 증명하려고 애썼던 것처럼, 니체는 자신의 삶을 뒤쫓는 질병과 가난과 고독의 그림자에서 벗어나고자 생을 초월하는 의지를 구원의 방주로 여겼다.

28세 때 처음 출간한 『비극의 탄생』부터 정신이상으로 병원에 입원하기 두 달 전 집필을 끝낸 『이 사람을 보라』에 이르기까지 니체는 삶과 더불어 죽음의 인생을 지배할 수 있는 의지의 힘이야말로 인간의 영혼이 도달할 마지막 종착역이라고 외쳤다. 그 의지가 때로는 권

Friedr. Nietzsche

력의 그림자로 묘사되었고, 때로는 우상의 황혼과 모순으로 되풀이되었으며, 때로는 차라투스트라의 방황으로 기록되었다.

니체의 철학은 인생을 극복해야 할 대상으로 규정했다. 다섯 살 때 아버지를 여의고 평생을 독신으로 지내며, 안질과 편두통, 정신분열에 시달렸던 니체로서는 살아야 한다는 사실이, 아니, 생존할 수밖에 없다는 진실에 절망했을지도 모른다. 그는 절망으로 인해 파멸하지 않기 위해 초월을 갈망했고, 자신이 초월의 꼭대기에 우뚝 선 초인이 될 수 없음을 자각했기에 더욱 절망했다. 여인들과의 사랑이 이뤄지지 않을 때마다 사랑을 부정했고, 세속화된 종교로부터 아무런 위안도 받을 수 없다는 현실을 깨닫고선 자기 안의 신神을 다시 한 번 십자가에 못 박아버렸다.

니체에게 삶이란 한마디로 고통과 상처였다. 사람들마저 그의 고통과 상처를 외면했다. 하지만 그는 자신의 고통과 상처를 통해 오히려 진실을 확인했고, 그로 인해 상처받은 영혼들에게 위로가 될 수 있었다.

이 책에 실린 짧은 글들은 니체가 남긴 열네 권의 책들에서 주제별로 간추려 읽기 쉽게 옮겨 엮은 잠언이다. 사실 니체의 책은 그 영향력에 비해 대중들에게 그다지 친숙한 편은 아니다. 예술, 종교, 정치, 문화, 사회 전반을 아우르는 그의 방대한 정신편력과 암호처럼 나열되는 난해한 문장구조 때문에 니체의 책 중 한 권을 끝까지 읽는다는 것은 상당한 노력이 없으면 거의 불가능한 일이다. 따라서 이 책은 니체를 좀더 친숙하게 받아들이고, 나아가 그의 사랑과 고뇌로부터 위로받고 싶은 사람들을 위한 하나의 안내서라고 할 수 있다. 어디서부터 읽어 내려가든 사랑과 고뇌와 절망을 이겨내고자 방황했던 한 인간의 몸부림이 느껴질 것이다.

히틀러는 니체를 권력의 표상으로 이해했다. 까뮈는 실존의 증거로서 받아들였다. 이제 다시 한 번 니체의 삶과 사랑과 고뇌를 결정지을 즐거움이 독자들에게 주어졌다. 부디 이 표류하는 대중의 시대에 나만의 '초인'을 꿈꿀 수 있는 유쾌한 기회가 되길 바란다.

2004년 11월

김 욱

| 차례 |

이 책을 읽는 분들에게 _ 5

고뇌와 고독에 대하여
　철학의 길에 서서 _ 15
　삶·깨달음·진리를 향한 성숙 _ 28
　철학자의 눈 _ 48
　철학을 위한 변명 _ 59

아름다움에 대하여
　예술의 본질에 관한 질문들 _ 77
　젊은 예술가에게 보내는 진혼곡 _ 100

영혼에 대하여
　정신의 두 갈래 길 _ 121
　고뇌의 숙명을 넘어서 _ 137
　불안한 영혼의 고백 _ 153
　고독한 인간의 그림자 _ 168

믿음에 대하여
우상의 식물 _ 187
신의 어릿광대들에게 _ 205

함께 살기 위하여
시대의 모순에 대하여 _ 225
권력과 욕망 _ 238
문화, 또는 문명의 암흑 _ 256
보다 나은 내일을 위한 비평 _ 269

인생과 운명에 대하여
삶의 뒤안길에서 _ 287
삶의 비애 _ 303
죽음을 기리며 _ 321
그대에게 소중한 몇 가지 잠언들 _ 336

니체 연보 및 저작 목록 _ 345

고뇌와 고독에 대하여

철학의 길에 서서

철학이란, 스스로 얼음 구덩이와 높은 산을 찾아 헤매는 것을 말한다. 생존에 포함된 모든 의문을 탐구하는 것, 도덕이라는 이름으로 구속된 모든 영역을 살펴보는 것을 의미한다. 그렇다면 내가 이 철학을 통해 깨달은 진실은 무엇인가? 오류란 맹목이 아니라 비겁이었다는 점, 이상을 부정하는 것이 아니라 이상에 도전해야 한다는 점이다.

이 고독의 길에서 나는 병들었다. 나를 괴롭히는 질병은 육신의 고통이 아니다. 나는 지쳤다. 인간이 만들어낸 모든 흥분제 때문에 지쳐버린 것이다. 도처에서 낭비되는 정력, 노동, 희망, 청춘, 사랑, 끊임없는 환멸에도 지쳤다. 낭만적인 여성들, 광신적이며 방만한 신앙, 우리의 승리를 빼앗은 이상주의적 허위와 진심이 사라진 양심에 대한 혐오로 지쳐버린 것이다.

🌿 인간적인, 너무나 인간적인

나의 감정을 순결한 상태로 회복시키고, 모든 잡다한 사물들로부터 탈출시키고, 다시 한 번 나를 느껴야 할 필요성이 제기되었을 때, 나는 스스로 존재하고자 철학을 할 것이다.
　🌿 반시대적 고찰

차라투스트라는 서른 살이 되자 고향과 호수를 떠나 산으로 들어갔다. 그곳에서 10년간 영혼의 고독을 즐기자 그의 마음에서 서서히 변화가 일기 시작했다. 그는 어느 날 아침 태양을 향해 이렇게 외쳤다.

그대, 위대한 천체여! 만일 그대가 햇살을 비출 수 없었다면 행운이 대체 어디에 필요하단 말인가! 10년 동안 그대는 매일 아침 나의 동굴을 비춰주었다. 만약 이곳에 나와 독수리와 뱀이 없었다면 그대와 그대의 햇살은 매일 아침 권태를 느꼈을 것이다.

나는 아침마다 그대를 기다렸노라. 이제 그대의 힘을 빼앗는 대신 그대를 축복하리니. 보라! 나는 꿀을 너무 많이 모은 벌처럼 예지에 지쳐버렸다. 나에겐 내미는 손이 필요하다. 나는 돕고 싶다. 나눠주고 싶다. 저 어리석은 성자들이 다시 우매함을 깨닫고, 가난한 자들이 그 풍성함에 기뻐할 때까지 나는 그들

곁을 지키고 싶다.

나는 산에서 내려갈 생각이다. 그대가 저녁마다 수면 아래로 가라앉았다가 새벽이 되면 다시 지상으로 떠오르듯이.

그대, 황홀한 천체여! 나는 내려가야만 한다.

자, 나를 축복해다오, 행복을 시기하지 않는 그대여, 고요한 눈초리여! 이 잔을 축복하라. 금빛으로 반짝이는 이 물결을 보라. 환희로 가득 찬 이 잔을 보라. 이 잔은 스스로 비워지기를 갈망하는 것이다. 차라투스트라는 다시 인간이 되기를 원하는 것이다.

이리하여 차라투스트라의 몰락이 시작되었다.
차라투스트라는 이렇게 말했다

나는 '나'에 대해 이야기하고 싶다. 우선 '나' 자신에 대해 알아야겠다.
선악을 넘어서

사람은 나이를 먹고, 꿈은 사라진다. 이윽고 때가 되면 그들은 이마를 문지른다. 그 습관이 오늘날까지도 이어져 여전히 사람들은 이마를 문지르고 있다. 그들은 지금까지 꿈을 꾸고 있었던 것이다. 제일 먼저 우리의 위대하신 칸트께서 꿈을 꾸셨다. 그는 계속 '어떤 능력에 의해서'라고 잠꼬대처럼 중얼거렸다. 그는 어떤 능력에 의해서 그런 생각을 하고 있었던 것이다. 그러나 그의 잠꼬대는 우리의 질문에 아무런 해답도 줄 수 없었다. 그의 말은 설명이 아니었다. 오히려 우리의 질문을 반복한 것에 불과했다.

어떻게 아편은 사람을 잠들게 할 수 있는가? '어떤 능력에 의해' 아편은 우리를 잠재우는 것일까? 몰리에르의 작품에 등장하는 의사는 이렇게 대답한다.

"왜냐하면 그것은 사람을 잠들게 하는 힘을 가졌으니까. 그것은 사람을 잠들게 하는 성질이 있으니까."

이런 대답은 우리가 원하던 것이 아니다. 이것은 희극이다. 이제 우리는 "어떤 능력에 의해 선험적 판단이 가능한가?"라는 칸트의 질문을 이렇게 바꿔버려야 한다. "왜 그따위 판단에 대한 신앙이 필요한가?"

이제 우리의 생존을 보장받기 위해 판단이 진리로서 신앙을 받아들여야 할 때가 왔다. 그 이유를 이해해야 할 때가 왔다! 다시 말하면, 우리의 판단이 오류라도 상관없다. 더욱 분명하게, 노골적으로, 근본을 파헤쳐 말하자면, 선험적 판단 따위는

'가능하다'를 필요로 하지 않는다. 우리는 판단에 대해 말할 권리가 없다. 우리의 입으로 판단의 오류를 따지는 것 자체가 바로 잘못된 판단이다. 우리는 다만 그것이 어떤 판결을 받게 되더라도 그저 나아갈 뿐이다.
🌿 선악을 넘어서

나는 병든 육신에 복수하기 위해, 이 병든 삶에 복수하기 위해 나의 철학을 만들었다.
🌿 이 사람을 보라

그대가 지난날 진리였기에, 또는 진실로 인정했기에 사랑할 수 있었던 것들이 이제 그대를 방해하는 오류로 생각될 때가 있다. 그대는 그 사념들을 물리칠 수 있다고 확신한다. 그대의 이성이 승리를 획득할 수 있다고 자신한다. 하지만 지금 그대의 길을 가로막고 서 있는 저 오류들은 그대의 모든 것이 아직 부족했던 시절, 오늘 그대를 인도했던 '진리'와 마찬가지로 그대를 이끌었을 것이다. 저 오류들은 아직 그대에게 밝혀지지 않은 무수한 사실들로부터 그대의 눈을 가렸던 껍데기였다.

지난날 그대의 진리로 군림했던 저 오류들을 발견한 것은 그대의 이성이 아니라 그대의 생활이었다. 그대의 삶은 이제 더 이상 저 더러운 주장들을 필요로 하지 않았기에 그것들은 자연스럽게 자신의 정체를 드러내고, 그대의 눈앞에서 붕괴된 것이다. 진리로 가장한 오류의 부조리가 구더기처럼 밖으로 기어나온 것이다.

비판은 우리의 변덕에 의지하지 않는다. 또한 우리의 개인적인 삶을 초월하지도 않는다. 비판은 우리의 생활 속에서 수명을 연장한다. 그리고 우리 안에 세계의 질서를 바꿀 수 있는 힘이 존재한다는 사실을 증명한다.

우리는 부정한다. 아니, 부정하지 않을 수 없다. 왜냐하면 마치 우리 내부에 무엇인가 살아 움직이고 있으며, 스스로를 긍정하려는 몸부림에 괴로워하고 있기 때문이다. 아마도 우리가 모르는, 혹은 미처 발견하지 못한 무엇인가가 우리들 내부에서 꿈틀거리고 있다.

🌿 즐거운 학문

그대들이 이상을 확인하는 곳에서 나는 인간적인, 너무나 인간적인 것을 본다.

🌿 이 사람을 보라

이제 위로는 더 이상 쓸 데가 없어졌다. 인간의 동경은 그들이 구축한 세계를 파괴하고, 신들을 뛰어넘어 죽음을 향해 내달린다. 인간의 삶과 인간이 만들어낸 삶의 신들, 혹은 저 불멸의 언덕에 도달했던 생의 환희도 여기서 그만 멈춰버린다.

한번 맛본 진리가 인간의 뇌리 속에서 끊임없이 진동을 일으킨다. 이제 인간은 도처에서 삶의 공포, 삶의 부조리와 마주친다. 이제 그는 지혜의 정체를 알게 되었다. 그리고 쉴새없이 구역질을 해대는 것이다.

🌿 비극의 탄생

나는 너무 오랫동안 고독과 함께 지냈다. 나는 침묵마저 잊어버렸다.

🌿 차라투스트라는 이렇게 말했다

나에게 길을 묻는 자들에게 나는 이렇게 대답했다. "이것이 나의 길이다. 그대들의 길은 어디 있는가?" 나는 그들에게 길을 가르쳐주지 않았다. 왜냐하면 길은 존재하지 않기 때문이다.

🌿 차라투스트라는 이렇게 말했다

몽상가는 자신의 진리를 부인하지만, 철학자는 타인의 진리를 부인한다.
　🌱 인간적인, 너무나 인간적인

철학이란, 스스로 얼음 구덩이와 높은 산을 찾아 헤매는 것을 말한다. 생존에 포함된 모든 의문을 탐구하는 것, 도덕이라는 이름으로 구속된 모든 영역을 살펴보는 것을 의미한다. 그렇다면 내가 이 철학을 통해 깨달은 진실은 무엇인가? 오류란 맹목이 아니라 비겁이었다는 점, 이상을 부정하는 것이 아니라 이상에 도전해야 한다는 점이다.

　허락되지 않은 모든 것을 갈망하는 욕망이 나의 철학이다. 왜냐하면 허락되지 않은 모든 것들은 예외 없이 진리였기 때문이다.
　🌱 이 사람을 보라

식인종의 나라에서 고독한 자는 홀로 있을 때 스스로를 먹어치우고, 대중과 함께 있을 때는 대중이 그를 먹어치운다. 그러니 어느 쪽이든 망설이지 말고 택하라.
　🌱 인간적인, 너무나 인간적인

"너 자신이 되어라."(그리스의 서정시인 핀다로스의 말)의 진정한 의미는 언제나 소수만이 깨닫는다. 더구나 이들 깨달은 소수 중에서도 더욱 한정된, 극히 일부 사람들만이 모든 진실을 깨달을 수 있다.
🌿 인간적인, 너무나 인간적인

지나간 시간을 오늘의 삶을 위해 부활시키고, 일어난 사건을 기초로 역사를 만드는 힘에 의해 비로소 인간은 인간이 된다.
🌿 반시대적 고찰

당신은 기분이 좋지 않은 것 같다. 그런데 나는 당신이 단 한 번이라도 좋으니 극도로 절망했으면 좋겠다.
🌿 반시대적 고찰

쇼펜하우어는 결코 꾸미려 하지 않는다. 왜냐하면 그의 글을 읽어줄 독자는 오직 자신뿐이었으며, 누구도 기만하고 싶지 않았기 때문이다. 그는 '아무도 기만하지 말라. 그대 자신은 더욱 기만하지 말라!'는 규칙을 신봉한 철학자였다.
🌿 반시대적 고찰

괴물과 싸우는 자는 자신이 그 괴물이 되지 않도록 조심해야 한다. 오랫동안 심연을 들여다보면 그 심연 또한 너를 들여다보게 된다.
 선악을 넘어서

모든 것이 그대의 자유다. 그대가 어떤 일을 할 수 있는 것은 그대가 원하기 때문이다.
 차라투스트라는 이렇게 말했다

죽음을 피하려면 생명만큼 값진 것을 바쳐야 한다. 이 목적을 위해 생명이 지속되는 한 몇 번이고 죽어야 한다.
 이 사람을 보라

마케도니아의 어느 왕에 대한 이야기다. 그는 세상을 등진 아테네의 한 철학자에게 1달란트를 보냈다. 그러나 철학자는 이 돈을 받지 않고 돌려보냈다. 그러자 왕은 "그는 나 같은 친구가 필요 없다는 것인가?"라고 말했다. 이 말을 해석해보면 다음과 같다.

나는 이 독립적인 철학자의 높은 긍지를 사랑한다. 또한 내가 그의 긍지 중 하나이길 바란다. 하지만 나는 누구의 도움도 받지 않겠다는 그의 철학을 무너뜨리고 싶다. 그가 자신의 철학보다 친구인 나의 명예를 더 존중하고 있다는 점을 세상에 자랑하고 싶다. "그 위대한 철학자의 친구가 누구이기에 그를 마음대로 도와줄 수 있는가? 그가 대체 누구인가?"라는 질문에 "바로 나다."라고 대답하고 싶다.
 즐거운 학문

그대의 양심은 대체 무엇을 요구하는 것일까?
"네가 가진 본래의 모습으로 되돌아가라."
 즐거운 학문

등산에 걸리는 시간이 산의 높이를 재는 척도는 아니다.
 인간적인, 너무나 인간적인

바람이 숲을 배회한다. 가지를 흔들 때마다 진리가 떨어진다. 하지만 사람들은 줍지 않는다. 그들은 너무 오랫동안 가을을 겪었다. 이젠 추수가 왜 필요한지도 잊어버렸다. 인간이 진리에 굴복한 것이다. 또 어떤 사람들은 진리를 짓밟았다. 그들이 보기에 너무 많이 떨어졌다고 생각되었기 때문이다.

분명 우리는 진리를 손에 넣었다. 이것은 결정적인 사실이다. 하지만 진리를 정하는 기준이 '나'라는 것을 손에 넣지 못했다. 결정의 권한은 내게 있다. 마치 내 안의 의지가 가파른 비탈길에 촛불을 켜놓는 것처럼. 그것은 어디까지나 나의 자유다. 나의 의지는 비탈길에 촛불을 켜놓았다. 비탈길, 이것이 내가 선택한 진리다.
🌿 이 사람을 보라

누구든 자유롭고 싶다면, 먼저 자기 자신부터 자유롭게 내버려둬야 한다.
🌿 즐거운 학문

나의 친애하는 그림자여, 내가 너를 얼마나 무례하게 대했는지 이제야 깨달았다. 그 동안 내가 너를 얼마나 기쁘게 생각했는지, 얼마나 감사했는지 단 한마디도 하지 못했지만, 빛을 사랑하는 만큼 나는 그대를 사랑하고 있다.

얼굴에 아름다운 미소가 떠오르듯, 언어에 간결함이 전해지듯, 성격에 선량함과 견고함이 존재하려면 그림자가 있어야 한다. 빛과 그림자는 적이 아니다. 빛과 그림자는 늘 정답게 손을 잡고 있다. 빛이 사라질 때 슬며시 그림자도 어디론가 사라지는 것은 빛을 따라간 것이다.
❧ 인간적인, 너무나 인간적인

고통이야말로 정신의 마지막 해방이다. 이 고통만이 우리를 마지막 승리로 이끌 수 있다.
❧ 즐거운 학문

보라, 우리는 그대가 가르치려는 것을 알고 있다. 사물이 영원히 반복되며, 우리 자신도 만물과 더불어 영원히 반복됨을 잘 알고 있다. 또한 우리가 이미 여러 번 존재했으며, 만물도 우리와 함께 이미 여러 번 존재했다는 사실을 잘 알고 있다.
❧ 차라투스트라는 이렇게 말했다

철학자는 어떤 시적인 수사학이나 보조수단을 필요로 하지 않을 만큼 정직해야 한다.
❧ 반시대적 고찰

삶 · 깨달음 · 진리를 향한 성숙

그대들 젊은 영혼 속에 미래를 건설하라. 아류亞流라는 미신을 배척하라. 그대들이 미래의 삶을 지향할 때 무엇이 필요한지는 스스로 알게 될 것이다. 그 대신 역사를 향해 아무것도 묻지 말라. 반대로 역사에게 그대를 드러내라. 그리고 약속된 시간이 도래할 때까지 조용히 성숙하라.

오, 차라투스트라여, 이곳은 거대한 도시다. 이곳에는 그대가 구하려는 것이 없다. 그대가 이곳에 발을 디디는 순간, 오히려 모든 것을 잃게 될지도 모른다.

어째서 그대는 이 더러운 진창을 밟으려 하는가? 그대의 발을 긍휼히 여기라. 지금 당장 도시의 성문에 침을 뱉고 돌아서라. 이곳은 철학의 지옥이다. 이곳에서 위대한 사상은 모두 난도질당했다. 이곳 사람들은 매일 위대한 철학을 산 채로 삶아

먹는다.

이곳에서 모든 위대한 감정은 썩어버리고, 오직 메마른 감각만이 주인 행세를 한다. 그대는 이 냄새가 무엇인지 아는가? 우리의 코뼈를 자극하는 이 냄새의 정체는 정신의 도살장에서 풍겨오는 냄새다. 이 구역질나는 냄새는 피살된 정신의 시체로부터 풍겨오는 냄새란 말이다.

이곳 사람들의 영혼이 누더기처럼 늘어져 있는 것을 그대는 보지 못하였는가. 이 누더기가 아침마다 신문이 되어 사람들에게 달라붙는다. 이곳의 언어는 더러운 가스다. 이곳 사람들은 이 가스로 신문을 만들어 누더기처럼 덮어쓰는 것이다. 게다가 그들은 서로 추방하기까지 한다. 하지만 어디로 추방하는지는 아무도 모른다. 그들은 날마다 서로 화를 낸다. 하지만 무엇 때문에 분노했는지는 아무도 모른다.

그들은 마치 아연판처럼 소리를 낸다. 그들은 그들의 황금과 함께 소리를 지른다. 그들은 냉정하다. 그래서 끓는 물에 손을 담근다. 그들은 분노한다. 그래서 얼어붙은 정신에 입을 맞춘다. 그들 모두가 여론에 의해 멍이 들고, 고통을 받는다. 이곳은 모든 번뇌와 부도덕의 마지막 빈민굴이다.

🌿 차라투스트라는 이렇게 말했다

너는 지금 자유로운가? 내가 듣고 싶은 말은 그대를 지배하는 사상의 정체이지 멍에를 풀고 도망치는 그대의 뒷모습이 아니다.

'무엇인가로부터 자유롭다'는 말로 차라투스트라를 구속할 수 없다. 그대의 눈이 내게 말해야 할 것은 '무엇을 위한 자유인가'이다.
  차라투스트라는 이렇게 말했다

전염병이 유행할 때마다 의사들이 제일 먼저 감염된다.
  반시대적 고찰

너무나 깊다, 세계의 슬픔은.
하지만 쾌락은 상심보다 더욱 깊다.
슬픔은 우리에게 말한다. 멸망하라!
모든 쾌락은 영원을 탐한다. 깊고 깊은 영원을 바란다.
  차라투스트라는 이렇게 말했다

빛에 대한 적개심 ― 엄밀히 말하자면 인간은 결코 빛에 대해 이야기할 수 없다. 다만 빛과의 연관성 및 연관성의 정도에 대해서만 언급할 수 있을 뿐이다. 일반적으로 사람들은 빛을 무조건적인 기쁨으로 인식하는 듯 보이지만, 그 속내를 자세히 관찰해보면 오히려 빛이 너무 강해 시야가 불분명해졌다는 불평만 늘어놓고 있다. 이 불평이 오랜 세월 세습되어 이제는 거의 증오의 단계에까지 도달한 것으로 보인다.

대다수의 인간은 자신도 모르는 사이에 빛을 공포로 여기게 되었다. 어쩌면 정체가 드러나는 것에 불안을 느끼고 있는지도 모른다. 인간이 빛을 향해 내뿜는 적의는 빛에 익숙지 못한 탓에 빛을 증오하지 않고는 못 견디는 박쥐의 어리석은 분노와 거의 흡사하다. 혹시 인간의 영혼이 빛에 무감각하기 때문에 빛을 두려워하게 된 것은 아닐까?
※ 인간적인, 너무나 인간적인

양심의 가책은 개가 돌을 무는 것 같은 바보짓이다!
※ 인간적인, 너무나 인간적인

벌거벗은 철학의 몸뚱이에 유행하는 천박한 옷가지들을 걸쳐놓고 만족해하는 자들이 바로 현대인이다. 그렇다, 분명 사람들은 철학적으로 생각하고, 쓰고, 인쇄하고, 말하고, 가르친다. 그래서 나는 자문한다.

　우리가 진정 인간일까? 생각하는 기계, 쓰는 기계, 인쇄하는 기계, 말하는 기계, 가르치는 기계에 불과한 것은 아닐까?
🌿 반시대적 고찰

어느 위대한 사상가가 인간을 경멸하고 있다면, 그는 인간의 게으름을 경멸하는 것이다.
🌿 반시대적 고찰

그대들은 고독에 대해 잘 모르겠지만, 나는 누구보다도 고독을 잘 알고 있다. 사회, 정부, 종교, 여론이 탄생한 곳, 언제나 전제專制가 존재하는 곳, 그곳에서 전제는 고독한 철학자를 증오해왔다. 철학은 인간에게 어떤 전제도 침범할 수 없는 피난처를 제공했고, 내면으로 향하는 동굴, 가슴속 깊은 곳에 숨겨둔 미궁을 열었기 때문이다.

　철학은 전제자들을 분노케 했다. 전제로부터 쫓기던 인간은 이 고독한 철학으로 숨어들었다. 하지만 이곳에도 고독한 사람들의 적이 침입했다. 그러나 고독한 인간들도 끝내 외면적인 삶은 포기하지 못했다. 그들은 친구, 가족, 고향, 교육, 조국,

우연 등에 노출되고 말았다. 게다가 그들의 은둔이 세상에 노출되었다는 이유만으로 전제자들은 고독을 삶의 또 다른 전제로 삼아버렸다.

전제는 부정하지 않는 얼굴을 찬성으로 여기며, 파괴하지 않는 손을 항복으로 해석했다. 고독한 인간들은 비로소 깨닫게 되었다. 자신들의 삶이 다른 어딘가에서 전혀 새롭게 해석되고 있다는 사실을. 그들이 의지하는 진리와 정직마저 오해의 그물들에 갇혀버린 현실을. 그들의 격렬한 저항만으로는 그릇된 의견, 나약한 순응, 어설픈 용인, 관대한 침묵, 잘못된 해석으로 피어나는 안개를 막을 수 없었다. 이 우울한 구름들이 그들의 이마로 모여드는 것을 막을 수 없었다.

🌿 반시대적 고찰

범죄자는 여성이 임신하는 원리와 비슷한 방법으로 형벌을 받는다. 그들은 자신의 범죄가 나쁜 결과를 초래하리라고는 꿈에도 생각지 않으며, 수십 번, 수백 번 같은 행위를 되풀이한다. 그러던 어느 날, 갑자기 모든 죄상이 낱낱이 폭로되어 형벌이 주어지는 것이다.

🌿 인간적인, 너무나 인간적인

우리가 열매를 맺도록 돕지 않는 자는 확실히 우리와 아무 상관도 없는 사람들이다.

인간의 교제가 회전축으로 사용할 수 있는 것은 오직 잉태뿐이다.

🌿 차라투스트라는 이렇게 말했다

진리다운 것, 그러나 진리는 아니다. 자유로움, 그러나 자유는 아니다. 이 두 가지 과실을 위해 인식의 나무를 생명의 나무로 착각할 수는 없는 노릇이다.

🌿 인간적인, 너무나 인간적인

에머슨은 말한다. "조심하라. 위대한 신을 통해 한 사람의 사상가가 우리들 행성에 보내지는 날을. 그때 인류는 위험에 빠지게 될 것이다. 마치 대도시에 화재가 일어난 것처럼 혼란이 이어질 것이다. 언제 그 고통이 그치고, 어디에서 그 불길을 사로잡게 될 것인지 아무도 장담할 수 없다. 모든 학문은 하루를 견디지 못할 것이며, 철학을 소유한 명성은 더 이상 통용되지 않는다. 영원은 더 이상 불변일 수 없게 된다. 이 새로운 문명은 인간을 완전히 정복하게 될 것이다."

만약 사상가가 이처럼 위험한 존재라는 주장이 사실이라면 대학의 강단에서 나부끼는 저 사상가들은 결코 위험하지 않다는 사실도 명백해졌다. 왜냐하면 그들의 사상은 사과나무에서 사과가 열리듯 무사태평한 인습을 통해 열매를 맺었기 때문이다. 그들의 사상은 결코 인류를 경악시킬 수 없다.

그들의 활동에 대해 디오게네스가 대신 정의를 내려줄 것이다. "그대들에게 어떤 위대한 점이 있다는 것인가. 그렇게 오랫동안 철학을 했으면서도 아직 사람들에게 암담한 생각을 심어준 적이 없지 않은가."

강단 철학의 묘비명에는 이렇게 써야 한다. "그대는 누구에게도 두려움을 주지 않았도다."

☙ 반시대적 고찰

물리학은 세계에 대한 분석적 정리일 뿐, 세계에 대한 설명은 아니다.

☙ 선악을 넘어서

지혜의 증가는 불만의 감소로 측정된다.

☙ 인간적인, 너무나 인간적인

그는 자신의 사상에 의해 밖으로 내던져진 후에 위에서, 또는 아래에서 습격당하듯이 얻어맞는다.

그는 스스로 천둥을 잉태하고 있는 폭풍이다.

그를 둘러싸고 세계는 항상 무엇인가 포효하고, 신음하고, 균열하고, 좋지 않은 낌새를 풍긴다. 그것이 그의 숙명처럼 낙인찍힌다.

철학자 그는 자신으로부터 도주하고, 늘 자신에 대해 두려움을 갖는다.

하지만 그의 격렬한 호기심이 그를 재차 '자기'로 회귀하게 만든다.

선악을 넘어서

생명이 있는 곳에 의지가 있다. 다만 생명의 의지가 아니라 권력의 의지가 있다.

차라투스트라는 이렇게 말했다

칸트는 '철학자'가 될 수 없었다. 그는 숙명적으로 안고 태어난 충동에도 불구하고, 말하자면 일종의 번데기 상태에 머물러 있었다. 나의 말이 칸트를 부정한다고 생각하는 사람은 철학자가 도대체 무엇인지 전혀 이해하지 못하는 자다.

철학자는 위대한 사상가일 뿐 아니라 참된 인간이라는 점을 명심해야 한다. 그러나 학자들이 단 한 번이라도 인간으로서 존재한 역사가 있는가. 그들은 사물과 사물 사이에 성립하는 모든 개념 및 의견, 과거를 몽땅 책 속에 집어넣으려고 발버둥 친다. 이런 인간들에게 최초의 사물이 자신을 드러내는 일은 결코 없을 것이다.
🌿 반시대적 고찰

복수란, 어리석은 짓을 최대한 빨리 회복시키는 것이다. 비유컨대 레몬의 신맛을 혀에서 없애기 위해 꿀을 먹는 것과 비슷하다. 레몬에 대한 최고의 복수는 바로 꿀이기 때문이다.
🌿 이 사람을 보라

정신이 진리를 견딜 수 있는가. 정신이 진리에 감히 맞설 수 있는가. 이것이 나에겐 가장 중요한 가치이다. 오류는 맹목 때문이 아니다. 오류는 두려움 때문이다. 인식이 얻어낸 모든 성과, 진리를 향한 첫발은 용기의 피조물이다.
🌿 이 사람을 보라

인간은 위대한 자연을 발견하고, 그것을 사랑했다. 대신 우리의 뇌리 속에서 인간을 지워버렸다.
  🌿 즐거운 학문

의지Wille와 파도Welle ― 욕망에 불타 모든 것을 해변으로 밀어버리는 이 파도. 어떻게 해서든 무엇인가에 도달하려는 욕구가 포말마다 서려 있다. 얼마나 무서운 초조에 시달리기에 바위틈 구석까지 기어 들어가려는 것일까.

마치 누군가를 끄집어내려는 것처럼 보인다. 바위틈에 무언가 숨겨져 있는 것 같다. 하지만 아무것도 찾지 못한 물결은 약간 완만하게, 여전히 흥분한 채 대양大洋으로 되돌아간다. 실망했을까, 아니면 원하던 것을 발견한 것일까. 실망 때문에 자꾸만 밀려오는 것은 아닐까.

바로 그때 또다시 파도가 밀려온다. 앞선 파도보다 한층 더 욕망에 불타고, 한층 더 사나운 기세로 밀려든다. 이 파도의 영혼 또한 비밀에 가득 차 있다. 밀려오는 잔물결마다 욕망에 사로잡혀 있다. 파도는 살아 있다. 우리들 의지하는 자도 살아 있다. 더 이상은 말하지 않겠다.
  🌿 즐거운 학문

우리가 스스로의 권리를 의심할 때, 우리가 그 권리를 좀더 나약하고 가벼운 것으로 바꾸려할 때 우리는 병에 걸린다.
🌿 니체 대 바그너

제자들의 타입 ― 나와 조금이라도 관계가 있는 사람들에게 나는 고뇌, 고독, 질병, 불운, 굴욕이 미치기를 바란다. 나는 그들이 자기경멸과 스스로에 대한 불신, 피정복자의 비참함에 분노하기를 바란다. 나는 그들을 결코 동정하지 않는다. 왜냐하면 인간이 어떤 가치를 지닐 수 있는가에 대한 문제를 설명할 수 있는 유일한 해답이 나타나기만 바라고 있기 때문이다.
🌿 권력에의 의지

그대들 젊은 영혼 속에 미래를 건설하라. 아류亞流라는 미신을 배척하라. 그대들이 미래의 삶을 지향할 때 무엇이 필요한지는 스스로 알게 될 것이다. 그 대신 역사를 향해 아무것도 묻지 말라. 반대로 역사에게 그대를 드러내라. 그리고 약속된 시간이 도래할 때까지 조용히 성숙하라. 그대들을 지배하고 착취하기 위해 성숙시키지 않는 것이 유리하다고 생각하는 저 현대교육이 완전히 마비될 때까지 기다려라.

앞으로 그대들의 전기傳記는 통속소설 같은 유치한 제목이 아니라 시대를 거스른 투사들로 그려질 것이다. 플루타르크를 상기하라. 사라진 영웅들을 추억하라. 그들의 믿음이 세상을 어떻게 변화시켰는지 확인하라. 이런 비근대적인 교육으로 백여 명의 젊은이만 육성시킬 수 있었다면 이 떠들썩한 사이비들의 세계를 영원히 침몰시킬 수 있었을 것이다.
　반시대적 고찰

깨끗이 빨아 입은 누더기는 비록 깨끗하긴 하지만, 여전히 초라하다.
　인간적인, 너무나 인간적인

인간이 다른 어느 동물보다 병약하며 불안정하고, 변화하기 쉽고, 불확정적이라는 것은 의심할 여지가 없다. 인간은 한마디로 고뇌하는 동물이다.

　인간이 다른 동물보다 빠르게 반응하고, 운명에 반항하고, 미래에 도전하는 습성을 타고났다는 것은 확실하다. 위대한 자기실험의 희생양이 된 인간, 최후의 지배를 찾아 동물·자연·신들과 전투를 벌이는 인간, 그 어느 것으로도 만족을 느낄 수 없는 인간, 지칠 줄 모르는 욕망을 소유한 인간, 영원한 미래를 꿈꾸는 인간, 자신의 투지 때문에 안식을 찾지 못하고, 그로 인해 현재의 육체를 파멸로 이끄는 인간.

이 용감하고 풍요로운 동물은 자신의 용기와 풍요로움 때문에 지상의 동물 중 가장 무거운 머리와 괴로운 심장을 갖고 태어난 것이 아닌가.
🌿 도덕의 계보

사랑하는 것과 멸망하는 것은 태곳적부터 함께 내려온 숙명이다. 사랑하려는 자는, 죽음에 대한 의지이다.
🌿 차라투스트라는 이렇게 말했다

우리의 이성이 멈춰버리면 우리들은 서로에게 관대해질 것이다. 상대방에게 아무 말이나 해도 상관없고, 상대방이 아무 말이나 해도 상관하지 않을 것이다. 상대방이 대답할 수 없을 때를 골라 내가 하고 싶은 말을 한다. 이것이 유일한 규칙이다. 어느 정도 이야기가 길어지면 한 번은 바보가 되고, 세 번은 멍청이가 되겠지만.
🌿 인간적인, 너무나 인간적인

내 말을 믿으라! 가장 큰 시련은 우리의 가장 시끄러운 때가 아니라 우리의 가장 조용한 때였음을 기억하라.

새로운 분쟁을 발명한 주인공이 아니라 새롭게 창조된 가치 때문에 이 세계는 회전할 수 있다. 우리의 귀를 무시한 채 세계는 그렇게 회전하고 있다.

🌿 차라투스트라는 이렇게 말했다

가장 중요한 몸부림 ― 작은 곳에서부터 자제심이 결여되기 시작하면 곧 가장 중요한 순간에 자제심이 무너지고 만다. 적어도 한번쯤 일상에서 사소한 단념을 허락하지 않는다면 그날은 결국 실패로 기록될 것이며, 다음날까지 어제의 실패를 안고 살아가야 한다.

만일 자신의 지배자가 오직 자신뿐이라는 이 기쁨을 지속시키고 싶다면 서서히 거리를 좁히는 단념의 몸부림이 피할 수 없는 숙명임을 인정해야 한다.

🌿 인간적인, 너무나 인간적인

"무엇 때문에 내가 수풀과 거친 들판을 찾아 헤맸겠는가. 그것은 내가 인간을 너무 사랑했기 때문이지. 이제 나는 오직 신만을 사랑한다. 나는 더 이상 인간을 사랑하지 않는다. 인간은 너무 불완전한 존재이다. 인간을 사랑한다는 것은 멸망을 의미할 뿐이다."
🌿 차라투스트라는 이렇게 말했다

지혜롭다는 것은 훌륭한 일이다. 하지만 그것을 지니고 다니기엔 너무 무겁다.
🌿 차라투스트라는 이렇게 말했다

나는 그대의 눈을 바라보았노라. 인생이여! 나는 그대의 깊은 연못에 빠져버렸노라. 그러자 그대는 황금낚싯대로 나를 건져올렸노라. 내가 그대의 깊이를 찬양하자, 그대는 나를 이렇게 조소하였노라. "이것은 물고기들도 하는 말이다."
🌿 차라투스트라는 이렇게 말했다

철학에 환멸을 느끼는 사람들에게 지금까지 생의 유일한 가치라고 믿어왔던 철학에 환멸을 느낀다는 이유만으로 꼭 싼값에 다시 내다 팔아야 되는 것일까?
🌿 인간적인, 너무나 인간적인

우리는 자유를 꿈꿀 수 있을 뿐, 자유로울 수는 없다. 이 같은 인식에 더 이상 저항할 수 없다는 것은 자유에 근접한 사람들의 절망적이고, 신경질적인 태도와 잔뜩 찡그린 표정만 봐도 알 수 있다.

인간적인, 너무나 인간적인

육체를 경멸하는 자들에게 경멸은 존경에서 비롯된 것이다. 존경과 경멸, 가치와 의지를 창조한 자는 누구인가?

창조자는 자신을 위해 존경과 경멸을 창조했고, 쾌락과 고통을 창조했다. 육체는 자신의 의지를 붙들기 위해 정신을 창조했다.

육체를 경멸하는 자들이여! 그대들은 어리석은 경멸로써 자신에게 봉사하고 있다. 그대들은 죽음을 원하는 것이다.

그대들은 결코 자신을 초월하여 창조할 수 없다. 이것은 그대들의 가장 큰 소망이었다. 이것은 그대들이 갈망하던 전부였다. 그러나 이미 늦었다. 그대들의 자아는 몰락을 원한다. 육체를 경멸하는 자들이여!

그대들의 자아는 몰락을 원한다. 그리하여 그대들은 육체를 경멸하는 자가 된 것이다. 이미 그대들은 자신을 초월하여 창조할 수 없기 때문에 그대들의 자아는 차라리 몰락을 원하는 것이다.

아무것도 창조할 수 없음에 그대들은 대지와 인생에 분노를 느꼈다. 아직도 분노와 질투가 그대들의 눈가에 맺혀 있다. 다만 의식하지 못할 뿐이다. 나는 그대들을 밟지 않겠다. 육체를 경멸하는 자들이여! 그대들은 초인으로 향하는 다리가 아니다.
  차라투스트라는 이렇게 말했다

가장 훌륭한 친구는 아마도 가장 사랑스런 아내를 얻게 될 것이다. 결혼은 우정의 재능에서 비롯되기 때문이다.
  인간적인, 너무나 인간적인

철학자들이 얼마나 음흉한지 당신들은 결코 이해할 수 없을 것이다! 내가 알고 있는 가장 음흉한 독설은 에피쿠로스가 플라톤에게 퍼부은 독설이었다. 에피쿠로스는 플라톤 학파를 '디오니시오콜라케스Dionysiokolakes'라고 불렀는데, 이 말의 뜻은 표면적으로 '디오니소스의 아류'라는 뜻이다. 하지만 이 '디오니시오콜라케스'는 '디오니시오콜락스Dionysiokolax', 즉 배우라는 의미로도 해석될 수 있다. 바로 이 후자의 의미가 에피쿠로스가 플라톤을 향해 쏟은 독설의 진정한 의미였다.

그는 플라톤과 그의 제자들이 보여주는 정중한 태도와 고매한 연극을 도저히 이해할 수 없었던 것이다. 그는 사모스 학원의 정원에 은거하며 무려 3백 권의 책을 썼지만, 그리스인들은 오직 플라톤에게만 열광했다. 어쩌면 에피쿠로스는 플라톤에 대한 시기와 분노로 그토록 많은 책을 썼는지도 모른다. 어쨌든 그리스인들이 에피쿠로스가 누구였는지 깨닫는 데는, 그가 죽은 뒤로도 무려 백 년이 더 필요했다.
🌿 선악을 넘어서

많은 사람들을 흡족케 한 책에서는 항상 악취가 난다. 대중들이 먹고 마시고 숭배하는 곳에서도 악취가 난다. 깨끗한 공기가 그립다면 사람들이 없는 곳으로 가야 한다.
🌿 선악을 넘어서

소유와 사랑! 이것은 엄연히 다른 관념이다. 하지만 둘은 동일한 충동에서 빚어진 이중적인 결과일지도 모른다. 이미 원하는 것을 소유한 자는 자신의 소유물에 대한 권리를 행사한다. 그 때문에 그는 타인들로부터 '강자', 또는 '억압자'로 불린다.

그래서 소유욕은 늘 부정적인 취급을 받는다.

반대로 원하는 것을 아직 얻지 못한 자는 상대적으로 '약자'이며 '소외된 자'로 인식된다. 그래서 사랑은 늘 긍정적인 취급을 받는다. 얻지 못했을 때 그것은 사랑이 되고, 얻었을 때 그것은 소유가 된다.

🌿 즐거운 학문

철학자는 모럴리스트를 좋아하지 않는다. 그는 미사여구도 좋아하지 않는다.

그렇다면 철학자는 자신에게 무엇을 원하는가? 그는 자신이 시대를 극복한 '초월자'로 남고 싶어한다. 그렇다면 그는 무엇 때문에 그토록 격렬히 투쟁하는가? 바로 철학자를 시대의 부산물로 만드는 모든 특징에 대항하는 것이다. 나는 바그너만큼이나 이 시대의 부산물이 되고 싶다. 나를 가리켜 스스로 '퇴폐주의자'라고 규정짓고 싶다.

🌿 바그너의 경우

인간은 관습과 소견의 그늘에 몸을 숨긴다.

🌿 반시대적 고찰

철학자의 눈

사물에서 비롯되는 필연적인 사건을 진정한 아름다움으로 받아들이는 것, 나는 이것을 배우고 싶다. 만약 이런 방법에 익숙해진다면 나는 평범한 사물을 아름다움으로 승화시키는 사람들 중 한 명이 될 것이다. 운명애, 앞으로 이 사랑이 나의 사랑이 되기를 간절히 소망한다! 나는 더 이상 추한 것과 싸우고 싶지 않다.

철학자란 사물을 체험하고 보고 듣고 의심하고, 희망하며 꿈꾸는 인간을 말한다.
　선악을 넘어서

본래 철학자는 명령하는 자, 즉 입법자이다. 그들은 늘 이렇게 말한다. "이래야만 한다!" 그들은 인간이 가야 할 '어디로?'와 '왜?'를 규정짓고 싶어한다.

그들은 창의적인 손으로 미래를 파악한다. 현재 존재하는 것과 과거에 존재했던 것은 모조리 그들의 수단이 되고, 도구가 되고, 망치가 된다. 그들의 '인식'은 창조의 다른 이름이다. 그들의 창조는 곧 입법이다. 그들의 진리를 향해 내뻗는 의지는 힘에 대한 의지와 같다.
🌿 선악을 넘어서

나는 철학자라는 직업을 일종의 폭발물로 해석하고 있다. 그의 앞에 드러나면 모든 것이 위험해진다. 이 폭발물들은 아카데믹한 '반추동물'이라든가, 혹은 철학교수를 지칭하는 것이 아니다. 칸트도 이 폭발물과는 거리가 멀다.
🌿 이 사람을 보라

나는 도덕가로서의 칸트에게 항의한다. 진정한 도덕이란 우리가 필요할 때 발명되어야 한다. 그것은 인간의 지극히 개인적인 정당방위의 수단이며, 필수품이어야 한다.

만에 하나 도덕이 자신의 본분을 잊고 인간의 방향을 설정하려고 시도하거나 지배하려는 생각을 품고 있다면, 도덕은 인간을 위협하는 폭발물일 뿐이다. 따라서 칸트가 내세우는 도덕은 필요에 의해 발생한 불가분한 결과물이 아닌, 도덕이라는 하나의 개념에 바쳐진 그의 헌신과 존경이다.
　안티크리스트

아, 늙은 마술사 클링조르여! 그대는 영혼의 비겁함에 만족한다는 것인가! 인식에 대한 그대의 증오는 일찍이 없었던 것이다! 사람들은 그대에게 넘어가지 않도록 견유학자犬儒學者가 되어야만 한다. 사람들은 숭배하지 않기 위해 물어뜯을 줄 알아야 한다. 좋다, 이 늙은 유괴자야! 네게 경고한다. 개를 조심하라고……
　바그너의 경우

생존이란 무엇인가. 생존이란 모든 죽어가는 것들로부터 항상 자기 자신을 멀리 떼어놓고 싶은 마음을 뜻한다. 생존은 늙을 수밖에 없는 삶에 그 어떤 은혜도 베풀지 않는다.
　즐거운 학문

소크라테스는 그의 출생으로 미뤄볼 때 최하층 계급이었던 것 같다. 소크라테스는 한마디로 천민이었다. 게다가 그는 추한 몰골을 가지고 있었다. 외모가 추하다는 것을 그리스인들은 일종의 범죄로 취급했다. 그렇다면 소크라테스는 진정 그리스인이었을까.

인류는 추악함의 근간으로 혼혈을 꼽는다. 우리는 지금도 혼혈 때문에 발달이 저하되었다는 결론을 종종 듣게 된다. 인류학자는 우리에게 말한다. 전형적인 죄수들은 모두 혼혈이며, 그 때문에 추악하다. 그들은 '외모도 괴물이고, 정신도 괴물'이다. 그런데 죄인이라는 것은 하나의 데카당스다. 그렇다면 소크라테스는 진정 죄인이었을까.

소피로스라는 관상가가 내린 유명한 판단이 우리의 궁금증을 해결해줄 것이다. 그 판단은 소크라테스를 잘 아는 친구들에겐 매우 유감스러운 말이었다. 인상에 관심이 있는 어느 외국인이 아테네를 지나가다 소크라테스를 만났다. 그는 소크라테스를 보고 이렇게 말했다고 한다.

"그대는 '괴물'이다. 그대는 모든 좋지 않은 악덕과 욕망을 마음속에 간직하고 있다." 그러자 소크라테스는 이렇게 대답했다. "자넨 나라는 인간을 제대로 판단했군."

🌿 우상의 황혼

나는 인식하기 위해 생존한다. 나는 초인이 생존한다고 인식하는 자를 사랑한다. 나는 그들이 파멸하기를 원하고 있다.
 차라투스트라는 이렇게 말했다

우리의 선조들이 이룩한 사상적 자본은 계속 탕진되고 있다. 우리는 사상을 증대시키기는커녕 낭비의 방법들만 발전시키고 있다. 다음 세대는 자연주의적 미숙함과 경멸이라는 두 가지 단어로 우리를 해석할 것이며, 우리의 천박함에 혐오감을 느끼게 될 것이다.
 반시대적 고찰

자유로운 정신의 소유자는 정신 자체를 사색할 줄 안다. 또 정신에 수반되는 원칙이나 방향의 진상을 은폐하려고도 하지 않는다. 그 때문에 다른 사람들은 그를 위험한 적으로 간주하며, 경멸과 공포의 감정으로 '비관주의자'라는 꼬리표를 달아 줄 것이다. 원래 인간은 한 개인을 정의 내릴 때 그만이 소유한 탁월한 재능과 감각 대신 가장 배타적인 이미지를 찾아내 덧씌우는 재주를 타고났기 때문이다.
 인간적인, 너무나 인간적인

그대는 무엇을 믿는가? 그대가 자유에 도달했다는 징표는 무엇인가? 자신을 떠올릴 때 더 이상 수치를 느끼지 말 것.
　※ 즐거운 학문

철학의 나이 __ 쇼펜하우어의 철학은 항상 우울한 청년시절을 떠올린다. 쇼펜하우어의 사고방식은 그와 동년배인 중년남성의 사고체계에서 잉태된 것이 아니다. 마찬가지로 플라톤의 철학은 30대 중반을 연상시킨다. 고기압과 저기압이 만난 위험한 지대, 언제 폭풍으로 변질될지 모르는 힘의 대립, 하지만 햇살이 비쳤을 때 무지개를 보여줄 수 있는 유일한 연령대가 플라톤의 철학에는 숨어 있다.
　※ 인간적인, 너무나 인간적인

안정과 정관靜觀 __ 너의 안정과 정관이 푸줏간 앞을 서성이는 개의 시선을 닮지 않도록 조심하라. 푸줏간 주인이 무서워 전진할 수도 없고, 욕망 때문에 후퇴할 수도 없는, 결국 주둥이처럼 눈동자만 번뜩이는 한 마리 짐승처럼.
　※ 인간적인, 너무나 인간적인

"방금 나는 칸트에 대해 깨달았습니다. 그리고 지금부터 당신에게 하나의 사상을 전하려 합니다. 이것이 나의 경우와 마찬가지로 당신을 충격에 몰아넣고, 흔들고, 깨울 수 있기를 고대합니다. 우리가 진리라고 부르는 것이 진정 진리인지, 혹은 그렇게 보일 뿐인지 우리는 결정할 수 없습니다. 만약 후자가 진실이라면, 우리가 죽은 다음 모든 것이 사라지게 될 것입니다. 그리고 우리가 무덤 속까지 가져가려는 소유물들은 모두 헛된 것이 될 뿐입니다.

나의 철학이 당신의 심장을 찌르지 못했더라도 부디 비웃지 말아주십시오. 아무런 상처를 입지 않았더라도 부디 침묵해주십시오. 나의 유일한 목표는 이미 사라졌습니다. 나는 이제 아무것도 원하지 않습니다."

✤ 반시대적 고찰

자신의 의견 ㅡ 우리가 갑자기 어떤 사항에 질문을 받는 경우, 가장 먼저 떠오르는 생각은 우리 자신의 의견이 아니라 우리의 계급, 지휘, 태생에 따라다니는 상투어에 지나지 않는다. 자신의 의견은 결코 표면에 떠오르지 않는다.

✤ 인간적인 너무나 인간적인

무화과가 나무에서 떨어진다. 그것은 감미로운 맛을 뿜내고 있다. 무화과가 땅에 떨어질 때 그 빨간 껍질도 터진다. 나는 무르익은 무화과를 떨어뜨리는 북풍이다.
🌿 차라투스트라는 이렇게 말했다

나의 고찰은 반시대적이다. 왜냐하면 나는 이 시대가 당당하게 내세우는 것, 즉 자신들이 처음으로 확립했다는 이 역사적인 교양에 대해 나는 시대의 병폐, 질병, 결함으로 인식하기 때문이다. 우리는 역사라는 소모적인 열병에 걸려 있으며, 적어도 우리 자신만은 우리가 병에 걸렸다는 사실을 깨달아야 한다고 믿기 때문이다.
🌿 반시대적 고찰

햄릿 ― 사물의 본질에 눈빛을 돌리고 그 정체를 한번 간파하면 그는 모든 행위에 구토를 느낀다. 왜냐하면 그의 행위가 사물의 영혼이 갖고 있는 본질을 변화시킬 수 없다는 것을 깨달았기 때문이다.

빗장이 벗겨진 세계를 다시 개축하라는 요구에 그는 살며시 웃음을 짓는다. 그는 지금 치욕을 느끼고 있는 것이다. 인식은 행위를 죽인다. 행위는 환상의 베일에 숨어 있을 필요가 있다. 이것이 햄릿의 가르침이다.
🌿 비극의 탄생

자신의 나약함을 긍정하는 것은 정의를 추종하는 것보다 고귀하다.
🌿 차라투스트라는 이렇게 말했다

내게 맡겨진 사명의 위대함과 나와 함께 이 시대를 살아가는 사람들의 어리석은 나약함은 상당한 불균형을 드러내고 있다. 그 때문에 사람들은 내가 외치는 소리에 귀를 기울인 적도 없거니와, 나를 거들떠보려 하지도 않았다. 나는 스스로의 신념을 벗삼아 살고 있지만, 내가 살아 있다는 이 의식은 어쩌면 편견이었는지도 모른다.
🌿 이 사람을 보라

새해 첫날 ― 나는 아직 살아 있다. 나는 또 생각하고 있다. 나는 조금 더 살아야 한다. 왜냐하면 내겐 아직도 생각해야 할 무언가가 남아 있기 때문이다.

새해 첫날에는 자신의 소망과 가장 사랑하는 상념을 모두 씻어버려야 한다. 나 역시 자신이 무엇을 소망하는지, 어떤 상념이 이 해에 가장 먼저 달려올 것인지, 어떤 생각이 앞으로 내 모든 생활의 토대가 되고, 보증이 되고, 기쁨이 될 수 있을 것인지 떠들고 싶어졌다.

사물에서 비롯되는 필연적인 사건을 진정한 아름다움으로 받아들이는 것, 나는 이것을 배우고 싶다. 만약 이런 방법에 익숙해진다면 나는 평범한 사물을 아름다움으로 승화시키는 사람들 중 한 명이 될 것이다.

운명애amor fati, 앞으로 이 사랑이 나의 사랑이 되기를 간절히 소망한다! 나는 더 이상 추한 것과 싸우고 싶지 않다.
🌿 즐거운 학문

자연의 거대한 힘에 대항하려는 불신, 인간이 만들어낸 모든 인식의 틀을 짓밟아버리는 운명의 여신 모이라, 인간의 위대한 친구 프로메테우스의 심장에 중독된 독수리, 현명한 오이디푸스를 기다리고 있던 저주받은 운명, 우울한 에트루리아인들을 파멸로 몰아넣은 숲의 신과, 철학과 신화를 장식한 수많은 비극들.

올림포스의 신들이 지배하는 예술을 통해 그리스인들은 끊임없이 운명을 극복하고 은폐했으며, 시야에서 멀리 던져버렸다.
 비극의 탄생

바그너는 고통받는 자다. 이것이 그를 다른 음악가들과 구별 짓는다. 나는 바그너가 자신의 음악 속에 새겨넣은 고통을 대할 때마다 그에게 감탄한다.
 니체 대 바그너

철학을 위한 변명

삶을 향한 우리의 강인한 의지에, 권태에서 벗어나고자 몸부림치는 긴 싸움에, 삶이 허락하는 덧없는 선물에까지 감사의 눈물을 흘리는 우리의 여린 심정에 인생은 합당한 축복을 내린다. 그 축복으로 우리는 마침내 삶이 보여줄 수 있는 최고의 가치를 얻게 된다. 즉 우리의 사명을 되찾는 것이다.

감히 누구도 거역할 수 없는 숙명에 이빨을 드러내는 자, 금단의 영역을 침범하려는 자, 미로를 헤매는 운명, 일곱 개의 뼈저린 고독, 새로운 음악, 미래를 내다보는 눈, 묵살된 진리에 대한 양심, 자신의 힘, 자신의 영감, 자신에 대한 경건, 자신에 대한 사랑, 자신에 대한 절대적인 자유…….

그렇다! 지금 말한 사람들이야말로 나의 유일한 독자讀者들이다. 나를 찾을 수밖에 없는 숙명적인 독자들이란 말이다. 그들을 제외한 나머지 사람들에겐 관심이 없다. 그들은 단지 인류일 뿐이다. 우리는 힘으로, 영혼으로, 경멸로 저 인류를 넘어설 것이다.

🌿 안티크리스트

참으로 슬픈 일이 아닌가! 인간은 이제 그 어떤 별도 낳을 수 없게 되었다. 인간은 더 이상 자신을 경멸할 수 없는 세기를 살게 되었다. 보라! 그대들 눈앞에 드디어 마지막 인간이 나타났다.

🌿 차라투스트라는 이렇게 말했다

아버지의 살해자인 오이디푸스, 어머니의 남편인 오이디푸스, 스핑크스의 수수께끼를 푼 오이디푸스. 이 운명의 세 가지 얼굴은 우리에게 대체 무엇을 말하고 싶은 것인가. 태곳적 페르시아에는 이런 민간신앙이 있었다. "현명한 마법사는 근친상간에 의해서만이 태어날 수 있다."

우리는 이 페르시아의 신앙을 통해 인간의 영원한 수수께끼를 해결하고, 자신의 어머니를 해방시킨 오이디푸스에 대해 다음과 같이 해석해야 한다. 예언적이고 마법적인 힘이 현재와 미래의 속박을 풀고, 개별화된 불변의 법칙을 깨고, 자연의 고유영역마저 어느 정도 무너뜨리는 사태가 발생하기 직전, 그 원인으로서 비자연적인 사건—마치 근친상간처럼—이 선행되어야만 한다. 왜냐하면 인간이 자연법칙의 숙명으로부터 벗어나기 위해서는 비자연성을 구축할 수밖에 없기 때문이다. 이러한 인식이 오이디푸스의 운명에 새겨져 있음을 나는 확인했다. 자연이 인간에게 제시한 저 이중적인 스핑크스의 수수께끼를 푼 사람은 아버지의 살해자이며, 어머니의 남편으로서 성스러운 질서를 파괴해야만 하는 것이다.

오이디푸스 신화는 우리에게 이렇게 말한다. 지혜라는 것은 자연에 거역하는 하나의 만행이노라. 자신의 지혜로 자연의 법칙을 파멸시킨 자의 운명은 자신이 이룩한 세계마저 파멸시킬 수밖에 없노라. 오이디푸스는 우리에게 외치고 있다. "지혜의 칼끝은 지혜로운 자에게 향한다. 인간의 지혜는 자연에 대한 범죄이다."

🌿 비극의 탄생

모든 진리는 구부러져 있다. 시간도 하나의 원이다.
🌿 차라투스트라는 이렇게 말했다

인간은 상대적으로 관찰했을 때 가장 어긋난 짐승이며, 가장 병적인 짐승이며, 본능으로부터 가장 멀리 이탈한 짐승이다. 그래서 가장 흥미 있는 짐승이기도 하다!
　🌿 안티크리스트

사람들은 질병에 논리적으로 접근하지 않는다. 다만 자신을 괴롭히는 심리적 압박, 불신감, 불쾌감, 구역질, 그리고 자기 안에 어떤 커다란 위협이 도사리고 있다는 막연한 불안감에 저항할 뿐이다.
　🌿 바그너의 경우

거세된 사회에서의 삶. 산에서, 또는 바다의 모험에서 살아 돌아온 야생의 인간은 이 거세된 사회에서 퇴화된 종자로 길들여지고, 결국 범죄자로 전락한다. 왜냐하면 이 야만인들은 인류가 의지하는 사회의 존속보다 훨씬 강력한 신념을 자신의 삶으로 증거하기 때문이다. 코르시카의 나폴레옹은 이를 반증하는 가장 유명한 경우였다.

　이 문제를 해결하기 위해서는 도스토예프스키의 증언이 필요하다. 도스토예프스키는 나를 가르친 유일한 심리학자다. 그는 나의 생애에 주어진 가장 아름다운 행운이었던 스탕달의 발견 이상으로 축복이었다.

천박한 독일인을 경멸할 수 있는 권리를 갖고 있던 이 '깊은' 인간은 자신과 함께 오랜 시간을 지내온 시베리아의 죄수들을 통해 한 가지 사실을 깨달았다. 도스토예프스키는 사회로 복귀하는 것이 완전히 차단된 이 중죄인들이 자신이 예측했던 유형의 인간들과 매우 큰 괴리를 나타내고 있음에 놀랐다. 그는 이 시베리아의 죄수들이야말로 러시아에서 가장 위대하고, 가장 단단하며, 가장 존귀한 목재라는 것을 깨달은 것이다.

그렇다면 이번에는 우리 시대의 범죄자에 대해 고찰해보도록 하자. 어떤 이유로 사회의 승인을 얻는 데 실패하고, 자신들이 더 이상 유용한 존재로 거듭날 수 없음을 확인하게 된 사람들에 대해 생각해보는 것이다. 이들의 사상과 행위는 음침한 색채를 띠고 있다. 그들의 모든 활동은 양지에서 살아가는 사람들보다 훨씬 참담하다. 하지만 우리가 어느 날부터 갑자기 우리의 영웅으로, 우리의 성자로 숭상하는 과학자, 예술가, 천재, 자유정신, 배우, 상인, 발명가들의 존재형식은 바로 이 같은 음침함이었다.

정신의 새로운 혁명가들은 어느 한 시기 동안 저 끝없는 노예제도에 종속된 인도의 천민들처럼 어두운 숙명을 이마에 낙인처럼 붙이고 다녔다. 그들은 스스로 저 무거운 숙명을 이마에 새기고 거리를 활보했다. 자신을 노예로 전락시키기 위해서가 아니라 그들의 혁명을 가로막는 일반인들의 상식으로부터 간격을 유지하기 위해서였다.
🌿 우상의 황혼

그렇다. 이 천박한 취향, 진실을 향한 의지, 모든 것을 초월하는 진리에 대한 믿음. 우리는 청년들의 광기어린 사랑에 질려버렸다. 이들을 받아들이기엔 우리가 너무 노련하며, 진지하고, 정열적이다. 베일을 벗기기만 하면 곧 진실이 드러날 것이라는 거짓말을 더 이상 믿지 않는다. 이 속된 표현을 믿기에는 내가 너무 늙어버렸다.

오늘날 사람들이 있는 그대로 보지 않고, 어떤 일에도 상관하지 않고, 모든 것을 거부하고, 아무것도 알고 싶어하지 않는 것은 당연한 일이다. 이해한다는 것은 경멸해도 좋다는 뜻이다.

어느 날 소녀가 엄마에게 물었다. "하느님이 이곳에 계시다는 게 사실인가요?" 그러자 엄마가 대답했다. "그래, 사실이란다. 하지만 나는 네가 그런 것을 묻는 게 기분 나쁘단다."

이것은 철학에 대한 경고다! 수수께끼 뒤로 몸을 숨기는 자연의 수치심을 우리는 존중해야만 한다!
🌿 니체 대 바그너

"그대는 입만이 아니라 머리로도 먹을 줄 알아야 한다. 입 때문에 몸을 망치는 일이 없도록."
🌿 인간적인, 너무나 인간적인

인간의 눈은 탐욕이 필요할 때만 떠지는 도구로 전락했다. 인간은 문명을 발전시킨 야성적인 실험으로부터 목가적인 안락함으로 도피해버렸다. 예술가의 끊임없는 충동은 이제 미덕이 아니라 삶을 괴롭히는 악덕이 되었다.

인류는 점점 더 소심해지고, 조용해지고, 어리석어진다. 그의 가느다란 손가락이 여전히 삶의 감춰진 구석들을 가리키고 있지만, 인간은 더 이상 손가락이 가리키는 곳에 시선을 두지 않는다. 이 거대한 생존의 늪에서 얌전한 꽃으로 피어나기만 고대하고 있다.
🌿 반시대적 고찰

언젠가 인간이 날아다니는 법을 배우게 되면 모든 경계가 다시 정해질 것이다. 경계는 더 이상 지상의 소유가 될 수 없을 것이다. 대지는 '가벼운 것'이라는 말로 새롭게 명명될 것이다.

타조는 빨리 달리지만, 가끔 머리를 땅에 처박곤 한다. 아직 날 수 없는 인간도 이와 마찬가지다. 대지와 인생은 아직 우리에겐 너무 무겁다. 우리가 하늘을 날 수 있으려면 자기 자신을 사랑해야 한다.
  차라투스트라는 이렇게 말했다

존재는 죄악이다.
  차라투스트라는 이렇게 말했다

나의 제자들이여, 지금부터 나는 오직 혼자 이 길을 걸어야 한다. 너희들 역시 혼자 이 길을 걸으라! 이것이 나의 소망이다.

내게서 멀리 떨어져라. 그리고 차라투스트라에게서 스스로를 지켜라. 좀더 발전할 수 있다면 그를 부끄럽게 만들어라. 아마도 그는 너희들을 기만하면서 위안을 느꼈던 모양이다.

인식에 매몰된 인간은 그 적을 사랑할 뿐 아니라 친구마저 증오할 수 있어야 한다.

언제까지나 제자로 머문다고 해서 스승을 기쁘게 할 수는 없다. 너희들은 왜 나의 이 비참한 승리를 뺏으려 하지 않는가.

너희들은 차라투스트라를 믿는 것이냐? 차라투스트라가 대체 무엇이란 말이냐! 너희들은 나를 믿는다고 떠들어대지만, 너희들이 나를 믿음으로써 내가 얻을 수 있는 것이 무엇이냐!

너희들은 여태껏 단 한 번도 너희들 자신을 찾아본 적이 없는 것이다. 그때 나라는 인간을 발견했을 뿐이다. 이것은 모든 신앙이 동일하게 밟아온 길이다. 따라서 모든 신앙은 쓸데없는 열광일 뿐이다.

지금 나는 너희들에게 명령한다. 나를 잃어버리고 너희들 자신을 발견하라. 너희들 모두가 나를 부정할 수 있게 되면 비로소 나는 너희들에게 돌아가리라.
🌿 차라투스트라는 이렇게 말했다

공격은 인간의 본능이다. 누군가의 적이 될 수 있다는 것, 혹은 누군가를 적으로 간주할 수 있다는 것은 인간의 본능에 내재된 잠재력이다. 이 잠재력이 드러나기 위해서는 언제나 반항이 필요하다. 따라서 반항이란, 요구이다.
🌿 이 사람을 보라

내가 잘못 본 것이라면 다른 사람들이 그것을 지적해줬으면 좋겠다. 나는 내가 본 것만을 말한다. 학문에 의해, 학문의 요구에 의해 모든 이정표가 쓰러졌고, 일찍이 존재했던 고통들이 한꺼번에 인간을 향해 달려들기 시작했다. 원근법의 반복적인 생성으로 인간은 무한을 의식하기에 이르렀다. 다행히 이 참혹한 연극을 아직 어떤 종족도 깨닫지 못했다.
　🌿 반시대적 고찰

만물은 하나의 의지를 지니고 있다. 뿐만 아니라 만물은 하나의 의지이다.
　🌿 인간적인, 너무나 인간적인

오, 나의 형제들이여. 나는 너희들을 새로운 귀족으로 임명하노라. 너희들은 미래를 가져오는 자, 미래를 단련시키는 자, 그리고 미래의 종자를 뿌리는 자가 되어야 한다.

　물론 내가 부여한 작위는 상인들처럼 돈으로 살 수 있는 작위가 아니다. 나는 이 작위에 가격을 붙이지 않았다. 왜냐하면 가격이 매겨진 모든 것은 가치가 없기 때문이다.

　지금부터 너희들의 영광은 '어디에서 왔느냐'가 아니라 '어디로 가느냐'에 대한 질문이다. 너희들은 자신을 초월하려는 의지를 가져야 한다. 이것이 바로 너희들에게 주어진 새로운 영광이다.

오, 나의 형제들이여. 너희들은 과거를 뒤돌아볼 필요 없이 미래를 설계해야 한다. 모든 아버지와 선조의 나라들로부터 너희들은 추방되어야 한다.

너희들은 이제 너희들 스스로 건설한 나라를 사랑해야 한다. 이 사랑이 너희들의 새로운 작위이다. 너희들의 돛이 이 나라를 되찾을 수 있기를 나는 명령한다!

너희들이 아버지들의 자식이라는 점을 기억하라. 너희들은 아버지들이 저지른 과거를 구원해야만 한다.

🌿 차라투스트라는 이렇게 말했다

삶을 향한 우리의 강인한 의지에, 권태에서 벗어나고자 몸부림치는 긴 싸움에, 삶이 허락하는 덧없는 선물에까지 감사의 눈물을 흘리는 우리의 여린 심정에 인생은 합당한 축복을 내린다. 그 축복으로 우리는 마침내 삶이 보여줄 수 있는 최고의 가치를 얻게 된다. 즉 우리의 사명을 되찾는 것이다.

🌿 인간적인, 너무나 인간적인

도덕적 현상이라는 것은 존재하지 않는다. 존재하는 것은 현상의 도덕적 해석뿐이다.
　🌿 선악을 넘어서

반시대적 고찰을 구성하는 네 개의 논문은 지극히 전투적이다. 이 논문을 통해 내가 결코 꿈꾸는 한스가 아니었다는 점, 언제든지 칼을 뽑아들 수 있다는 점, 그리고 나의 손목이 눈부실 만큼 자유롭다는 점을 증명할 수 있었다.

첫 번째 전투는 당시 나를 절망하게 만들었던 독일 문화와의 격전이었다. 독일인이 내세우는 문화는 의미도 없고, 실물도 없고, 목표도 없는 단순한 여론에 지나지 않았다. 독일인은 전쟁에서의 승리가 문화적인 승리의 반증이라고 생각했다. 그들은 독일군이 프랑스군을 물리친 것은 독일 문화가 프랑스 문화를 이겼기 때문에 가능했다고 주장했다.

두 번째 전투는 우리의 생명을 좀먹는 과학적 연구에 대한 투쟁이었다. 과학은 인간으로부터 삶을 빼앗았다. 그리고 톱니바퀴와 기계와 노동자의 비인격성과 분업에 할당했다. 그 때문에 목적이 상실되었고, 문화가 상실되었다. 수단이 현대를 야만화한 것이다. 이 세기가 자랑스럽게 펼쳐놓은 소위 '역사적

의의'는 하나같이 병적인 논문들이었으며, 퇴폐의 전형적 징후에 불과했다.

세 번째와 네 번째 논문은 문화가 이룩해야 할 보다 높은 개념의 재건에 그 목표를 두었다. 국가, 문화, 기독교, 비스마르크, 성공으로 대변되는 시대의 유행에 맞서 싸운, 말하자면 반시대적인 쇼펜하우어와 바그너에 대한 니체의 고찰이었던 셈이다.
  이 사람을 보라

모든 수단은 목적을 숨기고 있다.
  선악을 넘어서

나는 본다. 모든 것이 결여된 인간을. 온몸은 하나의 커다란 눈이다. 하나의 커다란 입이다. 하나의 커다란 배다. 거대한 몸통 외엔 아무것도 갖지 못한 인간들, 나는 그들을 뒤바뀐 불구자라고 부른다.

내가 그 고독으로부터 탈출해 처음 이 다리를 건너게 되었을 때 나는 나 자신의 눈을 믿지 않았다. 그리고 여러 차례 살펴본 다음, 마침내 이렇게 말했다. "저건 귀다. 등신대의 귀다!" 나는 더욱 주의 깊게 살펴보았다. 그러자 그 귀밑에 딱할 만큼 작고 초라한 것이 움직이고 있었다.

거짓말이 아니다. 그 거대한 귀는 가냘픈 줄기 위에 앉아 있었다. 놀라지 말라. 그 줄기는 인간이었다! 돋보기를 걸친 사람은 그 작은 인간의 질투에 휩싸인 얼굴을 볼 수 있었을 것이며, 부어오른 작은 영靈이 그 줄기에 매달려 있는 것을 볼 수 있었을 것이다.

하지만 사람들은 나에게 말했다. "이 커다란 귀는 인간입니다. 아주 큰 인간입니다. 아니, 천재입니다." 사람들이 위인에 대해 이야기할 때 나는 결코 그들의 말을 믿지 않았다. 그리고 나의 신념을 지켜냈다. "가진 것이 너무 적거나, 너무 많은 자는 뒤바뀐 불구자이다."
🌿 차라투스트라는 이렇게 말했다

인간은 다른 동물에게선 찾을 수 없는 한 가지 특징이 있다. 그것은 다름 아닌 실존의 확인이다. 인간이 공상적인 존재가 된 것도 바로 이 실존에 대한 의구심 때문이었다. 인간은 수시로 자신이 왜 존재해야 하는지 확인하고 싶어한다.
🌿 즐거운 학문

병病이란 자신의 사명에 대한 권리를 의심할 때, 이 길에서 잠시 벗어나 좀더 편한 휴식을 갈망할 때 주어지는 답이다.
🌿 인간적인, 너무나 인간적인

'정신'을 갖춘 자만이 '소유'를 가져야 한다. 그렇지 않으면 부富는 사회의 위협이 된다. 소유가 제공한 시간을 사용할 줄 모르는 인간은 이 남아도는 시간을 구입하고자 끊임없이 소유를 반복하게 된다.

이 욕구가 그의 위로가 되고, 지겹도록 반복되는 권태를 이겨낼 유일한 전략이 되는 것이다.
🌿 인간적인, 너무나 인간적인

우리의 철학은 여전히 '만약 이랬다면'과 같은 탄식이나, '전에는 이랬다'와 같은 인식에 머물러 있다.
🌿 반시대적 고찰

이성과 본능은 공통된 목표를 가지고 있다. 그것은 선善에 의해 신에게 이를 수 있다는 증명이다. 플라톤 이후 모든 신학자와 철학자는 이 낡은 길에서 여전히 방황하고 있다. 그런데 신이 아닌 도덕의 분야에서는 항상 본능이 한발 더 앞서나가고 있다.

기독교도들은 이 본능을 '신앙'이라고 불렀고, 나는 '짐승'이라고 불렀다. 단, 데카르트만은 예외이다. 합리주의의 아버지인 데카르트는 오직 이성의 권위만을 인정했다. 하지만 오늘날 이성은 그저 단순한 도구에 지나지 않는다. 따라서 데카르트는 천박했다고 볼 수 있다.
  선악을 넘어서

진리를 손상시키고 싶지 않다면, 오류도 손상시켜서는 안 된다.
  인간적인, 너무나 인간적인

아름다움에 대하여

예술의 본질에 관한 질문들

예술은 인식하는 자를 구제한다. 즉 비극적 인식에 사로잡힌 인간을 구제할 수 있다.
예술은 행동하는 자를 구원한다. 즉 비극적·전투적 인간인 영웅을 구원한다.
예술은 고뇌하는 자를 구원한다. 개인적인 고뇌를 정화시켜 한 개인의 극히 일상적인 고뇌마저 위대한 삶의 형식으로 바꿔버릴 수 있다.

소포클레스는 자신의 작품에서 인간을 창조하고, 올림포스 신들을 멸망시킬 수 있다는 반항적 신념을 갖고 있었다. 그는 이것을 지혜라고 불렀다. 그리고 지혜의 대가로 영원한 고통도 알게 되었다. 하지만 이 영원한 고통으로도 그는 충분한 대가를 치르지 못했다. 결국 예술가로서의 위대한 능력과 '예술가'라는 쓰디쓴 자부심이 그의 영혼이 되었다.

🌿 비극의 탄생

진리는 추악하다. 진리에 의해 멸망하지 않으려면 우리는 '예술'을 갖는 수밖에 없다.
　🌿 권력에의 의지

숨겨진 고통, 믿음을 상실한 이해, 더 이상 지속될 수 없는 이별을 바라보는 수줍은 눈빛, 불행한 오르페우스는 그 누구보다 위대한 예술가이다. 지금까지 인류가 표현해낼 수 없었던 인간의 감성들이 그를 통해 예술로 편입되었다.
　🌿 니체 대 바그너

시詩의 지경은 시인의 두뇌가 상상력으로 만든 불가능한 세계의 외부에 있지 않다. 시는 오히려 정반대의 욕망을 꿈꾼다. 좀 더 정확하게 표현하자면 시는 꾸미지 않은 진리를 원하는 것이다. 따라서 시는 문명이 현실이라고 외치는 이 허위의 가식들을 떨쳐버릴 수 있어야 한다.
　🌿 비극의 탄생

비극은 근원적으로 합창이다. 그 외의 어떤 것도 아니다.
　🌿 비극의 탄생

나의 경우 독서란 잠시 숨을 고르는 것과 같다. 나를 자신으로부터 해방시키는 것, 또는 타인의 학문이나 영혼 속에서 잠시 산책하는 것이라고 볼 수 있다. 나는 이미 오래 전부터 독서를 진지하게 여기지 않고 있다. 오히려 독서를 나의 진지함 속에서 길들이고 있다. 일에 몰두하고 있을 때 내 곁에는 단 한 권의 책도 찾아볼 수 없다. 누군가 나의 곁에서 쓸데없이 나불거리거나, 혹은 생각하지 못하게끔 미리 차단해야 할 필요성이 있기 때문이다. 나 자신을 빨아들이는 행위야말로 진정한 독서라고 생각한다.

일종의 자기기만은 정신적 잉태의 첫 번째 본능이며, 책략이다. 나는 타인의 사상이 몰래 성벽을 타고 올라와 나만의 성채를 침범하는 것을 너무 오랫동안 방치했다. 이것이 독서의 정체다.

힘든 집필의 시간이 끝나면 휴식이 찾아온다. 자, 오너라. 너희들 광기에 물든 책들이여, 멀리했던 나의 서적들이여.
🌿 이 사람을 보라

살아 있는 것은 그 주위에 하나의 분위기를 필요로 한다. 신비에 찬 구름과 안개를 필요로 하는 것이다. "망상 없이 이루어진 것은 하나도 없다."고 한스 작스(뉘른베르크에서 가장 위대한 시인)는 말했다. 작스가 마이스터징거(바그너의 오페라)에서 말한 것과 똑같다.

 반시대적 고찰

음악의 운명을 생각할 때마다 나는 괴로워진다. 왜냐하면 음악이 세계를 정화시키는 긍정적인 역할 대신, 퇴폐적인 분위기에만 열중하기 때문이다.

 이 사람을 보라

자신에 대한 많은 이야기를 남기는 것은 자신을 숨기는 하나의 수단이기도 하다.

 선악을 넘어서

괴테는 자기 안에 실재하는 능력이 절대적, 그리고 궁극적이어야 한다고 믿었다. 그의 삶이 편협하지 않았다는 점에서 그는 위대한 예술가 중에서도 위대한 예외라고 할 수 있다. 그의 생애는 두 번 정도 자기 안에 실재하는 능력보다 더욱 뛰어난 그 무엇이 있다고 착각했다.

노년의 그는 자신이 인류가 발견한 최대의 과학적 지식을 도출했다는 확신에 사로잡혔으며, 젊은 시절에는 그가 지닌 문학적 소양에 비해 보다 높은 가치를 추구했던 것으로 보인다. 이것은 모두 그의 착각에서 비롯되었다. 그는 언젠가 이렇게 말했다. "자연은 자신을 조형예술가로 만들 생각이었다."고. 이런 착각이 늘 그의 가슴속에서 불타올랐고, 결국 그를 짓누르는 고통이 되었다. 이 고통이 마침내 그를 이탈리아로 떠나게 한 것이다.

이 여행을 통해 그는 깨달았다. 자신의 정열로부터 몸을 숨겨야 한다는 사실을. 재능과의 결별이 필요하다는 점을 통감한 괴테는 타소(이탈리아의 시인)를 통해 새롭게 태어났다. '고양된 베르테르'로 불린 타소는 죽음보다 더욱 끈질긴 삶의 예감들로 몸서리를 쳐야 했다. 마치 어떤 미치광이가 "이젠 만사가 끝이다. 이 삶과 헤어져야겠다. 하지만 어떻게 해야 앞으로도 미치지 않고 살아갈 수 있을까."라고 혼잣말을 하는 것처럼 그는 아무에게도 이해받지 못했다.

괴테의 생애 중 이 두 가지 근본적인 모순이 그에게 당시 세계가 이해할 수 있는 유일한 문학적 자세, 즉 시에 대한 문예적인 입장에 강요받지 않게끔 도와준 것이다. 그는 자신의 삶을 도려내지 않고도 시를 썼다. 그 때문에 사람들은 괴테의 시를 위험한 장난으로 취급했다. 그는 시작詩作을 통해 조형미술과 자연이 바로 자신의 인근에 있었음을 깨닫는다. 이 같은 착각 없이 괴테는 괴테가 될 수 없었을 것이다. 즉 그는 직업적인 작가였지만, 또한 독일인이었지만, 자신 외에는 아무것도 바라지 않았기 때문에 지금까지 유일한 독일인 예술가로 기억될 수 있었다.

 인간적인, 너무나 인간적인

시인은 자신의 체험을 부끄러워할 줄 모른다. 닥치는 대로 착취하려고만 든다.
 선악을 넘어서

빵의 성질 __ 빵은 식탁에 차려진 다른 음식의 맛을 중성화시킨다. 각각의 음식이 가진 고유의 맛을 씻어내는 역할에 만족한다. 그 때문에 오랜 시간 이어지는 만찬에는 항상 빵이 따라다닌다. 예술작품에도 이런 빵이 필요하다. 작가의 수많은 내면이 담긴 작품이 하나의 주제로 통일되기 위해서는 각각의 내면이 표현한 진실을 융화시킬 수 있는 빵의 성질이 필요한 것이다.

만일 작품에 빵이 들어 있지 않다면 우리는 한 작품을 이해할 때마다 쉽게 피로해지거나, 너무 빨리 반감에 휩싸이게 될지도 모른다. 그리고 마침내는 예술처럼 '상당한 시간이 소요되는' 식사가 영원히 불가능해질지도 모른다.
🌿 인간적인, 너무나 인간적인

잡종 ― 갖가지 학문을 섭렵한 잡종들은 자신의 능력에 어떤 불신을 갖고 있다. 그들은 원군援軍을, 변호사를, 숨을 장소를 구하는 것이다. 예를 들어 철학에 구원을 요청하는 시인, 희곡에 구원을 요청하는 작곡가, 수사학에 구원을 요청하는 사상가들이 바로 그들이다.
🌿 인간적인, 너무나 인간적인

다행히 현대는 무엇인가 사색하고, 연구하고, 이에 대해 논의하고, 시를 짓고, 음악을 연주하고, 그림을 그리고, 철학을 만드는 것을 용인하고 있다. 다만 '이성적이고 현실적이어야 한다'는 전제가 따라다닐 뿐이다.
🌿 반시대적 고찰

빈약한 예지를 동원해 진정으로 가치 있는 현상들을 간과해 버리는 것, 이것이 우리 시대의 예술이다.
🌿 비극의 탄생

서정시인은 시대를 불문하고 늘 자기 자신에 대해 말하며, 내면에 숨겨둔 열정의 반음계를 우리 모두에게 들려주고자 열망한다.
🌿 비극의 탄생

금서禁書 _ 가장 무례한 지식인은 논리적 역설을 자주 사용하는 교만한 박식가들이다. 우리는 저 정신착란자들이 출간하는 책을 절대로 읽어선 안 된다. 그들은 뻔뻔스러운 얼굴로 지금 막 휘갈겨 쓴 책들이 논리적이라고 주장한다. 그들은 '그래서'라는 단어에 대해 "어리석은 독자여, 이 '그래서'라는 말은 그대의 것이 아니다. 이것은 나를 위해 존재하는 단어다."라고 아무렇지도 않게 지껄인다.

 이에 대한 우리의 대답은 이것이다. "어리석은 저자여, 그대는 대체 무엇 때문에 쓰는가?"
🌿 인간적인, 너무나 인간적인

괴테가 말한 것처럼 우리 시대는 참으로 추악한 시대다. 시인들은 인간의 삶에서 더 이상 유용한 피조물을 발견하지 못할 것이다.

반시대적 고찰

동물에 대한 우리의 태도를 통해 도덕의 성립과정을 깨닫는다. 그 동물이 유용하다든지, 혹은 유해하다는 결론이 내려지기 전까지 우리는 완벽한 무관심을 보여준다. 이를테면 기분에 따라 곤충을 죽일 때도 있고, 살려둘 때도 있고, 다리만 떼어낼 때도 있고, 더듬이를 잘라 풀밭에 다시 내려놓는 관용을 베풀 때도 있다. 주위에 벌레가 득실거리면 우리는 아무 생각 없이 닥치는 대로 살상을 즐긴다.

만약 그 벌레가 감히 우리에게 대항해 오면 어떻게 해서든 그 종種을 '멸종' 시키려고 갖은 방법을 찾아낸다. 반대로 어떤 동물이 우리에게 필요한 무언가를 제공한다면 우리는 그들을 '착취' 하기 시작한다. 더 많이 착취하기 위해 끊임없이 연구하고, 생태를 분석한다. 물론 이것은 동물을 위해서가 아니라 좀 더 간편하게 원하는 것을 빼앗기 위한 노력이다. 그때야 비로소 우리는 그 동물을 가축으로 인정한다. 그리고 가축에 대한 책임감이 생긴다. 물론 이것은 동물에 대한 책임감이 아니라 '재산'에 대한 책임감이다.

동물이 학살을 피해 가축이 되는 원리는 인간이 사회에 도덕을 들여온 과정과 완전히 일치하고 있다.
🌿 인간적인. 너무나 인간적인

정신의 소산 중 가장 지치고 허약한 것, 인생에 위협적이며 부정적인 것은 예술로부터 항상 보호를 받는다.
🌿 바그너의 경우

이야기에는 약간의 경멸이 포함되어 있다. 생각건대 말이라는 것은 평균적인 수준, 혹은 중간 정도에서 그쳐야 한다. 왜냐하면 이야기를 전달하려는 사람은 말을 시작함과 동시에 자신을 통속화하기 때문이다.
🌿 우상의 황혼

독자讀者들은 저자著者의 작품을 함부로 난도질하면서도 저자가 자신들에게 감사해야 한다고 요구한다.
🌿 인간적인. 너무나 인간적인

읽는 것을 기술로 단련하기 위해서는 어떤 습관이 필요한데, 오늘날에는 이것이 거의 잊혀져버렸다. 그것은 다름 아닌 되새김이다. 그렇기 때문에 나의 저작들이 사람들에게 읽혀지려면 아직도 많은 세월이 필요하다. 나는 독자가 소처럼 읽어야 한다고 믿는다. 어쨌든 '근대인'이 되어서는 안 된다.
🌿 도덕의 계보

괴테로부터 발견된 인간은 뛰어난 교양과 높은 문화 수준, 그리고 건강한 신체에서 도출된 완벽한 정신이다. 한마디로 자기 자신을 스스로 제어할 수 있는, 그래서 자연이나 신이 아닌 바로 자신으로부터 외경을 느끼는 인간이다. 자연의 법칙이 제공하는 풍요로움을 감히 스스로 제공하는 인간, 허락되지 않은 자유까지 함부로 다룰 능력을 갖춘 인간이다.

그들의 회피는 연약함에서 빚어진 도피가 아니라 강력한 정신의 힘에서 우러나온 관용이다. 그들은 인간의 평범한 천성을 파멸시킬 수는 없을지라도 자신에게 도움이 되는 방향으로 이끄는 방법을 알고 있다. 그 능력이 악덕으로 불리든, 혹은 미덕으로 불리든 그들은 상관하지 않는다. 그들은 자신들의 내부에 감춰진 인간의 속성을 제외시키는 것 외엔 아무것도 금지하지 않기 때문이다.

그들이 누리는 정신의 자유는 어쩔 수 없는 숙명과 더불어 만유의 인력이 지배하는 세계의 모퉁이에서 살아가고 있다. 그들의 신앙은 배척이다. 한 개인의 정신으로 전체가 구원받고, 한 개인의 긍정으로 모두가 공유할 수 있다는 것이 그들의 신앙이다. 전체를 위한 개인을 지키고자 그들은 전체를 배척한다. 이 같은 신앙은 자신이 아닌 다른 누군가의 신앙을 통해 최고의 가치를 누린다. 나는 이를 위해 디오니소스의 이름으로 세례를 베풀었다.

🌿 우상의 황혼

최악의 독자란 바로 약탈을 일삼는 패거리들이다. 그들은 자신이 이해할 수 있는 몇 가지 내용들을 끄집어내곤 다른 모든 것을 내던진 후 전체를 매도한다.

🌿 인간적인, 너무나 인간적인

세상에서 가장 사악한 것은 저속한 사상이다. 빈약한 사색에 몰두하느니 죄를 짓는 게 더 낫다.

🌿 차라투스트라는 이렇게 말했다

비제의 음악과 이야기를 나누다 보면 나도 모르게 좀더 나은 인간이 되는 것 같습니다. 뿐만 아니라 좀더 훌륭한 음악가가 될 수 있을 것 같습니다. 나는 그의 음악을 통해 진정한 '청중'의 자격을 갖춘 셈입니다. 그의 도움으로 나는 음악의 근원을 확인했습니다. 마치 내가 그 음악의 발생과정을 체험한 것 같은 기분이 듭니다. 이럴 때마다 모험에 나서기 직전, 우리의 발길을 붙드는 공포를 체감합니다. 그리고 이 우연한 행운에 기뻐합니다.

물론 이것은 비제가 의도한 음악적 목표가 아닙니다. 또한 나 역시 이런 감정들에 그다지 깊은 의미를 부여하지 않습니다. 어쩌면 내가 이런 감정에 얼마나 매혹되었는지 잘 모르는 것일 수도 있습니다. 왜냐하면 음악을 듣는 동안 나는 음악과 상관없는 전혀 다른 생각에 빠져들기 때문입니다.

사람들은 알고 있을까요? 음악이 정신을 '자유롭게 만드는' 생각에 날개를 달아준다는 사실을. 진정한 음악가일수록 그들은 철학자의 눈빛을 소유하고 있습니다. 이 추상적인 잿빛 하늘은 그들이 들려주는 음악의 선율로 더욱 명료해집니다. 그들의 음악으로 맑게 갠 하늘은 모든 사물을 손에 잡힐 듯 보여줍니다.

나는 지금까지 철학적 정서에 대해 이야기한 것입니다. 그리고 이런 정서에는 내가 모르던 '해답'이 숨겨져 있습니다. '내가 지금 어디 있는 것일까' 하는 의문에 대한 해답 말입니다. 비제는 나를 보람된 인간으로 만들어주었습니다. 모든 선한 것이 나를 보람되게 만듭니다. 나는 오직 이 선한 것들에게 감사를 느끼며, 또 이 선한 의지만을 나의 증거로 삼을 작정입니다.
🌿 바그너의 경우

리하르트 바그너는 다른 종류의 운동을 원했다. 그는 지금까지 우리가 절대적이라고 믿었던 음악의 생리적 조건을 완전히 전복시켰다. 그는 걷고 춤추는 대신 헤엄치고 떠다니는 것을 원했다.
🌿 니체 대 바그너

예술이 바로 지상이다. 그것은 삶을 가능케 하는 위대한 움직임이며, 평범한 삶에서 도피할 수 있게끔 사람들을 자극하는 위대한 유혹이다.

예술은 삶을 부정하려는 모든 의지를 짓누를 수 있는 유일한 힘이다.

예술은 인식하는 자를 구제한다. 즉 비극적 인식에 사로잡힌 인간을 구제할 수 있다.

예술은 행동하는 자를 구원한다. 즉 비극적·전투적 인간인 영웅을 구원한다.

예술은 고뇌하는 자를 구원한다. 개인적인 고뇌를 정화시켜 한 개인의 극히 일상적인 고뇌마저 위대한 삶의 형식으로 바꿔 버릴 수 있다.
🌿 권력에의 의지

예술가를 예술가답게 만드는 것은 그만이 표현할 수 있는 예외적인 상태이다. 그것은 모두 병적인 현상과 깊은 관련을 맺고 있다. 그 때문에 예술가라는 단어는 환자라는 의미와 자주 혼동된다.
🌿 권력에의 의지

나는 빈, 페테르부르크, 코펜하겐, 파리, 뉴욕 등에 많은 독자를 갖고 있다. 하지만 유럽의 한가운데인 독일에는 나의 독자가 한 명도 없다.
🌿 니체 대 바그너

예술을 주관적인 것과 객관적인 것의 대립으로 판단하는 사상은 미학을 훼손시키는 부적당한 개념이다. 자신의 이기적 욕망을 목표로 예술을 추구하는 개체는 예술의 적일 뿐이다.

만약 예술가가 자신이 표현한 현상의 주체가 되고 싶다면 그는 자신의 개인적 의지로부터 벗어나야 하며, 자아라는 가상공간에서의 구원과 현실의 만족을 잇는 매개자와 같은 존재가 되어야만 한다.

비극의 탄생

조각가와 서사시인은 형상에 대한 순수한 관조觀照 외엔 아무것도 신경 쓰지 않는다. 그러나 서정적인 영혼은 형상과의 합일을 통해 전혀 새로운 세계, 새로운 비유가 떠오르는 것을 느낀다. 이 세계는 조각가나 서사시인이 사는 세계와 정반대의 색채, 정반대의 속도를 가지고 있다.

조각가와 서사시인은 오직 형상들 속에서 기쁨을 느끼며, 형상의 극히 세세한 부분까지 자세히 관찰한다. 그들은 분노한 아킬레스의 영혼보다 분노로 일그러진 그의 표정에 주목하는 것이다. 반대로 서정시인에게 '형상'이란 또 다른 '나'를 담는 그릇에 지나지 않는다. 숨겨진 '나'의 객관화를 위해 형상을 이용할 뿐이다.

따라서 서정시인의 세계를 움직이는 원동력은 오직 자기 자신이다. 여기서 '자신'이란 경험적·현실적인 자아가 아니라 유일한 자아, 다시 말해 모든 사물의 본질을 담고 있는 영원한 자아라는 점을 기억해야 한다.

서정적인 예술가는 형상의 모방을 통해 자신의 영원한 자아를 확인한다. 그리고 영원한 자아를 통해 사물의 본질을 꿰뚫어본다.

🌿 비극의 탄생

예술의 발전은 아폴론적인 성격과 디오니소스적인 성격의 이중성과 관련이 깊다. 마치 인류의 번식이 끊임없는 투쟁 속에서도 주기적으로 맺어지는 남녀관계에 의존하는 것과 비슷하다.

🌿 비극의 탄생

사람이 글을 쓸 때는 이해되는 것뿐 아니라 어느 정도 이해되지 않기를 바라야 한다. 누군가 이 책이 난해하다고 말할지라도 그것은 결코 비난이 아니다. 그는 잠시 후 그것이 저자의 의도였을지도 모른다고 생각하게 된다. 저자는 모든 독자가 자신의 사상을 이해해야 한다고 생각하지 않는다.

   고귀한 정신은 세상의 빛과 마주치기 전에 먼저 상대방을 선택해야 한다. 그리고 선택과 동시에 쓸데없는 독자들에겐 장벽을 하사해야 한다. 문체의 기원은 바로 여기서 시작되었다.
🌿 즐거운 학문

이런 말을 하는 사람들이 있다. "나는 경험으로 이 책이 위험하다는 것을 알았다." 하지만 벌써부터 판단을 내릴 필요는 없다. 조금만 기다리면 곧 알게 된다. 그는 머지않아 이 책이 자신의 마음에 숨어든 병을 찾아내는 데 얼마나 큰 도움이 되었는지 고백하게 될 것이다.
🌿 인간적인, 너무나 인간적인

우리는 추상을 통해 감지한다. 동시대인들이 감각을 어떻게 표현하고 있는지 나로서는 더 이상 알아들을 수가 없다. 이미 너무나 진부해진 표현들이 새것처럼 화장으로 꾸미고 거리를 활보하고 있다. 셰익스피어가 현대인 모두를 타락시켰다.
🌿 반시대적 고찰

교양적 속물들은 자신에게 적대적이고 반항적인 분위기가 무르익으면 슬그머니 피하고, 부인하고, 입을 다물고, 귀를 막고, 똑바로 쳐다보지 않는다. 그들이 가장 증오하는 인간은 자신을 속물로 취급하며, 문화의 본질에 대해 언급하려는 자들이다.

이 교양적 속물을 한마디로 정의하자면 생존의 덫, 창작의 고갈, 진리의 미궁, 어린아이를 짓누르는 피로, 새싹을 말려버리는 안개, 새로운 갈망에 길을 떠나려는 정신 앞에 펼쳐진 사막이다.

그들이 정신을 증오하는 까닭은 그것이 탐구적이기 때문이며, 이미 알고 있다는 말을 믿으려 하지 않기 때문이다.
 반시대적 고찰

비평가들의 펜은 결코 멈추지 않는다. 왜냐하면 그들은 어느 순간부터 펜을 지배하는 힘을 상실하여 스스로 펜을 움직이는 것이 아니라 오히려 펜에 의해 움직여지고 있기 때문이다. 그들이 보여주는 비판의 무절제한 분비과정은 로마인들이 불능이라고 규정지은 '지배력의 결여'로 설명할 수 있다.
 반시대적 고찰

시인은 여러 가지 직업, 예를 들어 군인이나 직조공, 선원 같은 전문적인 직업을 묘사할 때 이런 직업에 종사하면서 겪게 되는 갓가지 속내를 이미 경험한 것 같은 태도를 취하곤 한다. 이밖에도 인간의 역사나 운명을 설명할 때 그는 세계를 하나의 거대한 그물로 묘사하며, 자신이 창조의 순간을 목격이라도 한 것처럼 거드름을 피우곤 한다. 게다가 그의 속임수는 항상 어리석은 일반인만을 상대로 자행되기 때문에 늘 성공한다.

이 거짓말에 속아 넘어간 어리석은 일반 백성들은 시인이야말로 참된 지식을 소유하고 있다는 확고한 믿음을 갖게 된다. 그리고 이 확고한 믿음은 시인에게 영향을 미쳐, 그는 자신이 어떤 전문가 못지않은 전문가이며, '세계와 사물에 통달한 마지막 인간'이라는 망상에 빠져들게 된다. 그는 이것으로도 모자라 모든 사람들로부터 "당신이 바로 이 시대의 유일한 진리이며, 성실입니다."라는 말까지 듣고 싶어한다.

하지만 현실 속 사람들은 시인이란 그저 피로를 푸는 데 필요한 여가라고 생각할 뿐이다. 시인의 허황된 공상이 현실에 지친 사람들에겐 재미있는 위로가 되는 것이다. 그런데 이 위로도 너무 깊이 빠져들면 현실성을 띠게 된다. 이 같은 위력을 일찍감치 눈치챈 시인들은 현실을 비방하며, 그것이 불확실하고, 가상적이며, 불순하다는 주장을 펼치기 시작했다. 그들은 죄와 괴로움과 기만에 찬 세계만을 보여주며, 사람들에게 언제까지 참아낼 작정이냐고 되묻는다. 즉 그들은 모든 월권을 동원해 인식의 한계를 어지럽히고, 의혹과 회의와 불확실성으로 이 세계를 뒤흔드는 것이다.

그들의 목적은 현실과 가상의 담벼락을 무너뜨려 사람들을 혼란에 빠뜨린 후 자신들의 마술을 '현실'로 둔갑시키려는 데에 있다.

🌿 인간적인, 너무나 인간적인

나는 눈물과 음악의 차이를 구별해낼 줄 모른다. 마찬가지 이유에서 공포의 떨림 없이 행복의 환희를 떠올릴 줄 모른다.
🌿 이 사람을 보라

현존하는 '속물'들은 속물을 가리키는 일반적인 관념에서 자신을 분리시킨다. 이것은 하나의 미신이라고 할 수 있는데, 그 과정을 통해 그는 자신이 뮤즈의 아들이며 유일한 문화인이라고 자부하게 된다. 정상적인 사회인이라면 도저히 이해할 수 없는 망상이지만, 우리는 그들의 이 같은 모습에서 한 가지 사실을 추론할 수 있다. 즉 그는 속물이 무엇인지, 그리고 왜 자신이 속물인지를 전혀 모르고 있다는 점이다. 그러므로 그가 사석에서 자신은 속물이 아니라고 항변하는 까닭을 이해해야 한다.

그는 인간이 보편적으로 갖춰야 할 인식에서 벗어난 돌출물이며, 자신의 '교양'이야말로 정당한 문화의 표현이라고 굳게 믿고 있다. 그는 우리 사회 전반에서 자신과 같은 교양인을 발견했다. 그들은 학교, 대학, 미술관 등을 점거하고 있으며, 그곳에서 자신들의 교양을 한껏 발휘해 우리 시대의 문화를 선도한다는 자기도취에 빠져든다.

이윽고 그들은 자신들이 만든 문화가 인류를 구제하고 있다는 확신을 갖게 되어 그에 상응하는 대가와 지위를 요구하기에 이른다.

👣 반시대적 고찰

디오니소스적인 음악은 그리스인들에게 공포와 전율을 일깨워주었다. 호메로스적인 아폴론의 리라에 익숙했던 그리스인들은 음악을 리듬의 물결이라고 생각했으며, 상태를 표현하는 데 필요한 조형으로 여겨왔다. 아폴론의 리라는 한마디로 암시적인 음조에 불과했다.

하지만 디오니소스가 전파한 새로운 음악은 영혼을 흔드는 멜로디였다. 그는 여러 음을 한 가지 주제로 통합시키는 화음을 발명했는데, 이 디오니소스적인 화음을 처음 접한 그리스인들은 그동안 억제해왔던 본능을 뛰어넘고 싶은 충동에 사로잡혔다. 한 번도 느껴보지 못한 이 황홀한 감정에 그들은 순간적으로 미쳐버린 것이다.

인습적인 단일음에 길들여진 그리스인들은 디오니소스적 음악에서 자연이 처음 잉태되던 순간을 떠올렸고, 아폴론의 리듬이 지배하던 이성에서 해방되어 마침내 자신의 인생을 포기하기에 이르렀다.

다음날 아침, 이 모든 꿈에서 깨어난 그리스인들은 자신들의 모습을 발견하고 얼마나 놀랐던가! 그 놀라움은 디오니소스가 보여준 환희 때문이 아니라 자신들이 뒤집어쓴 가면 속에 이토록 환희의 절정이 숨겨져 있었다는 두려움 때문에 비롯된 것이었다.

🌿 비극의 탄생

젊은 예술가에게 보내는 진혼곡

나는 가끔 예술가들이 자기가 가장 잘할 수 있는 일이 무엇인지 잘 모르고 있다는 생각을 한다. 그들은 자신의 임무를 찾기에는 너무 큰 허영에 빠져 있다. 그들의 감각은 새롭고 진기하며, 아름답고 완전하게 이 땅 위에서 자라나는 저 조그마한 식물들에 아무런 관심도 없다. 다만 큰 것, 도저히 가늠할 수 없는 것에만 열광한다.

예술의 본질은 예술이 존재를 완성시킬 수 있다는 점에 있다. 예술만이 완전성과 충족을 동시에 이룰 수 있다. 예술은 본질적으로 존재의 긍정이며, 축복이고, 신격화이다.

'염세적인 예술'이란 무엇을 뜻하는가. 그것은 자기모순적인 예술을 뜻한다. 그렇다. 그것은 모순이다. 쇼펜하우어가 예술을 염세주의의 증거로 삼았을 때 그는 잘못을 저질렀다. 비극은 결코 '체념'을 설파하지 않는다.

두려운 것, 문제적인 것을 표현하는 힘은 예술가의 본능에 감춰진 인간의 권력욕과 지배력에서 비롯된 것이다. 그렇기 때문에 예술가는 자신의 비극을 두려워하지 않는다.

염세적인 예술은 존재하지 않는다. 예술은 다만 모든 것을 긍정했기에 가능하다. 욥도 자신의 삶을 긍정했다. 하지만 졸라는 어떤가? 공쿠르 형제는? 그들이 제시하는 사물의 정체는 추악함이다. 그들이 그런 추악함을 제시할 수 있다는 것은 그들이 바로 그 추악한 사물을 통해 쾌감을 얻고 있었다는 의미이다.
　권력에의 의지

무대는 예술의 지배자가 되지 말 것.
배우는 진정한 예술가의 노예가 되지 말 것.
음악은 어떤 예술에게도 기만당하지 말 것.
　바그너의 경우

위대한 시인들, 예를 들어 바이런, 뮈세, 포, 레오파르디, 클라이스트, 고골리 등은 순간적인 인물들이며, 관능적이고 불합리하다. 그들은 대개 숨겨진 사연이 많고, 믿음과 불신에 대해 항상 경솔한 판단을 내린다. 작품 속에 드러난 그들의 영혼은 우리에게 균열의 심각성을 일깨워준다.

그들의 작품은 내적인 모멸감을 잊기 위한 복수이며, 자신을 물고 늘어지는 고통으로부터의 도피이다. 한마디로 그들은 늪에 빠진 이상주의자였다.

  니체 대 바그너

타오르는 정열에 육신을 내맡긴 채 인간에 대한 사랑과 증오로 괴로워하는 아르킬로쿠스(그리스의 서정시인)는 더 이상 아르킬로쿠스가 아니다. 그는 한 세계를 완성시킨 예술가이다. 그가 토해내는 시는 자신의 근원적 고통을 인간 아르킬로쿠스의 고통으로 승화시킨 예술가의 겉모습에 불과하다.

  비극의 탄생

굶주린 사람은 아무리 훌륭한 식사라도 음미하려고 하지 않는다. 그에게 있어 빵 한 조각과 고풍스런 만찬은 단지 배를 채워준다는 의미에서 동일하다. 그 때문에 까다로운 예술가는 굶주린 손님을 식사에 초대하지 않는다.

  인간적인, 너무나 인간적인

본디 비극이란 단지 합창일 뿐 연극적이지는 않았다. 그러나 합창의 주인공인 디오니소스의 존재를 현실로 만들기 위해, 그가 베푼 황홀의 경지를 성스럽게 만들기 위해 무대를 꾸며야 한다는 결론에 도달했다. 즉 합창단원이 맛보는 이 성스러운 환희를 관객들의 눈에도 보일 수 있게끔 시도한 것이 연극의 시작이었던 셈이다.

문제는 흉측한 가면을 쓰고 등장하는 디오니소스의 연극적인 모습을 어떻게 하면 관객들의 상상 속에서 실제로 존재하는 신의 모습으로 끌어올릴 수 있을 것인가에 대한 고민이었다. 그렇다면 여기서 다음과 같은 상황을 생각해보기로 하자.

아드메토스 왕은 얼마 전 사별한 왕비 알케스티스를 잊지 못하고 있다. 생전의 왕비 모습이 아직도 그의 눈에는 현실처럼 떠오른다. 왕비에 대한 추억으로 초췌해진 아드메토스 왕 앞에 어느 날 몸매와 걸음걸이가 생전의 왕비와 비슷한 어떤 부인이 베일로 얼굴을 가린 채 나타난다. 순간적으로 휘감겨오는 불안, 아내와의 비교, 본능적인 확신……

이것은 디오니소스적 비극에 몰입된 관객이 무대에 등장하는 주인공을 대할 때와 비슷한 감정이다. 관객은 디오니소스 가면을 뒤집어쓴 주인공의 등장과 함께 신의 고뇌에 빠져든다.

자신도 모르는 사이에 관객은 마치 마술에 걸린 것처럼 그의 영혼 앞에서 고뇌하는 저 신의 형상을, 아니, 신의 가면을 뒤집어쓴 주인공의 몸짓에 현실성을 부여하는 것이다.
　비극의 탄생

한 개인의 예술적인 창조 행위가 저 근원적인 예술의 본질과 유사해지는 경우가 있다. 그때 예술가는 예술의 영원한 본질에 대해 어렴풋이 깨닫는다. 그것은 마치 오래된 전설에 등장하는 괴물처럼 자신의 두 눈을 빼내어 자신이 서 있는 곳을 확인하는 것과 같다.

예술의 본질은 예술가가 주체인 동시에 배우이며, 또한 관객이라는 점이다.
　비극의 탄생

나는 가끔 예술가들이 자기가 가장 잘할 수 있는 일이 무엇인지 잘 모르고 있다는 생각을 한다. 그들은 자신의 임무를 찾기에는 너무 큰 허영에 빠져 있다. 그들의 감각은 새롭고 진기하며, 아름답고 완전하게 이 땅 위에서 자라나는 저 조그마한 식물들에 아무런 관심도 없다. 다만 큰 것, 도저히 가늠할 수 없는 것에만 열광한다.

그들의 조그만 정원과 과수원에 피어난 가치들은 피상적인 주인 때문에 전혀 인정받지 못하고 있다. 그들의 사랑과 통찰력은 이 작은 생명의 가치를 뒤쫓을 만한 힘이 없다.
🌿 니체 대 바그너

폭풍을 일으키는 것은 가장 조용한 언어이다. 비둘기처럼 고요한 사상이 우리의 세계를 뒤흔든다.
🌿 차라투스트라는 이렇게 말했다

4분의 3이 가지고 있는 힘 ― 하나의 작품을 완벽한 예술로 승화시키기 위해 작가는 자신이 갖고 있는 힘의 4분의 3만 표현해야 한다.

만약 이 같은 경고를 무시하고 작가가 자신의 극한까지 내달려 작품을 완성한다면, 그의 작품은 독자를 흥분시키고, 작품을 관통하는 긴장이 독자를 불안하게 만들 것이다.

완성은 어느 정도 여유가 수반되어야 한다. 한가로이 들판에 누워 풀을 뜯는 암소처럼 인간을 평화롭게 만드는 예술은 없다.
🌿 인간적인, 너무나 인간적인

일반적으로 철학자나 예술가는 자신의 철학과 예술의 독창성을 너무 고집한 나머지, 역사를 현시점에서 결론지으려는 경향이 강하다. 그리고 후대의 철학자와 예술가들은 선대 철학자와 예술가들이 보여준 이 같은 교만에 반발하여 자신만의 새로운 궤도를 추적하지만, 결국 그들도 자신들이 마지막 종착역이라는 착각에 빠지게 된다.

이 궤도는 필연적으로 원을 그리게 되는데, 이 역사적 진행이 각 시대의 철학자나 예술가의 독창성을 삼켜버리는 하나의 모순으로 작용하곤 한다.
 인간적인, 너무나 인간적인

무능한 예술가는 실물 크기의 초상화에 열광한다.
 반시대적 고찰

예술은 생을 북돋우는 가장 큰 자극이다. 어떻게 예술을 목표가 없는 것, '예술을 위한 예술'로 해석할 수 있는가.

예술은 인생이 보여주는 추악한 것, 가혹한 것, 기괴한 것마저 아무 여과 없이 표현할 수 있다. 예술은 이런 활동을 통해 생의 고뇌에서 벗어나고자 몸부림치고 있다.

예술에 이런 의문을 부여한 철학자가 있다. 그는 '의지에서 해탈하는 것' 이야말로 예술이 안고 있는 총체적인 의도라고 주장했다. '삶을 체념하지 않게 만드는' 것이 비극의 목적이라고 설파했다.

그러나 이런 주장은 어디까지나 염세적인 견해이며, '사악한 눈'이라고 할 수 있다.

🌿 우상의 황혼

우리가 체험할 수 있는 것은 기껏해야 예외적인 현상에 불과하다. 타락은 절정에 이르렀고, 어떤 신도 운명적인 '기정 사실'로부터 음악을 구원해내지 못할 것이다.

🌿 바그너의 경우

이제 비극은 죽었다. 시도 비극과 함께 사라졌다. 서둘러라, 이 문드러진 앙상한 아류亞流들아. 어서 저승으로 달려가라. 그곳에 가면 옛 거장들이 남겨놓은 빵부스러기를 배불리 먹게 될지도 모른다.

🌿 비극의 탄생

― 나는 잉크가 찍힌 펜을 들고 공상하는 인간이 아니다. 멍청히 의자에 앉아 흰 여백만 노려보면서 무언가 튀어나올 때까지 잉크병 뚜껑을 열었다, 닫았다 하는 인간도 아니다. 나는 글을 쓰는 행위에 화가 난다. 이것은 나의 수치다. 하지만 어쩔 수 없이 나는 써야만 한다.
― 그런데 왜 그대는 쓰려고 하는가?
― 솔직히 말하면, 글을 쓰는 것 외엔 이 생각들을 머릿속에서 몰아낼 방법이 없다.
― 왜 그대는 생각을 몰아내려고 하는가?
― 왜 그러냐고? 내가 방금 무슨 말을 했는데? 나는 어쩔 수 없이…….
― 이제 그만 됐다. 충분히 알아들었다.
  즐거운 학문

내 삶이 기억하는 축복은 모두 우연으로 시작되었다. 스탕달이 그렇고, 쇼펜하우어와 바그너가 그렇다. 나는 단 한 번도 소개를 받거나, 추천을 통해 우연과 마주친 적은 없었다.
  이 사람을 보라

괴테는 만족했을 때 창조하고 싶어했지만, 플로베르는 누군가를 증오할 때 창조하고 싶어했다.
　🌱 니체 대 바그너

은둔자의 저술에서 우리는 황량한 메아리를 듣는다. 그가 내지르는 고독의 속삭임을 듣는다. 그의 가장 오래된 말, 즉 그의 침묵은 어떤 새로운 위험을 알려주는 외침처럼 들려오는 것이다.

　모든 철학은 또 다른 철학을 숨기고 있다. 모든 언어는 또 다른 가면을 숨기고 있다.
　🌱 선악을 넘어서

사람들은 예술가에게 넌지시 충고한다. "내가 듣고 싶은 음악은 좀더 가볍고, 경박한 음악이지 숭고한 걸작이 아니다. 내가 요구하는 문학은 원숭이도 이해할 수 있는 전원시나 익살맞은 풍자시다. 만약 우리 시대에 뭔가 색다른 작품이 필요하다면 고전 작가의 가장 유명한 작품을 복사해서 돌려보면 된다."라고.
　🌱 반시대적 고찰

움직임의 격정은 위대함의 속성이 아니다. 대체로 활동하는 인간들 중에 가짜가 많다. 회화적인 인간들을 경계하라.
　🌿 이 사람을 보라

저승으로의 여행 ＿ 나 역시 오디세우스처럼 저승에 다녀왔고, 앞으로도 자주 다녀올 것이다. 나는 몇몇 사자死者를 만나기 위해 숫양뿐 아니라 나 자신의 피조차 아끼지 않고 바쳤다. 나의 제물을 받아준 사람은 오직 에피쿠로스와 몽테뉴, 괴테와 스피노자, 플라톤과 루소, 파스칼과 쇼펜하우어뿐이었다.

나는 지금까지 이들과 함께 여행을 다녔다. 여행하는 도중에도 나는 이들에게 뭔가 배우고 싶었고, 내 생각의 옳고 그름에 대해 평가받고 싶었다. 내가 무엇을 이야기하든, 무엇을 결정하든, 나를 위해 혹은 타인을 위해 무엇을 생각하든, 나는 언제나 저 여덟 명의 눈동자를 주시하고, 그들 역시 나를 지켜본다.

살아 있는 사람들에겐 미안한 말이지만, 이 살아 있는 사람들이 가끔 그림자처럼 보일 때가 있다. 그들은 늘 창백하고, 불쾌하며, 불안하다. 그런데도 생에 대한 이 탐욕스러움은 포기하지 않는다!
　🌿 인간적인, 너무나 인간적인

재능 없이 미친 자들이 있다. 그들이 정말 위험한 자이다.
🌿 반시대적 고찰

위대한 사상은 명성에 등을 돌린다. 새로운 가치의 창조자는 명성에 관여하지 않는다.

도망쳐라, 내 친구여. 그대의 고독 속으로! 너는 작은 것들, 불쌍히 여겨야 될 자들에게 너무 접근해 있다. 그들의 눈에 서린 복수로부터 도망쳐라. 그들은 너에게 복수를 다짐할 뿐 결코 은혜를 베풀 생각은 하지 않는다.

그들에게 팔을 벌리는 짓 따윈 더 이상 생각하지 말라. 그들은 파리채와 같은 존재들이다. 그들이 할 수 있는 일이라곤 그대를 때려잡는 일뿐이다. 파리로 전락하는 것은 그대의 운명이 아니다.
🌿 차라투스트라는 이렇게 말했다

천재란 누구인가. 지나치게 높은 목표와 그에 도달하는 모든 수단을 탐내는 자.
🌿 인간적인, 너무나 인간적인

위대한 양식은 아름다움이 괴물로 변해 승리를 거둘 때 발생한다.
  🌿 인간적인, 너무나 인간적인

새로운 신념에 매혹된 적이 없는 자. 아직도 처음 걸려든 그 신념의 그물에 언제까지나 매달리려 하는 인간은 어떤 말 못할 사정이 있든 간에 변할 수 없는 그의 신념으로 말미암아 뒤처진 문화의 대표자가 되곤 한다.

 이런 부류의 인간은 낯설고, 어리석으며, 가르치는 것이 불가능하고, 강퍅하며, 영원한 비방자로 남는다. 이들은 자신의 뒤떨어진 관념을 강요하고자 갖가지 수단을 동원하는 무법자가 되기 쉽다. 그들은 다른 의견이 자신의 주변에서 떠돈다는 사실을 도무지 받아들이려 하지 않는다.
  🌿 인간적인, 너무나 인간적인

현대인은 책을 읽을 때 한 페이지를 다 읽지 않는다. 약 20개의 단어 중 대여섯 개를 골라 멋대로 해석한 후 작가의 의도를 추측해버린다.
  🌿 선악을 넘어서

독창적 ― 무엇인가 새로운 것을 처음 보는 것이 아니라 오래된 것, 예전부터 잘 알려진 것, 누군가의 눈에 띄기는 했지만 간과되었던 것을 새로운 것으로 받아들이는 행위는 진실로 독창적인 두뇌를 소유하고 있다는 증거이다. 최초의 발견자는 항상 멍청한 저 공상가, 다시 말해 우연이라는 녀석이었다!
🌿 인간적인, 너무나 인간적인

사람들은 이따금 문화와 너무 동떨어진 생활에 두려움을 느끼곤 한다. 그들은 부족해진 감동을 채우기 위해 돈만 내면 언제든지 그 진절머리 나는 이기적 감동을 제공하는 극장과 연주회장을 찾는다. 또 그럴듯한 조각상이 세워진 광장에서 작품의 의미보다는 전시를 주최한 협회의 이름으로 만족을 느낀다.
🌿 반시대적 고찰

나는 셰익스피어처럼 가슴 아픈 책을 아직 읽어보지 못했다. 인간이 이토록 많은 유머를 얻으려면 얼마나 오랫동안 괴로웠어야 되는 것일까!
🌿 이 사람을 보라

나는 독자를 위해 쓰고 싶지 않다. 나는 나에 대해 기록할 뿐이다. 나를 위해서.
🌿 이 사람을 보라

타인의 자아에 항상 귀를 기울이는 것, 이것이 바로 진실한 독서라고 할 수 있다.
🌿 이 사람을 보라

일과 권태 ― 소득을 위해 일한다. 이것은 모든 문명국들의 구성원이 선택하는 당연한 논리다. 그들에게 일은 하나의 수단일 뿐, 결코 목적은 아니다. 따라서 일을 통한 소득의 정도가 일을 선택하는 첫 번째 조건이 된다.

그런데 소득의 정도보다 일의 즐거움을 더 먼저 따지는 희한한 인간이 있다. 그들은 지나치게 일을 가리고, 쉽게 만족할 줄 모르는 종족이다. 그들에겐 일이 목적이고, 일의 만족이 소득의 정도가 된다. 만약 아무리 소득이 많더라도 일 자체가 마음에 들지 않으면 그들은 움직이려고 하지 않는다. 예술가와 철학자가 이 종족에 속해 있다.

또 이런 종족도 있다. 사냥이나 여행, 혹은 사랑에 일생을 바치는 자들이다. 이들은 일의 결과가 아니라 과정을 즐긴다. 특히 과정이 괴로울수록 더욱 열광한다. 만약 이런 요건을 충족시키지 못한다면 그들은 쉽사리 일하려고 하지 않는다. 그들이 두려워하는 것은 가난이나 권태가 아니다. 맹목적으로 반복되는 일이다.
🌿 즐거운 학문

모든 철학의 발생은 그 근본에 비극을 품고 있다.
🌿 선악을 넘어서

우리는 주관적인 예술가들은 결코 위대한 예술가가 될 수 없다는 편견에 사로잡혀 있다. 예술의 모든 장르와 모든 단계를 극복하기 위해서는 먼저 주관적인 것들로부터 벗어나야 한다고 생각하기 때문이다. '자기'로부터의 해방, 즉 개인적 의지와 욕망의 억제가 예술에서 가장 절대적인 덕목이라고 착각한다. 결국 주관이 완전히 결여된 최소한의 예술적 창조만이 사람들로부터 위대한 예술이라는 칭송을 받는다.
🌿 비극의 탄생

대상과 처음 접했을 때의 느낌은 일정하게 지속되는 명료한 성질이 없다. 그 느낌은 나중에야 만들어진다. 먼저 대상에 대한 어떤 음악적 기분이 떠오른 후에 시적인 상념이 떠오르는 것이다.
🌿 비극의 탄생

호메로스는 어떻게 동시대의 다른 시인들보다 훨씬 구체적인 묘사를 표현할 수 있었을까? 그만큼 많이 관찰했기 때문이다. 우리가 시를 통해 이토록 추상적인 표현을 남발하는 까닭은 무엇일까? 우리가 그만큼 형편없는 예술가이기 때문이다.
🌿 비극의 탄생

어떤 예술적인 협회를 조직하는 사람들은 자신들의 감수성을 세상에 관철시키려고 안달이 나 있다. 그들은 예술과 예술가에 대한 심판관이 되고 싶어한다. 그리고 자신들이 소화해내지 못한 엄격하고 고상하며, 양심적인 교육에 대한 무관심을 조장하려 한다.
🌿 바그너의 경우

괴테는 독일에서뿐 아니라 전 유럽에서 하나의 돌발사건이었으며, 아름다운 소비였다. 공공의 이익이라는 처참한 관점에서 예술가를 규정짓는 것은 위대한 인간을 오해하게 만들 뿐이다. 그들에게서 어떤 이익도 끌어낼 수 없었다는 점, 이것이 바로 위대한 예술이다.

 우상의 황혼

나는 오직 피로 쓴 것만을 사랑한다. 낡아빠진 잉크 대신 펜 끝에 그대의 피를 적셔라. 사람들은 그제야 이 피가 그대의 정신임을 알게 되리라.

 차라투스트라는 이렇게 말했다

영혼에 대하여

정신의 두 갈래 길

힘과 사랑으로 충만한 눈물과 미소짓는 신의 행복, 그것은 황혼을 사르는 노을처럼 항상 인류에게 선물을 베풀고, 모든 근심과 헛된 망상을 바다에 부어버리는 기쁨이다. 태양과 마찬가지로 가난한 어부는 황금의 노를 저어가며 파도를 거스를 때 비로소 풍요로운 자신을 느끼며 행복에 도취될 것이다. 이 거룩한 완성을 우리는 인간성이라고 부른다.

우리는 인간에게서 의지를 빼앗아버렸다. 의지는 이제 아무런 능력도 보여줄 수 없다. '의지'라는 이 낡은 시대의 언어는 서로 모순되는 자극, 혹은 조화되는 자극에 의해 필연적으로 발생하는 일종의 개인적인 반응일 뿐이다. 오늘날 의지는 '작용하는' 것이 아니라 '움직이게 하는' 것이다. 예전에는 인간의 의식 속에, 즉 정신 속에 인간의 태곳적 유래 내지는 신성을 증명할 수 있는 무언가가 있다고 여겼다. 그래서 인간은 자신을 완성시킨다는 명분 아래 거북이처럼 감각을 자기 안으로 끌어들였고, 지상의 모든 존재와 교섭을 중단하고, 결국에는 인간이라는 이름마저 포기했다. 그리고 이것을 '순수한 정신'이라고 주장했다.

우리는 이에 대한 생각을 변화시켰다. 우리는 의식한다는 것, 다시 말해 '정신'이란 그저 유기물의 불완전한 징후일 뿐이며, 시도, 모색, 실수에 동원되는 불필요한 신경의 낭비로 간주했다. 우리는 의식적으로 무언가를 할 수 있다는 주장에 반박한다. '순수한 정신'이란 '순수한 우둔'의 동의어에 지나지 않는다. 복잡한 뇌신경과 감각기관, 그중에서도 인간의 육체를 계산에 넣지 않는 이상, 우리가 도출하는 모든 결론은 오산이다. 그 이상도, 이하도 아니다.

안티크리스트

의식意識은 유기체가 아직 발견하지 못한 마지막 영역이다. 따라서 가장 무력한 부분이다. 의식은 항상 과오를 저지르고, 그 때문에 동물과 인간은 필요 이상으로 빨리 파멸에 이른다. 그렇다고 인류가 의식의 잘못된 판단과 환상, 피상적인 경솔함 때문에 멸망하게 될 것이라는 주장이 진실이라는 뜻은 아니다.

오히려 의식이 존재했기에 인류가 인류로서 존재할 수 있었다.

물론 하나의 기능이 성숙되는 데는 많은 시간이 필요하다. 그것이 형성되기까지 많은 오해와 착오가 있을 수 있다. 우리의 의식은 이로 인해 위협받고 있다. 게다가 사람들은 인간의 의식이 영속적이고, 영원하며, 확고한 크기가 설정된 창고라고 생각한다. 사람들은 의식이 성장할 수 있으며, 또한 사멸할 수 있다는 진실을 받아들이려고 하지 않는다.

인간은 출생과 동시에 의식이 주어진다는 그 황당한 믿음 때문에 단 한 번도 의식을 획득하기 위한 노력을 수행하지 않았다.

즐거운 학문

가장 위험한 망각 — 처음에는 타인을 사랑하는 법을 잊어버리고, 마침내 자기 자신을 사랑해야 한다는 사실마저 잊어버린다.

서광

인간의 뺨은 왜 붉어졌는가? 그들이 수치를 깨달아야 하기 때문이다.

차라투스트라는 이렇게 말했다

영원한 고통에 시달리는 자, 혹은 자기모순에 사로잡힌 자들 중 근원적인 진실에 접근하고 싶은 사람들은 자신을 구원하기 위해 매혹적인 환영, 행복한 상상에 빠져들곤 한다.
  ※ 비극의 탄생

고귀함의 표지 ― 우리의 의무를 만인을 위한 의무로 끌어내리려는 생각은 하지 말 것.

자신의 책임을 포기하려는 생각을 하지 말 것. 또 그것을 타인에게 나눠주려고 생각하지 말 것.

자신의 특권과 그 행사를 자신의 의무 속에 집어넣을 것.
  ※ 선악을 넘어서

행동하는 자는 항상 양심이 없다고 괴테는 한탄했지만, 행동하는 인간은 또한 지식이 없을 때가 많다. 그는 한 가지 일에 너무 열중한 나머지 중요한 진실을 잃어버린다. 모든 행동하는 자는 그의 행동이 실제로 사랑받는 것 이상으로 자신의 행동을 사랑한다. 그리고 최선의 행동은 늘 이 같은 과잉된 사랑 속에서 빚어진다.
  ※ 반시대적 고찰

부모의 성격과 욕구가 빚어내는 마찰은 어린이의 성질에 고스란히 남아 그의 내적 순환을 방해하는 불협화음이 된다.
🌱 인간적인, 너무나 인간적인

학자를 조심하라! 그들은 너희들을 증오하고 있다. 그들은 비생산적이기 때문에 생산에 집착하는 너희들을 증오하고 있다! 너희들을 바라보는 그들의 시선은 차갑고, 또한 건조하다. 그들에게 발각되면 어떤 새일지라도 깃털을 모두 뜯기고 만다.

그들은 더 이상 거짓말을 하지 않겠다면서 우쭐대고 있다. 하지만 그들에게 거짓을 꾸며낼 능력이 없다고 해서 그들이 진리를 사랑하고 있다는 증거로 삼을 수는 없다. 이 점을 명심하라!

열광하지 않는다는 것만으로는 인식을 헤아릴 수 없다. 나는 냉정한 사람들을 믿지 않는다. 거짓말을 할 수 없는 자는 진리가 무엇인지 모르는 사람들뿐이다.
🌱 차라투스트라는 이렇게 말했다

고뇌하는 자에게 페시미즘은 권리를 부여하지 않는다.
🌱 인간적인, 너무나 인간적인

인간은 침묵해선 안 되는 순간에만 이야기해야 한다. 그리고 자신이 극복해낸 사건만을 이야기해야 한다. 그밖에는 모두 쓸데없는 이야기일 뿐이다.
　🌿 인간적인, 너무나 인간적인

늑대가 개의 증오에 시달리듯 자유로운 정신과 쇠사슬에 묶인 자, 숭배하지 않는 자, 숲 속에 사는 자들은 대중의 증오에 시달린다.
　🌿 차라투스트라는 이렇게 말했다

최대의 사건과 최고의 사상은 이해되기 힘들다. 이런 사건이나 사상과 같은 시기를 살아가는 인간은 정작 이런 것들을 경험하지 못한다. 다만 그 곁을 지나치며 살아가는 것이다.

　이것은 별의 세계에서 벌어지는 현상과 비슷하다. 가장 멀리 떨어진 별빛은 가장 뒤늦게 인간의 발치에 닿는다. 그 별빛이 우리의 뇌리에 닿기까지 인식은 진실을 부정한다. 시선 너머에 별이 존재한다는 사실을 부정하는 것이다.

　"어떤 정신을 이해하기 위해서는 대체 몇 세기나 필요한 것일까?" 이 물음에 대한 답변 역시 하나의 척도로 가늠할 수 있다. 인간은 자신에게 영향을 끼칠 때까지 불필요한 법칙과 격식을 강요한다. 정신에 대해, 또는 별에 대해.
🌿 선악을 넘어서

자신을 하나의 운명으로 받아들이고, 더 이상 다른 것을 기다리지 않는다.
🌿 이 사람을 보라

그대들이 체험할 수 있는 가장 위대한 힘은 무엇인가. 그것은 바로 경멸의 시기이다. 그대들이 바라던 행복은 구토가 되고, 그대들이 의지하던 이성과 덕성이 한 모금 구역질로 끝나 버리는 시절의 도래다.
🌿 차라투스트라는 이렇게 말했다

선善이란 무엇인가? 그것은 힘에 대한 찬양, 힘을 향한 의지, 그리고 힘을 뜻한다.

악惡이란 무엇인가? 나약함이 원인이 된 모든 행동이다.

행복이란 무엇인가? 힘이 더 강해지는 것.
🌿 안티크리스트

정신이 고갈되었을 때 파생되는 냉정함과 극기로부터 생산되는 냉정함을 구별하려면, 전자의 냉정함은 기분이 언짢고, 후자의 냉정함은 쾌활하다는 점을 명심해야 한다.
🌱 인간적인, 너무나 인간적인

그는 인간의 가장 밑바닥에서 행복을 길어올릴 때, 말하자면 가장 떫고 구역질나는 포도주와 가장 달콤하고 맛좋은 포도주가 함께 뒤섞일 텅 빈 술잔에서 포도주를 길어올릴 때 가장 큰 행복을 느끼는 것이다.
🌱 니체 대 바그너

어느 시대나 지식인의 가장 큰 악덕으로 교만이 회자되었다. 하지만 만약 이 교만이라는 원동력이 없었던들 지상은 진리의 효과를 기대할 수 없었을 것이다. 지식인의 교만은 자신의 사상과 개념을 더욱 확고한 것으로 만든다.

교만은 남들의 비판에 상관없이 스스로를 존경하고, 어울리는 명예를 찾아 수여하고, 자신을 이해하지 못하는 어리석은 이웃들을 경멸한다. 지식인은 자신의 교만한 성품을 만날 때마다 마치 절친한 동료를 만난 것처럼 반가워한다. 그의 사상을 인정하는 유일한 친구가 바로 교만이기 때문이다.

    그는 교만의 정신적 인격과 독립적인 실체를 인정한다. 내가 평소 나의 교만을 '지적 양심'이라고 부르는 것처럼 말이다. 이 검은 뿌리가 존재하지 않았다면 인류는 도덕을 깨닫지 못했을 것이다.

   🌱 인간적인, 너무나 인간적인

니힐리즘. 그것은 이중적이다. 하나는 '고양된 정신력'의 징표로 불리는 니힐리즘. 즉 '능동적 니힐리즘.' 다른 하나는 '정신력의 쇠퇴와 퇴화'로서의 니힐리즘. 즉 '수동적 니힐리즘.'

   🌱 권력에의 의지

정신은 자신의 생명을 깊이 자각한다. 그리고 고뇌에 의해 그 지혜를 더욱 풍요롭게 만든다.

    정신의 행복은 향유로 꾸며지고, 눈물로 정화되어 희생에 바쳐진다.

   🌱 차라투스트라는 이렇게 말했다

인간은 점점 더 거대해지고 거만해지는 추억에 대항하며 살아간다. 그는 언제나 추억에 짓눌리고, 정복당한다. 이 보이지 않는 빛이 그의 인생을 괴롭히는 것이다.
　🌿 반시대적 고찰

사랑은 상대방을 죽임으로써 다가올 변심을 미리 막고 싶은 충동을 간신히 참아낸다. 왜냐하면 사랑은 파멸보다 변화를 더 무서워하기 때문이다.
　🌿 인간적인, 너무나 인간적인

나는 감히 이렇게 말해야 할 의무가 있다. "잘 들어라, 인간들아! 나는 이런 사람이로다. 어떤 일이 있더라도 나를 다른 사람으로 착각해선 안 되느니라!"
　🌿 이 사람을 보라

우리는 인생을 사랑한다. 하지만 우리가 인생을 사랑하는 까닭은 우리가 삶을 영위하기 때문이 아니다. 사랑이라는 행위에 길들여져 있기 때문이다.
　🌿 차라투스트라는 이렇게 말했다

정신의 횡포에 맞선 돛단배처럼, 나는 지혜의 바다에 뛰어든다.
　🍃 차라투스트라는 이렇게 말했다

침체된 나의 활력을 소생시키거나, 우울한 기분에 생기를 불어넣는 일 없이, 그저 단순히 가르쳐야만 한다는 사실에 나는 분노를 느낀다.
　🍃 반시대적 고찰

먼 미래의 눈으로 오늘의 시대를 바라볼 때 내가 현대의 인간으로부터 발견하는 가장 색다른 사상은 '역사적인 감각'으로 불리는 현대인 특유의 미덕, 즉 현대인 특유의 질병이다.

이는 역사상 단 한 번도 드러나지 않은 미지의 개념인데, 아직 많은 사람들이 이 같은 개념을 떠올릴 때마다 오한이라도 느끼듯이 자신을 비참하게 생각하고 있다.

또 다른 사람들은 이 역사적인 감각을 살며시 다가오는 노년의 징후쯤으로 생각한다. 그리고 우리의 행성은 이런 사람들을 현재를 잊기 위해 자신의 젊은 날에 집착하는 우울한 병자들로 만들어버렸다. 어쩌면 이런 것들은 이 새로운 감정이 갖고 있는 하나의 색조일지도 모른다.

인류의 역사를 자신의 역사로 느낄 수 없는 인간은 병자의 슬픔과 청춘의 꿈을 그리워하는 노인의 슬픔, 연인을 빼앗긴 슬픔, 이상이 땅에 떨어진 순교자의 슬픔, 승패의 결말을 알 수 없음에도 스스로에게 상처를 입히고 친구마저 떠나보낸 영웅의 슬픔만을 간직하게 된다.

그러나 이처럼 다양한 슬픔을 견딜 수만 있다면 전쟁터에 두 번째 태양이 밝아올 때 햇살에 인사를 건네고, 자신의 운명에 인사를 보낼 용기를 얻게 될 것이다.

인류의 가장 오래된 역사, 또는 가장 새로운 역사, 그리고 인류의 모든 손실과 희망, 정복과 승리를 마음속에 거둬들인 후 하나의 감정으로 압축시킬 것. 이는 분명 지금까지 인간이 알지 못했던 행복을 낳는 첫걸음으로 작용하게 될 것이다.

힘과 사랑으로 충만한 눈물과 미소짓는 신의 행복, 그것은 황혼을 사르는 노을처럼 항상 인류에게 선물을 베풀고, 모든 근심과 헛된 망상을 바다에 부어버리는 기쁨이다. 태양과 마찬가지로 가난한 어부는 황금의 노를 저어가며 파도를 거스를 때 비로소 풍요로운 자신을 느끼며 행복에 도취될 것이다. 이 거룩한 완성을 우리는 인간성이라고 부른다.

🌿 즐거운 학문

나의 우울한 마음은 완성된 심연에 숨어 충분한 휴식을 취하고 싶어한다. 그래서 나는 음악을 찾는다.
　🌿 니체 대 바그너

사람들이 몰락의 징조를 깨닫기 시작할 때 비로소 도덕을 이해하게 될 것이다. 자신의 죽음 앞에서 가장 성스러운 이름과 가치에 무엇이 숨겨져 있었는가를 알게 된다는 말이다.
　🌿 바그너의 경우

밤이다. 이제 막 깨어난 샘물들이 소리 높여 외친다. 나의 영혼은 솟아오르는 샘물이다.

　밤이다. 이제 막 깨어난 사랑의 노래가 들려온다. 나의 영혼은 사랑의 노래이다.

　진정되지 않는, 아니 진정할 수 없는 그 무엇이 내 안에 있다. 그것은 자신을 드러내고 싶어한다. 사랑에 대한 열망이 내 안에서 스스로 사랑을 속삭인다.

　나는 빛이다. 하지만 내가 밤이었다면 얼마나 좋을까. 빛에 둘러싸이는 것이 나의 적막이다!

　내가 만일 어두운 밤이었다면 얼마나 좋을까. 나는 미친 듯이 빛의 가슴을 빨아들였을 것이다. 그대들 찬란한 별빛이여, 높이 솟구친 반딧불이여! 그대들은 자신을 축복하라. 그대들에게 허락된 빛의 은총을 기뻐하라.

나는 오직 내 안에서 몸부림치는 빛을 보며, 내 안에서 꿈틀거리는 불꽃을 마신다. 나는 받는 자의 행복을 모른다. 나는 가끔 훔치는 것이 받는 것보다 더 행복할지도 모른다는 생각에 빠져든다. 항상 남에게 베풀어야 한다는 것은 쓰라린 고통이다. 기다림에 지친 눈과 밤을 기다리는 나의 욕망은 나의 질투이다.

타인에게 베푼다는 것은 재난이다! 태양의 그늘이여! 잠재울 수 없는 열망이여! 풍요 속의 빈곤이여! 나를 섭취하라. 나를 먹고, 마시고, 즐겨라.

베푸는 데서 비롯되는 나의 행복은 베풂으로써 끝나버린다. 나는 베풀기 때문에 피곤해진다!

언제나 베풀기만 하는 자는 자신의 수치에 무감각해진다. 언제나 베풀어주는 자는 받는 자들의 기쁨에 감사하지 않는다.

나의 눈은 더 이상 애원하는 자들의 수치에 눈물을 흘리지 않는다. 나의 손은 이미 굳어버렸다. 눈물과 내 마음의 안식은 어디로 갔는가? 타인을 동정한다는 것은 적막이다. 저 빛나는 행성은 오늘도 황량한 공간을 지나 내 머리 위를 돈다. 모든 암흑에 대해 그는 빛으로 이야기한다. 그러나 나는 침묵을 지킨다.

이것이 빛나는 자에 대한 빛의 증오이다. 냉정한 저 행성은 정해진 궤도를 달린다. 그를 움직일 수 있는 것은 어디에도 없다. 그는 오직 정해진 길을 돌 뿐이다.

성난 폭풍처럼 행성은 그들의 궤도를 달린다. 이 길이 그들의 유일한 여행이다. 그들은 오직 확고한 의지만 따른다. 이 의지가 그들의 유일한 감정이다.

내 곁으로 여름이 다가온다. 나의 손은 차디찬 감정을 위해 점점 더 뜨겁게 불타오른다! 나는 갈망한다. 그대들의 갈망을 갈망한다.

밤이 되었다. 나는 또다시 빛나야 한다. 이것이 나의 슬픔이다.

밤이 되었다. 나의 소망은 샘물처럼 다시 내 안에서 솟아오른다. 나는 말하고 싶다.

밤이 되었다. 이제 막 깨어난 샘물들이 소리 높여 외친다. 나의 영혼은 솟아오르는 샘물이다.

밤이 되었다. 이제 막 깨어난 사랑의 노래가 들려온다. 나의 영혼은 사랑의 노래이다.

🌿 차라투스트라는 이렇게 말했다

자연은 여성을 통해 자신이 지금까지 무엇을 만들었는지 확인한다. 반대로 남성을 통해 자신이 무엇을 극복해야 하는지, 앞으로 무엇을 계획하고, 만들어야 하는지 확인한다.
　🌿 인간적인, 너무나 인간적인

순결이란, 어떤 사람에겐 미덕일 수 있으나, 많은 사람들에겐 악덕이다.
　🌿 차라투스트라는 이렇게 말했다.

고뇌의 숙명을 넘어서

어린아이는 순수하다. 망각이다. 새로운 출발이다. 하나의 놀이다. 저절로 굴러가는 수레바퀴이다. 최초의 운동이다. 그리고 무엇보다 신성한 긍정이다.
그렇다, 형제들이여. 창조는 긍정을 필요로 하고 있다. 이제 정신은 자신의 의지를 요구한다. 세상을 등진 자만이 자신이 원하던 세계를 얻을 수 있다.

리하르트 바그너, 겉보기에 가장 성공한 음악가. 하지만 실제로는 정신부터 썩어버린 퇴폐주의자이며, 타인을 절망으로 인도하는 독재자. 그는 어느 날 산산이 부서져 예수의 십자가 앞에 침몰해버렸다.

이 공포스런 연극에 경악한 독일인은 오직 나뿐이었다! 하지만 이 예상치 못한 사건으로 나는 한 가지 사실을 깨달았다. 그리고 나는 그를 떠나 더욱 멀리 걸어갔다. 얼마 후 나는 병에 걸렸다. 아니, 병에 걸린 게 아니라 지쳤다. 현대인을 열광시키는 모든 광기에, 이 기진맥진한 노동력, 희망, 청춘, 사랑을 억제할 수 없는 절망에 지쳐버린 것이다.

관념론, 거짓말, 허약한 양심에 나는 계속 구역질을 해댔다. 이전보다 더욱 믿지 못하고, 더욱 잔인하게 경멸하고, 더욱 외롭게 고독해야 한다는 그들의 선고에 분노했다.

🌿 니체 대 바그너

완벽한 아름다움이란 이상과 마찬가지로 망상에 지나지 않는다.

🌿 바그너의 경우

정신의 세 가지 변화에 대해 그대들에게 설명해야겠다. 정신이 낙타가 되고, 낙타는 사자가 되며, 사자는 마침내 어린아이가 되는 경위를.

우리의 거룩하고 굳센 정신은 여러 가지 무게에 시달리고 있다. 때문에 이 거대한 정신은 무거운 짐, 필연적으로 가장 무거운 짐을 만나게 된다.

우리의 거대한 정신이 대체 무엇을 무거워한다는 말인가?

이 의문을 풀기 위해 그대는 무릎을 꿇는다. 마치 낙타처럼 이 무거운 짐을 잔뜩 짊어지려 하는 것이다.

그대들이여, 가장 무거운 짐은 무엇인가? 거대한 정신은 이렇게 말한다. 나는 이 무거운 짐을 짊어지고 나의 위대한 힘을 즐기리라.

자부심을 위해 스스로 고개를 숙이려는 것인가? 아니면 지혜를 비웃고자 스스로 우매를 신봉하는 것인가?

우리가 승리를 자축할 때 이 모든 기쁨을 멸시하고 싶은 것인가? 그대를 유혹한 자를 다시 유혹하고자 이 높은 산을 오르겠다는 것인가?

지식이 열린 참나무와 그 풀잎을 먹으며 진리를 위해 영혼의 굶주림을 참겠다는 것인가?

병든 그대를 찾아온 친구들을 돌려보내고, 그대가 원하는 말을 들어본 적도 없는 저 벙어리들과 우정을 맺고 싶다는 것인가?

진리의 샘물이 눈앞에서 조용히 흐르는데, 구정물을 바라보며 차갑게 식은 개구리와 뜨겁게 달궈진 두꺼비를 몰아낼 생각이 없다는 것인가?

가장 어려운 짐들을 우리의 거대한 정신은 기꺼이 짊어진다.

그는 무거운 짐을 지고 사막을 건너는 낙타처럼 자신의 사막으로 달려간다.

그러나 이 고독의 사막에서 그는 두 번째 변화를 경험한다. 여기서 우리의 정신은 사자가 된다. 자유는 그를 사막의 군주로 삼고 싶어한다.

그는 자신의 사막을 다스릴 최후의 군주를 찾는다. 그리고 모든 신을 적으로 여긴다. 그는 거대한 용에게 싸움을 건다.

우리의 정신이 이미 군주, 혹은 신으로 부를 수 없다고 규정한 거대한 용은 무엇인가? 용은 우리에게 말한다. "그대 마땅히 해야 할지니라." 그러나 사자로 변한 우리의 정신은 말한다. "나는 단지 하고자 할 뿐이다."

'그대 마땅히 해야 할지니라'는 금빛으로 물든 비늘을 자랑하는 짐승의 형상으로 그의 앞길을 가로막는다. 짐승의 몸에 새겨진 비늘마다 '그대 마땅히 해야 할지니라'는 말이 빛나고 있다. 저 거대한 용은 이렇게 말한다.

"모든 가치는 나의 머리 위에서 빛난다. 모든 가치는 이미 창조되었다. 창조된 모든 가치는 바로 나 자신이다. '나는 단지 하고자 할 뿐이다'는 있을 수 없다."

용은 그대를 향해 이렇게 말한다.

"형제들이여, 왜 우리에겐 사자가 필요한 것인가? 저 상냥하고 경건한, 그래서 위대한 짐승은 어째서 받아들일 수 없는 것인가?

새로운 가치의 창조는 사자가 할 수 있는 일이 아니다. 그러나 새로운 가치를 창조하는 데 필요한 자유는 사자만이 창조할 수 있다.

스스로 자유를 창조하고, 신성한 의무를 거부하기 위해, 형제들이여, 우리에겐 사자가 필요하다. 새로운 가치를 획득한다는 것은 경건한 정신의 가장 위대한 약탈이다. 진실로 위대한 정신이 가치를 획득한다는 것은, 그 권리를 주장한다는 것은 약탈이다. 그것은 짐승의 소행이다."

그는 가장 신성한 가치로서 '나는 단지 하고자 할 뿐이다'를 사랑하였다. 이제 그의 사랑에서 자유를 획득하기 위해 그 가장 신성한 사랑 속에서 광란과 방심을 찾아내지 않으면 안 된다. 이 약탈에 사자가 필요하다.

그러나 형제들이여, 사자도 감히 할 수 없는 일을 어린아이가 해낼 수 있다는 사실을 믿어다오. 무엇 때문에 사자는 어린아이가 될 수밖에 없는 것인가?

어린아이는 순수하다. 망각이다. 새로운 출발이다. 하나의 놀이다. 저절로 굴러가는 수레바퀴이다. 최초의 운동이다. 그리고 무엇보다 신성한 긍정이다.

그렇다, 형제들이여. 창조는 긍정을 필요로 하고 있다.

이제 정신은 자신의 의지를 요구한다. 세상을 등진 자만이 자신이 원하던 세계를 얻을 수 있다.

나는 정신의 세 가지 변화에 대해 그대들에게 설명했다. 정신이 낙타가 되고, 낙타는 사자가 되며, 사자는 마침내 어린아이가 되는 경위를.

🌿 차라투스트라는 이렇게 말했다

유랑자 친구여, 그것은 잘못된 생각이다! 지금까지 모든 사람들은 내 의견보다, 나 자신보다, 오히려 내 그림자를 먼저 알아보았다.

🌿 인간적인, 너무나 인간적인

기존의 주장을 바꾼다는 것은 옷을 바꿔 입을 때와 마찬가지로 일종의 정신적 청결이 요구된다. 그러나 어떤 인간들은 허영의 요구로 자신의 주장을 버릴 때가 있다.

🌿 인간적인, 너무나 인간적인

사람들은 신념이 위대한 정신의 특성이길 바라지만, 실상은 회의, 비도덕성, 공인된 신앙처럼 포기할 수 있는 것들이야말로 위대한 정신의 속성이다. 카이사르, 프리드리히 대왕, 나폴레옹, 호메로스, 아리스토파네스, 레오나르도 다빈치, 괴테처럼.
  권력에의 의지

그대들을 완전한 세계로 인도하는 가장 민첩한 짐승은 고뇌다.
  반시대적 고찰

허물을 벗지 못하는 뱀은 소멸한다. 새로운 의견을 방해받은 정신도 마찬가지다. 새로운 의견이 중단된 정신은 더 이상 정신으로 활동할 수 없다.
  서광

우리의 교수님들이 그토록 자주 인용하는 이 '진리'는 질서를 어지럽히거나, 기존의 질서에서 결코 벗어나지 않는 매우 얌전한 존재인 것 같다. 대학이 가르치는 '진리'는 갖가지 불만이 뒤엉킨 젊은 영혼에게 속삭인다. 우리는 당신들을 분노하게 만들 생각은 없답니다, 우리들은 단지 '순수한 학문'이니까요.

이 '진리'는 한마디로 쾌적하고 기분 좋은 피조물에 불과하다. 내가 말하고 싶은 것은 진리가, 혹은 철학이 '순수한 학문'이라는 인식에 대항해야 한다는 점이다.
🌿 반시대적 고찰

문門 __ 어린이는 어른과 마찬가지로 체험으로 얻어낸 모든 습득에 문을 달아둔다. 어린이는 이 문을 '입구'로 이용하지만, 어른은 '통로'로 이용한다.
🌿 인간적인, 너무나 인간적인

예전엔 세상이 모두 미쳐 있었다. 총명한 사람들은 이렇게 말하며 눈을 껌벅거린다.
🌿 차라투스트라는 이렇게 말했다

지금까지 심리학은 도덕적인 선입견과 의혹에 훼방을 받아왔다. 심리학은 저 깊은 인간의 영혼 속으로 들어갈 수 없었던 것이다. 하지만 이에 대해 나처럼 권력에 대한 의지, 또는 진화론적으로 생각해본 사람은 아무도 없었다.

도덕적인 편견은 폭력과 다를 게 없다. 심리학에 대한 편견은 가장 정신적이고, 지극히 냉정하며, 어떤 전제로도 감출 수 없는 영역까지 침투하여 손해를 끼치고, 방해하고, 현혹하고, 착란을 일으켜왔다. 따라서 심리학자들은 이 무의식적인 저항과 싸워야만 했다. 한마디로 심리학자들의 가장 큰 적이 사람들의 심리였던 셈이다. 사람들은 '선과 악'이 존재한다는 심리학의 가장 기본적인 학설에도 세련된 모독이라는 유행어를 붙여줬다.

만약 어떤 심리학자가 증오, 질투, 탐욕, 지배욕 등이 생명의 필수적인 감정이기 때문에 이것을 없애서는 안 된다고 주장한다면, 그는 사람들의 비판에 마치 뱃멀미를 앓는 것처럼 어지러움을 맛보게 될 것이다.

🌿 선악을 넘어서

사상가의 세 가지 종류 __ 샘물은 도도하게 끓어오르는 것과 막힘없이 솟구치는 것, 그리고 뚝뚝 떨어지는 것으로 나뉜다. 사상가도 이와 마찬가지다. 어리석은 관리인은 물의 양으로 샘물을 평가하고, 전문가는 물의 성분으로 샘물을 평가한다.

🌿 인간적인, 너무나 인간적인

나는 모든 우연을 냄비에 담고 삶는다. 그리고 충분히 삶아지면 나의 먹이로 삼켜버린다. 나의 뱃속에서 우연은 필연이 된다.
　🌿 이 사람을 보라

피로에 지친 자는 태양을 저주한다.
그들에게 숲은 단지 그늘일 뿐이다.
　🌿 즐거운 학문

쇼펜하우어는 아름다움을 향한 우울한 정열을 갖고 있다. 그는 늘 이렇게 말한다. "무엇을 위해서인가."

　아름다움은 그에게 '의지'로부터의 해방이었다. 그의 주장에 따르면 아름다움이 우리를 영원한 구원으로 인도한다는 것이다.

　그는 아름다움이 '의지'의 성역에서 우리를 구출한다고 주장한다. 아름다움에 넋이 나간 인간은 생식의 충동에서 벗어날 수 있다고 확신하는 것 같다.

　그는 한마디로 기묘한 성자다! 하지만 누군가 그의 주장에 항의하고 있다. 항의의 주체는 아마도 자연일 것이다. 자연이 발휘하는 음조, 색채, 향기, 리드미컬한 운동 속에는 왜 아름다움이 숨겨져 있는 것일까. 자연은 왜 우리에게 아름다움을 제시하는 것일까.

다행히 인간을 대표해 어느 한 사람의 철학자가 그에게 조용히 항의했다. 성스러운 플라톤(쇼펜하우어 자신이 그렇게 부르고 있다)의 권위는 쇼펜하우어에 반대되는 명제를 지지하고 있다.

"모든 아름다움은 생식을 자극한다. 가장 관능적인 것에서부터 가장 정신적인 것에 이르기까지. 이것이야말로 아름다움이 작용하는 고유성이다."

🌿 우상의 황혼

취미는 자위행위와 같다.
🌿 이 사람을 보라

내가 두 손으로 이 나무를 흔들려고 해도 나무는 결코 움직이지 않을 것이다. 하지만 눈에 보이지 않는 저 바람은 나무를 뿌리째 뽑아버릴 수도 있다. 우리 또한 저 나무처럼 보이지 않는 힘에 뽑혀버리는 수가 있다.

🌿 차라투스트라는 이렇게 말했다

사랑은 애인의 정욕마저 허용한다.
🌿 즐거운 학문

자신이 얼마나 오랫동안 이용당했는가를 깨달은 자는, 이에 대한 반발 심리로 가장 추악한 현실까지 껴안으려 한다. 인류의 역사를 돌이켜보면 가장 선량한 구애자들은 항상 추악한 현실의 노리개로 이용당해왔다. 왜냐하면 선량한 자들은 너무나 쉽게, 당연하게 거짓말을 믿기 때문이다.
🌿 인간적인, 너무나 인간적인

나의 사명은 대체 어디로 사라진 것일까? 나의 사명이 내 삶에서 손을 떼고, 당분간 나에 대한 권리를 요구하지 않겠다는 말은 무슨 뜻일까? 어떻게 해야 이 지독한 궁핍에서 살아남을 수 있을까?

　나는 이 같은 질문에 대답하고자 먼저 음악을 멀리했다. 그리고 모든 불분명한 동경과 욕망을 저주했다. 마지막으로 삶에서 기쁨과 즐거움을 빼앗고 허풍에 사로잡힌 망상을 영혼으로부터 갈라놓았다.
🌿 인간적인, 너무나 인간적인

모든 운동과 모든 생성은 역학관계의 끊임없는 확립과정이다. 즉 하나의 거대한 투쟁이다.
🌿 권력에의 의지

우리 주위에는 공정한 천재들이 있다. 나는 인류가 이들을 철학, 정치, 또는 예술사에 등장한 그 어떤 천재들보다 낮게 평가하고 있다는 데에 분노를 느낀다. 이 공정한 천재들은 사물에 대한 판단을 현혹시켜 혼란케 하는 일체의 사념들을 혐오한다. 이 혐오야말로 그들의 가장 위대한 활동이기도 하다. 그들은 한마디로 신념의 적이다. 왜냐하면 삶과 죽음, 현실과 상념 같은 모든 활동에 상응하는 개념을 인생에서 발견하고자 애쓰기 때문이다.

　이들의 활동을 순수하게 인식할 필요성이 있다. 공정한 천재는 사물을 빛에 노출시키고, 주위의 변화를 관찰한다. 그들은 자신의 적마저도, 저 맹목의, 또는 신념이라는 터무니없는 거짓으로 가장한 욕망에 대해서까지 그에 상응하는 개념을 찾으려고 노력한다. 오직 진리를 위해.
🌿 인간적인, 너무나 인간적인

정신은 하나의 비유에 불과하다. 모든 불멸의 것 역시 하나의 비유에 불과하다.
　🌿 차라투스트라는 이렇게 말했다

죽음의 순간에서 벗어날 때마다 그는 한층 더 격렬해진다. 그는 보고, 듣고, 경험하는 모든 것을 자신의 본능으로 삼는다. 그는 책과의 접촉이나 사람과의 교제, 혹은 자연과의 내밀한 교감 중에도 항상 자신의 내면을 의식한다. 그는 이런 행동을 가리켜 '나에 대한 신뢰'라고 부른다. 하지만 자신을 더 이상 신뢰할 수 없기 때문에 의식하는 것일 수도 있다.

그는 삶의 어떤 자극에도 서서히 반응한다. 오랜 통찰과 고통이 그의 의욕적인 긍지를 잠재웠기 때문이다. 그는 불행이나 죄악을 믿지 않는다. 다만 자신과 타인에 대한 나쁜 추억을 깨끗이 잊어준다. 그는 망각이 심판보다 우월하다고 확신한다. 심판은 대가를 요구하지만, 망각은 아무것도 요구하지 않기 때문이다.

그의 이 같은 특성을 종합해봤을 때 그는 퇴폐적인 인간이 아니다. 오히려 그 반대다. 여기서 그는 바로 나 자신이다.
　🌿 이 사람을 보라

인간은 망각을 배울 수 없다. 그는 늘 지나간 과거에 매달리는 자신을 이해하지 못한다. 그가 아무리 빨리, 그리고 멀리 달아나더라도 쇠사슬은 언제나 그의 뒤에 있다.
🌿 반시대적 고찰

거만한 계급과 자비라고는 눈곱만큼도 없는 사악한 부富에 짓눌려 태어난 인간은 사제의 나쁜 교육으로 타락하고, 우스꽝스런 관습에 수치를 느끼며 성장한다. 그는 어느 날 자신을 괴롭히는 모든 곤경으로부터 벗어나고자 자연을 찾게 되는데, 이 자연이 에피쿠로스가 말하는 신전처럼 멀리 떨어져 있다는 사실에 절망하게 된다. 그의 기도는 단 한 번도 자연을 움직이지 못한다. 그는 그렇게 부자연스런 혼돈으로 서서히 추락하는 것이다.

그 혼돈 속에서 조금 전까지만 해도 가장 인간적이라고 생각했던 알록달록한 장식과, 학문과, 세련된 생활을 비웃으며 내던져버린다. 그리고 희미하게 새어나오는 빛을 따라 정신없이 걷는다. 마침내 자신의 벽과 마주친 인간은 주먹으로 벽을 두들기며 빛, 태양, 숲, 바위를 찾아 절규한다.
🌿 반시대적 고찰

오이디푸스는 자신의 지혜 때문에 망령과 욕된 비참에 휩쓸렸다. 하지만 그는 자신의 고통에서 영원한 마력을 지닌 축복을 발견했고, 죽은 뒤에도 그 영향은 후세까지 이어졌다. 그는 자신의 삶을 통해 이렇게 말하고 싶은 것이다. "고귀한 인간은 죄를 범하지 않는다."

그의 행위로 인해 모든 법률, 모든 질서, 모든 도덕관념이 무너진다 할지라도 그의 이 같은 행위에 의해 지난 세대보다 훨씬 위대한 마법의 동그라미가 그려지고, 이 마법의 힘으로 파괴된 세계 위에 새로운 세계가 건설된다.

🌿 비극의 탄생

거친 노동을 사랑하고, 빠른 것, 새로운 것, 진귀한 것에 환호하는 그대들이여. 그대들은 모두 인내가 부족하다. 그대들의 근면은 도피이다. 자신을 망각하려는 의지이다.

🌿 차라투스트라는 이렇게 말했다

복수의 욕망에 시달리는 광풍보다 차라리 기둥에 묶인 고행자가 행복하다.

🌿 차라투스트라는 이렇게 말했다

불안한 영혼의 고백

상실이라는 치유수단을 갖고 있지 못한 인간은 더 이상 자신의 존재를 믿으려 하지 않는다. 그는 사물이 흩어져 점으로 회귀하는 생성의 흐름 속에서 자신을 상실하는 것이다. 그의 삶은 결국 헤라클레이토스의 제자들처럼 손가락조차 움직이려 하지 않는다.

우울한 정신이야말로 악마다!
 차라투스트라는 이렇게 말했다

니힐리즘은 무엇을 의미하는가. 가장 위대한 가치의 가치를 상실한다는 것. 다시 말해 목표가 사라지는 것을 의미한다. '무엇을 위해?'라는 물음에 더 이상 대답하고 싶지 않은 것이다.
 권력에의 의지

역사에 등장하는 고귀한 인간의 파멸과 몰락은 한마디로 법칙이다. 이런 법칙을 늘 지켜봐야 한다는 것은 공포이다. 인간의 몰락과 파멸을 지켜봐야 하는 심리학자들은 이 같은 불치병이 존재한다는 사실만으로도 공포를 느낄 것이다. 그리고 언젠가는 그 공포가 그들을 파멸로 몰아넣을 것이다.
　🌿 니체 대 바그너

생리학자는 자기 보존의 충동이야말로 생물의 가장 근본적인 충동이라고 주장한다. 모든 생물은 자신의 힘을 과시하고 싶어 한다. 생명이 바로 힘의 진정한 의지이기 때문이다.
　🌿 선악을 넘어서

매일 같이 반복되는 역사 ― 그대가 누리는 하루하루의 역사를 만들어내는 힘은 무엇인가. 그 역사를 성립시키는 그대의 습관을 자세히 들여다보라. 그 습관이 무수히 작은 두려움과 나태의 산물인가, 아니면 그대를 둘러싼 용기와 창조적인 이성의 선물인가.

　이 두 가지 경우는 매우 다르지만, 사람들은 그대의 선택과 상관없이 자신들에게 이익이 되는 조건을 찾아 그대를 칭찬할 것이라는 점을 명심하라. 그대가 어떤 선택을 하든 그대가 할 수 있는 일은 결국 크게 다르지 않다는 점을 명심해야 한다.

사람들의 칭찬이나 명성은 양심의 가책을 느끼지 못하는 자를 만족시킬 뿐이다. 그대처럼 내면의 음성에 귀를 기울일 줄 아는 자는 '하느님은 사람의 심장을 감찰하신다(시편 7:9)'는 구절만으로는 결코 만족을 느끼지 못한다.
즐거운 학문

오, 나의 형제들이여. 내가 인간으로서 너희를 사랑하는 까닭은 너희들이 하나의 과도기이며, 몰락이라는 사실을 잘 알고 있기 때문이다.

그대들, 보다 높은 존재들이여. 그대들이 모멸하고 있는 것, 그것이 내게 희망을 안겨준다. 가장 악덕한 모멸자는 가장 위대한 경외자이기 때문이다.

그대들이 절망하는 것, 바로 그 절망에 마지막 희망이 숨겨져 있다. 왜냐하면 그대들은 아직 굴종하는 법을 배우지 않았기 때문이다. 이 교활한 인습을 습득하지 않았기 때문이다.
차라투스트라는 이렇게 말했다

천부적인 재능을 타고난 인간도 이 두 가지 개념을 갖고 있지 않다면 참을 수 없다. 바로 감사와 순결이다.
🌿 선악을 넘어서

애주가들은 "술 속에도 진리가 있다."고 변명한다. 만약 그들의 말처럼 술에 진리가 담겨 있다면, 맨 정신일 때 우리는 그것을 어떻게 꺼내야 한단 말인가?
🌿 이 사람을 보라

예를 들어 '책장을 넘기는 데' 만족한 학자는 얼마 후 생각하는 능력마저 완전히 상실하게 된다.

생각한다는 것은 하나의 자극에 대답하는 것이며, 책장을 넘긴다는 것은 자극에 반응하는 것뿐이다. 오늘날의 학자는 지난 세기의 학자들이 생각했던 것을 긍정하거나, 또는 부정하는 데 그친다. 이미 자신의 생각은 오래 전에 소실되었다.

학자의 자위본능이 점점 쇠약해지고 있다. 만일 그렇지 않다면 그는 책이 담고 있는 사상에 저항했을 것이다. 학자는 일개 데카당스에 지나지 않는다. 그들은 불꽃, 즉 사상을 표현하기 위해 다른 누군가의 손을 빌려야 하는 성냥에 지나지 않는다.

이른 아침, 또는 한밤중에 모든 것이 상쾌해졌을 때 자신의 힘이 저 차가운 본능 속에 숨어 있음에도 불구하고 책장을 넘긴다는 것, 나는 이것을 죄악이라 부른다.
🌿 이 사람을 보라

행동은 약속할 수 있지만, 감정은 약속할 수 없다. 감정은 변덕스럽기 때문이다. 누군가에게 언제까지 사랑하겠다든지, 언제까지 증오하겠다든지, 혹은 언제까지 충실하겠다는 약속을 서슴지 않고 결행하는 인간은 자신의 힘이 미치지 않는 것을 약속하는 것과 같다.

통상적으로 애정이나 증오에서 비롯되는 감정, 혹은 이와 비슷한 동기에서 파생될 수 있는 행동이라면 약속해도 무방하다. 하지만 누군가를 언제까지 사랑하겠다는 약속은 내가 너를 사랑하는 한 나는 너에게 사랑의 행동을 나타낼 것이며, 내가 너를 사랑하지 않게 될 경우 너 역시 같은 동기에서 더 이상 나를 사랑하지 않게 될 것이라는 말과 같다.

이런 의미를 제대로 이해하지 못한 사람들의 머릿속에는 자신들의 애정은 변치 않을 것이며, 언제까지나 동일하게 유지될 것이라는 망상만이 껍데기처럼 늘어지게 된다. 즉 자신에 대한 기만 없이 누군가에게 영속적인 애정을 약속하는 자가 있다면 그것은 껍데기가 영원하다고 말하는 것과 같은 의미이다.
🌿 인간적인, 너무나 인간적인

비범한 인간이 통속적인 사회에서 살아가는 경우, 어느 근대의 영국인은 그 위험성에 대해 이렇게 말하고 있다. "이런 특이한 인물들은 처음에는 고개를 숙이고, 나중에는 우울해지며, 결국 병에 걸려 죽고 만다. 셸리는 도저히 영국에서 살아남을 자신이 없었을 것이다. 마찬가지로 셸리와 같은 인종은 오늘날에도 영국에서 살아남는 것이 불가능하다."

횔덜린이나 클라이스트, 그리고 그 밖의 몇몇 인물들은 타고난 비범함 때문에 파멸했다. 그들은 이른바 독일적 교양의 기후를 견뎌내지 못했다. 다만 베토벤, 괴테, 쇼펜하우어, 바그너처럼 확고한 신념을 갖고 있는 사람들은 다행히 견뎌낼 수 있었다.

그러나 그들은 생존하는 데 일반인보다 몇 배의 노력을 기울여야만 했다. 이 고통스런 싸움의 흔적은 그들의 표정과 주름에 자세히 새겨져 있다.
🌿 반시대적 고찰

학자들은 손으로 책을 뒤적거릴 때를 제외하곤 생각을 거의 하지 않는다. 그의 지식은 뒤적거린 책에 대한 느낌일 뿐이다. 학자는 이미 생을 마감한 생각에 집착한다. 그가 내놓는 비평은 매장된 시체에 대한 감상이다.
🌿 이 사람을 보라

간밤의 폭풍을 뚫고 살아남은 영혼은 밝게 갠 아침햇살에 자신을 옥죄던 긴장을 푼다. 그리고 몇 달, 혹은 몇 년씩 이 노곤하게 긴장이 풀어진 정오를 요구한다. 시끄러운 세상의 소리가 점차 그의 귓전에서 멀어지고, 따스한 태양만이 머리카락을 어루만진다. 사람들의 눈이 닿지 않는 숲 속에는 목신牧神이 잠들어 있다. 자연은 목신과 함께 잠에 취해 그의 물음에 아무런 대답도 하지 않는다.

그는 이제 아무런 희망도 없고, 아무런 생각도 없다. 심장은 어느새 멈춰버렸고, 오직 그의 눈만이 살아 있다. 눈동자만이 사물을 분별하는 일종의 죽음과 같은 상태다.

그때 인간은 일찍이 경험한 적이 없는 수많은 현상들과 직면하게 된다. 그의 동공은 빛으로 짠 그물에 가로막히고, 엄청나게 밀려오는 빛에 매장되어버린다. 그때서야 비로소 인간은 행복에 도취된다. 하지만 그 행복은 너무나 가혹한 행복이다.

잠시 후 나무들 사이에서 바람이 불어온다. 한낮은 이미 지나간 지 오래다. 생활이 다시 그를 삶의 터전에 던져버린다. 맹목의 눈을 가진 생활이 어젯밤처럼 그의 동반자가 되어 그를 기만한다. 그의 뒤에는 소망, 망각, 향락, 부정, 무상이라는 그림자가 펼쳐진다.

그리고 또다시 황혼이 찾아온다. 황혼은 오늘밤도 폭풍과 함께 일렁인다.

인간은 삶이라는 물질의 활동을 이런 식으로 해석하고 싶어 한다. 그들 대부분은 인생을 병적인 것에 가까운 증상으로 오해한다. 하지만 그것이 꼭 잘못된 관념만은 아니다.

🌿 인간적인, 너무나 인간적인

하나의 사상이 전파되기 위해 인간의 숙명에 대한 따사로움과 열정이 필요하지는 않을까. 그리고 그것이야말로 '바라본다'는 단어의 정확한 의미가 될 것이다! 그대들은 마치 사상과의 교제는 인간과의 교제와 전혀 다른 방법으로 다가가야 한다고 생각하는 것 같다.

🌿 서광

망령이 된 친구들 __ 한 세계를 벗어난 우리들은 아직도 지나간 세계에 만족하는 벗들에게서 기분 나쁜 망령을 떠올리게 된다. 우리의 이름을 찾는 친구들의 목소리가 마치 형상 없는 그림자에서 울리는 환청처럼 느껴지는 것이다.
　🌿 인간적인, 너무나 인간적인

새로운 세계를 위하여 __ 만약 불평가나 우울증 환자, 혹은 편집광적인 인간의 번식을 방지할 수 있다면 굳이 천상의 낙원을 그리워할 필요는 없으리라. 이 금언은 여성을 위한 하나의 실천철학이라고 할 수 있다.
　🌿 인간적인, 너무나 인간적인

세 가지 착각 __ 최근 수세기 동안 인간은 학문에 열광했다. 그 첫 번째 이유로 사람들은 학문과 함께, 아니 학문에 의해 신의 지혜를 이해하게 될 것으로 기대했다. 이것은 위대한 영국인, 즉 뉴턴이 학문에 인생을 바친 주된 원인이었다.

　두 번째 이유로 사람들은 학문이 인간의 인식을 절대적인 영역으로 끌어올려주기를 고대했다. 도덕과 지식과 행복의 결합이 신의 삼위일체를 대신해줄 것으로 기대했다. 이것은 위대한 프랑스인, 즉 볼테르가 학문에 인생을 바친 주된 원인이었다.

세 번째 이유로 사람들은 학문이 아무것도 원하지 않기를 요구했다. 다만 해롭지 않은 것, 공평한 것, 진실한 것, 인간과 전혀 상관없는 것에 집착하기를 바랐다. 이것은 인식자로서 자신이 바로 신神이라고 착각한 스피노자가 학문에 인생을 바친 주된 원인이었다. 이 세 가지 착각에 의해 학문이 발달할 수 있었다.

🌿 즐거운 학문

옛 속담에 "인간은 낮에 있었던 일을 밤에 꿈꾼다."는 말이 있다. 하지만 그 반대일 수도 있다. 우리가 자주 한 가지 꿈을 꾸게 되면 어느 날 그것은 현실에서의 체험과 마찬가지로 우리의 영혼에 새겨질지도 모른다. 우리는 꿈속에서 부자가 되고, 가난해지고, 낮에는 경험할 수 없었던 희망의 감정을 체험하게 된다.

그렇다면 대체 어느 것이 진짜란 말인가? 꿈속의 행복인가, 아니면 피폐해진 현실인가?

🌿 선악을 넘어서

네가 만난 가장 골치 아픈 적은 언제나 너 자신이었다. 동굴에서, 숲 속에서 너 자신이 너를 기다리고 있었다.

고독한 자여, 그대는 그대 자신의 길을 걷고 있음을 반드시 명심하라!

그대는 그대 자신이 파놓은 불길 속에서 스스로를 불태워 죽여야만 한다. 우선 그대의 인식을 재로 만들어야 한다. 재가 될 수 없다면 새로운 탄생은 도래하지 못하리라!
　차라투스트라는 이렇게 말했다

나는 독서에 열중하는 한가로운 사람을 증오한다.

우리의 한 세기가 독서로 물들었더라면 정신이란 단어의 뜻은 악취였을지도 모른다.

우리 시대의 유행어인 누구나 독서를 생활화할 수 있다는 말은 결국 어느 시기가 되면 누구나 쓸 수 있다는 말로 바뀔 것이고, 그때부터 인간의 생각은 엉망이 될 것이다.
　차라투스트라는 이렇게 말했다

사랑을 가르치는 것은 불가능하다.
　반시대적 고찰

위대함이란 방향을 제시하는 것이다. 아무리 큰 대학일지라도 그 자체만으로 풍성할 수는 없다. 많은 개천들을 받아들이고, 함께 바다로 나아가는 것이 이 강을 보존하는 방법이다. 정신의 위대함도 이와 같다. 당연히 받아들여야 할 문제들에 이끌리는 것이 중요할 뿐, 재능이 빈약하다든지, 정신이 부족하다는 변명은 아무런 문제도 될 수 없다.

인간적인, 너무나 인간적인

오, 단순한 정신이여! 우리는 얼마나 위험한 단순함 속에 살고 있는 것인가! 이 기적에 단 한 번이라도 눈을 뜬 자는 이 놀라운 미학 속에서 생을 마치게 되리라. 우리는 우리 자신과 세계와 정신을 얼마나 밝게, 자유롭게, 경쾌하게, 그리고 단순하게 만들어버린 것인가. 우리는 이 천박한 세계에 허가를 내주고, 관능을 뒤쫓고, 사고思考에 방자한 비약과 궤변과 탐욕을 허락했다.

우리는 태초부터 우리의 무지를 보존하는 수단을 알고 있었다. 이 수단은 오직 이해할 수 없는 자유를, 끊임없는 망령을, 무분별을, 왕성을, 삶을 누리는 데만 필요하다. 이 무지라는 확고한 기반 위에 우리는 세계를 건설했고, 학문을 양성했고, 힘찬 의지와 허위를 구축했다. 우리의 언어는 항상 그 졸렬함에서 벗어나지 못하고, 세련된 자기기만에서 깨어나지 못하고, 대립된 가치에서 선택할 줄 모른다. 도덕은 이미 인간의 육신을 얻었고, 더러운 피로 우리의 아이들을 물들이고, 이 세계를 왜곡시키는 데 앞장서고 있다.

잠시 후면 학문도 육신의 껍질을 얻게 될 것이다. 학문도 자신의 생명을 주장하게 될 것이다. 그리고 자신에게 삶을 부여하고, 인간처럼 삶을 사랑하게 될 것이다!

선악을 넘어서

노래하는 자의 의식이 느끼는 것은 의지의 주체, 즉 자신의 욕구이다. 이것은 해방된, 혹은 충족된 환희로 나타나기도 하지만, 그보다 훨씬 자주 억압된 비애로 나타나곤 한다. 물론 그가 체험하는 인식의 환희와 비애는 항상 정열과 감동을 수반하는 것도 사실이다.

그러나 때로는 자연의 위대한 속성을 통해 노래하는 자는 자기 자신을 욕구에 흔들리지 않는 순수한 인식의 주체로 받아들이는 경우가 종종 있다. 이 흔들리지 않는 인식은 늘 제약과 충돌하며, 결핍에 시달리는 욕구의 충동과는 큰 대조를 이룬다.

이 대조에서 비롯되는 영혼의 갈등이 노래하는 자의 심리적 상태를 청중에게 전달하는 매개체가 되는 것이다. 이 같은 공감이, 즉 누구나 공유하는 순수한 인식이 욕구에서 우리를 잠시 해방시키고자 다가온다.

그러나 이 행복은 언제나 잠시뿐이다. 항상 반복적으로 생산되는 개인적인 욕구는 우리를 고요한 인식 속에서 떼어놓고자 갖가지 수단을 동원한다. 그러나 시간이 흐르고, 우리의 영혼이 다시금 피로를 느낄 때 이 순수한 인식이 우리 곁에 살며시 다가온다. 그리고 우리의 욕망으로부터 잠시 벗어날 수 있도록 길을 안내해준다.
  비극의 탄생

상실이라는 치유수단을 갖고 있지 못한 인간은 더 이상 자신의 존재를 믿으려 하지 않는다. 그는 사물이 흩어져 점으로 회귀하는 생성의 흐름 속에서 자신을 상실하는 것이다. 그의 삶은 결국 헤라클레이토스의 제자들처럼 손가락조차 움직이려 하지 않는다.
  반시대적 고찰

이 세상에는 수많은 오물이 존재한다. 여기까지는 진실이다. 그러나 이 세계를 거대한 오물로 지칭할 수는 없다.

악취를 풍기는 것마다 지혜가 숨겨져 있다. 구토가 날개를 만들고, 샘물을 발견한다.

아무리 훌륭한 책이라도 읽다 보면 어떤 구역질이 끓어오르게 하는 지혜가 숨겨져 있다.

오, 나의 형제여. 세상이 오물로 뒤덮였다는 말은 세상이 지혜로 가득 차 있다는 말과 같은 뜻이니라.

차라투스트라는 이렇게 말했다

고독한 인간의 그림자

인간은 항상 예속에 묶여 살아가지만, 오랜 습관 때문에 쇠사슬의 무게를 더 이상 느낄 수 없는 것이라면 어떻게 되는 걸까? 느끼지 못하는 감각이 진정 자유일까? 인간이 말하는 자유가 느끼지 못하는 감각이라면, 의지의 자유란 대체 얼마나 오랫동안 지속된 속박이란 말인가.

고독한 인간의 언어 _ 인간은 고독을 따르는 저 수많은 권태와 불만, 그리고 무료함의 대가로 자신의 내면과 자연 속으로 침잠할 수 있는 15분을 손에 넣는다. 인생의 지루함에 어느 정도 대안을 구축한 인간은 자신의 불필요한 자아에 대해서도 이와 비슷한 대안을 찾으려 할 것이다. 영혼의 가장 깊은 곳에서 솟구치는 샘물을, 그 힘찬 생명을 그는 결코 마시지 않을 것이다.
인간적인 너무나 인간적인

거울은 다만 비출 뿐이다. 그렇기 때문에 비쩍 마른 창백한 모습으로, 눈가가 움푹 파인 허기진 얼굴로, 금세 알아차릴 수 있는 저 의붓자식의 괴로움으로 마치 보기 흉한 병자처럼 비칠지라도, 그것은 거울의 잘못이 아니다.

🌿 반시대적 고찰

우리는 다음과 같은 역사를 결코 경시해서는 안 된다. 우리들 자신이, 즉 우리들 자유로운 정신이 이미 '모든 가치의 새로운 탄생'이며, 그 동안 진실, 혹은 거짓으로 양분되었던 낡은 개념에 전쟁을 선포할 수밖에 없었던 이유, 그리고 무엇보다 이미 우리가 승리했다는 이 감격적인 선언을 잊어서는 안 된다. 진정으로 합당한 판단은 가장 늦게 발견되게 마련이다.

우리가 내린 합당한 판단은 바로 '방법'이다. 하지만 오늘날 우리가 발견한 모든 학문적인 방법은 지난 수천 년간 멸시되어 왔다. 그리고 이 '방법'을 끝까지 고수한 선지자들은 신의 적, 진리의 훼방꾼, 악마의 유혹에 넘어간 자로 불리며 노예 취급을 받아왔다.

대체 그 이유가 무엇인가? 우리가 인류로부터 버림받은 이유가 무엇이란 말인가? 그것은 우리들이 인류를 인질로 붙잡은 저 파토스를 적으로 삼았기 때문이다. 진리가, 인류가 신봉하는 진리가, '그대 마땅히 해야 한다'는 진리의 명령이 우리를 적으로 여겼기 때문이다. 우리의 연구, 우리의 봉사, 우리의 학문, 우리의 희생을 인류의 역사는 증오에 찬 시선으로 경멸했던 것이다.

인류는 진리에게 눈에 잘 보이는 회화적 효과를 요구했고, 인식자에게도 마찬가지 요구를 당부했다. 그들은 오직 강렬한 감각만을 요구한 것이다. 그리고 우리의 겸손함이 눈에 거슬렸던 것이다. 이 신성한 칠면조들이 추수감사절의 주인이 되고 싶었던 것이다!

🌿 안티크리스트

언어란 개념에 대한 소리의 기호이다. 개념이란 한 사회에서 공통적으로 발견되고 인정되는 감각의 집합을 말한다. 따라서 상호간의 보다 완벽한 의사소통을 원한다면 언어만으로는 부족하다. 언어에 담긴 개념의 공통적인 체험과 이해가 이뤄져야만 한다.

🌿 선악을 넘어서

위대한 인간은 필연적으로 회의에 시달릴 수밖에 없다. 모든 종류의 확신에 구애받지 않는 자유로움이 그를 지배하는 의지의 정체이기 때문이다. 신념을 내던질 수 없다는 것, 긍정과 부정을 떠나 무조건적인 확신을 바라는 마음은 인간의 영혼이 유약하다는 것을 반증하는 것이다. 모든 취약함은 또한 의지의 약함이기도 하다.

신념에 사로잡힌 자는 필연적으로 인구가 적은 종족에게 환영을 받는다. '정신의 자유', 즉 본능으로서의 불신은 위대함의 전제조건에 지나지 않는다.

권력에의 의지

사람들은 햄릿을 이해할 수 있을까? 그를 미치게 한 것은 의혹이 아니라 확신이었다는 것을.

이 사람을 보라

오늘날 학자들이 구부정하게 비틀린 인격으로 살아가는 가장 큰 이유는, 그들을 가르친 교육이 지극히 비인간적으로 뒤틀린 추상물이었기 때문이다.

반시대적 고찰

자신이 어떤 관념이나 사물에도 의존하지 않는다고 생각할 때 인간은 자신이 독립적이라고 확신한다. 하지만 그 반대가 진실이라면 어떻게 되는 것일까?

즉 인간은 항상 예속에 묶여 살아가지만, 오랜 습관 때문에 쇠사슬의 무게를 더 이상 느낄 수 없는 것이라면 어떻게 되는 걸까? 느끼지 못하는 감각이 진정 자유일까? 인간이 말하는 자유가 느끼지 못하는 감각이라면, 의지의 자유란 대체 얼마나 오랫동안 지속된 속박이란 말인가.

인간적인, 너무나 인간적인

나는 그대들에게 초인을 가르치고자 한다. 인간은 초월해야만 하는 존재이다. 인간으로부터 초월하기 위해 그대들은 무엇을 했는가. 예로부터 존재는 자기 이상의 것을 창조할 수 있었다. 그런데 그대들은 무엇을 했는가. 이 거대한 조류의 썰물이 되고 싶은가. 인간으로부터 초월하는 것보다 동물로 퇴화되기를 원하는가.

원숭이와 인간을 비교해보라. 그대들은 원숭이와 인간을 비교할 수 있는가. 마찬가지로 인간과 초인을 비교할 수는 없다. 그대들은 벌레로부터 시작하여 인간이 되었다. 그대들의 내면은 아직도 대부분 벌레이다. 일찍이 그대들은 모두 원숭이였다. 그리고 아직도 원숭이다. 그대들이 가장 현명하다고 칭송하는 자들도 여전히 식물과 유령 사이를 배회하고 있다.

내 말을 들어라. 나는 그대들에게 초인을 가르칠 것이다.

초인은 대지의 뜻이다. 그대들의 의지로 초인은 대지의 뜻이라고 말하라. 형제들이여! 간절히 바라건대, 대지에게 충실하라. 더 이상 저승을 말하는 자들에게 속지 말라. 그들은 독을 끼얹는 자들이다.

그들은 생명을 멸시하는 자들이며, 죽어가는 자, 스스로 독을 물려받은 자들이다. 대지는 이런 자들에게 권태를 느낀다. 그들은 저승으로 사라지는 게 낫다.

지난날 신에 대한 모독은 가장 무서운 형벌이었다. 그러나 분명히 말하건대, 신은 죽었다. 그의 죽음과 더불어 형벌도 죽었다. 지금은 대지에 대한 모독이 가장 무서운 형벌이다.
🌿 차라투스트라는 이렇게 말했다

자신의 인식을 타인에게 전달하고 싶은 인간은 그것을 처음 발견했을 때보다 더욱 그 인식을 사랑해야만 한다.
🌿 선악을 넘어서

오류가 조용히 우리 곁으로 다가온다. 그런데 우리는 반박할 수가 없다. 다만 차갑게 얼어버릴 뿐이다. 먼저 버림받은 천재들이 얼어버린다. 저쪽 구석에서 잊혀진 성자들이 얼어버린다. 두꺼운 기둥 밑에서 영웅들이 얼어버린다. 마침내 신앙이, 그리고 신념이 얼어버린다. 동정심도 더는 버틸 힘이 없다. 그나마 조금씩 싸늘해지는 것을 다행스럽게 여긴다.
   이 사람을 보라

수많은 나라와 민족, 여러 대륙을 돌아본 여행자가 인종을 초월한 인간의 공통적인 성질이 무엇이냐는 질문에 '나태'라고 대답했다. 하지만 대부분의 사람들은 '비겁'이라는 말을 기대했을 것이다.
   반시대적 고찰

오늘날 스스로 이상주의자임을 자처하는 인물들로부터, 신분의 특권을 이용해 타인의 권리를 요구하는 무리들로부터, 나는 '오만'이라는 신학적 본성을 발견했다.
   안티크리스트

창조적인 정신을 괴롭히는 무료함이란 한가로운 뱃놀이를 장식하는 상쾌한 바람에 쓸데없이 심술을 부리려는 영혼의 불안과 비슷하다. 불안한 영혼은 이 지루한 뱃놀이를 견디면서 흐느적거리는 바람이 자신의 불안을 송두리째 뒤흔들 시간만 기다린다. 이것은 평범한 사람들이 감히 상상할 수 없는 고통이다.

어떻게 해서든 이 무료한 세월에서 벗어나고자 애쓰는 것은 저속한 짓이다. 아시아인이 유럽인보다 훌륭한 점은 그들이 유럽인보다 좀더 길고, 좀더 깊은 휴식을 취할 줄 안다는 데 있다. 아시아인의 마취제는 유럽인이 즐겨 복용하는 독한 알코올의 급격성과 달리 인내를 시험하며 서서히 약효가 돈다.

즐거운 학문

그대들은 될 수 있다면 고뇌를 없애버리고 싶어한다. 그런데 우리는 오히려 고뇌를 기다리고 있다. 나는 고뇌가 지금까지 우리를 괴롭혔던 것 이상으로 더욱 절박해지기를 간절히 원한다! 그대들이 고대하는 안락은 우리의 목표가 아니다. 그것은 오히려 하나의 종말일 뿐이다. 안락은 인간을 조소거리와 경멸의 대상으로 전락시킨다.

고난이 우리를 얼마나 굳세게 만들 수 있는지 그대들은 정녕 모르는 것인가! 오직 이 단련만이 인간을 향상시킬 수 있다는 사실을 모르는 것인가. 영원한 생명을 위해 굳센 의지를 기다리는 영혼의 긴장, 위대한 파멸을 목격할 때의 전율, 불행을 이겨내고 불행의 의미를 외치고 마침내 행복을 체감하는 우리의 용기, 영혼이 간직하고 있는 비밀·가면·정신·교활·위대함, 이 모든 것이 오직 고난을 통해 영혼에게 발견될 수 있다는 사실을 모른다는 것인가.
🌿 선악을 넘어서

학문은 오랜 세월 신학의 하녀 노릇을 담당했지만, 지금은 이 모든 계급의 굴레를 벗어던진 채 철학을 향해 저 오만하고 무분별한 독선을 강요하고 있다. 오늘날 학문이 입버릇처럼 떠드는 말은 "내가 또 무슨 짓을 저지를지 모르겠다."는 것이다.

학문은 주인인 철학을 배신했다. 이제 학문은 스스로 주인역을 담당하려고 준비한다. 젊은 생물학도와 늙은 의사들은 철학과 철학자를 병적인 기형아, 또는 과대망상증 환자로 분류하고 있다.
🌿 선악을 넘어서

커피는 사람을 우울하게 만든다. 그리고 우울한 사람은 대개 활동적이다.
   🌿 이 사람을 보라

군중 속에 매몰되고 싶지 않은 인간은 자신의 안이한 행동을 중단하면 된다. "너 자신이 되어라! 네가 지금 행하고 생각하고 욕구하고 있는 일체의 것은 네가 아니다."라는 양심의 부르짖음에 귀를 기울이면 된다.

 청춘의 영혼은 날마다 이 같은 부르짖음에 시달리고 있다. 왜냐하면 그들이 영혼의 참된 해방을 떠올릴 때마다 손에 잡히지 않는 행복에 도취되기 때문이다. 더구나 그들이 현실이라는 공포의 사슬에 묶여 있는 한 이 행복은 결코 찾아오지 않을 것 같기 때문이다. 만약 인생에서 이런 해방을 맛볼 수 없다면 삶이란 얼마나 무의미한 것일까!

 사방을 곁눈질하는 인간처럼 보기 흉한 생물은 자연계에 없다. 이렇게 겁에 질린 인간은 마침내 의지할 곳마저 모두 잃고 만다. 그는 핵이 사라진 잎사귀이며, 좀이 슬고 한물간 의상일 뿐이다. 공포는커녕 동정할 마음조차 생기지 않는 유령에 지나지 않는다.

네가 삶의 흐름을 건너고자 만든 저 다리는 너를 제외하곤 누구도 건널 수 없다. 물론 이 세상에는 너를 짊어지고 강을 건너겠다는 무수한 지름길과 다리가 있다. 하지만 그것들은 자신을 위해 결국 너를 희생시키고야 말 것이다. 너는 그들의 인질이 되어 조금씩 사라져갈 것이다. 세상에는 너를 제외하곤 그 누구도 건널 수 없는 오직 하나의 길이 있다. 대신 어디로 가는 것이냐고 묻지 마라. 오직 그 길을 가라. "내가 밟는 이 길이 어디를 향하는지 모를 때처럼 기쁜 일은 없다."고 말한 자는 과연 누구였는가(괴테).

어떻게 하면 우리는 스스로와 대면케 되는 것일까. 어떻게 나 자신을 알 수 있는 것일까.

다음과 같은 방법이 있다. 젊은 영혼 요한은 "지금까지 네가 진정으로 사랑한 것은 무엇이었는가. 너의 영혼을 사로잡은 것은 무엇이었는가. 너의 영혼을 점령하고, 행복하게 만들어준 것은 무엇이었는가."라는 물음을 떠올리며 과거를 회상했다.

네가 존경을 바친 대상과 너의 모습을 나란히 놓고 비교해보자. 아마도 그 차이가 너에게 하나의 법칙을 일러줄 것이다. 그 법칙을 따라가면 너는 본래적 가치의 의미를 깨닫게 될 것이다.

지금 당장 비교해보자. 네게 부족한 점을 보충하고, 먼 미래에 확신을 갖게 하고, 지금의 너를 능가하고, 잘못된 그림자가 정화되는 과정을 지켜보도록 하자. 그 모든 과정들이 네가 밟아야 할 계단으로 성장하는 모습을 관찰하도록 하자.

너의 참된 본질은 너의 내면에 숨겨져 있는 것이 아니라 이미 너를 초월해버린 수많은 사건과 시간 위에, 또는 만나지 못한 '자아'로 너를 기다리고 있다.

너의 참된 교육자·형성자는 네가 가진 본질의 참된 의미와 소재를 너에게 가르쳐줄 것이다. 즉 교육자는 해방자의 다른 이름이다.

해방이야말로 교육의 참된 목표다. 어린 나무의 연약한 싹을 침범하려는 갖가지 잡초와 해충을 뜯어내고 빛과 온기를 채워주고, 애정으로 비를 맞게 해주는 것이 바로 교육이다.

🌿 반시대적 고찰

병은 안락한 생활이 지불한 가장 비싼 보상이다. 우리가 다시 예전의 건강을 회복할 수 있는 방법은 전보다 더 무거운 짐을 짊어지는 것뿐이다.

🌿 인간적인, 너무나 인간적인

꼽추의 등에서 혹을 떼어내는 것은 그의 정신을 제거하는 짓이다. 또 누군가 소경이 앞을 볼 수 있도록 시력을 되찾아주면, 그는 세상의 수많은 죄악을 목격하곤 그를 고쳐준 은인을 원망하게 될 것이다. 앉은뱅이를 일으키는 것도 죄다. 왜냐하면 그가 다시 걷게 되면 그의 죄악도 함께 걷게 될 테니까.
  차라투스트라는 이렇게 말했다

침묵은 상대방을 배려하지 않는다. 그러므로 침묵은 가장 잔인한 위선이다. 침묵은 자신의 불평을 삼켜버림으로써 상대방의 가치를 훼손한다. 오히려 예의에서 벗어난 따끔한 충고나 불평이 훨씬 인간적이고 솔직한 미덕이다.
  이 사람을 보라

진정한 교육자는 학생의 숨겨진 장점을 최대한 빨리 인식할 수 있어야 한다. 그는 학생들의 소질이 요구하는 적당한 햇빛과 물을 조절할 수 있어야 한다. 이 난폭하고 반항적인 싹들이 주인의 요구대로 열매를 맺기까지 헌신할 수 있어야 한다.
  반시대적 고찰

두 사람의 관계를 가로막는 것은 정신의 순결이 아니다. 상대방의 냄새가 역겹다는 것뿐이다. 순결의 본능은 자신에게 사로잡힌 자를 성자로 대우하면서 매우 위험한 고립 속으로 빠뜨린다는 데 있다. 왜냐하면 그 본능은 불필요한 신성에 집착하기 때문이다.

 선악을 넘어서

인간의 위대함이 드러나는 수단은 '운명애amor fati'이다. 우리의 영혼은 결코 변할 수 없는 가치가 필연적으로 덮쳐오더라도 이를 감내할 뿐 아니라 사랑할 수 있다.

 이 사람을 보라

아주 조그만 상처에서 피가 흐르는 것처럼 작은 고통을 치유하지 못하고 죽어버리는 사람이 있는가 하면, 무시무시한 삶의 재난이나, 자신의 악덕이 빚은 행위에 일말의 가책도 느끼지 않은 덕분에 늘 건강한 육체와 평온한 정신을 소유하게 된 사람도 있다.

 반시대적 고찰

내가 동정을 비난하는 까닭은, 그것이 수치에 대한 감정을 쉽게 잊어버리기 때문이다. 타인을 동정한다는 것은 한마디로 무례한 짓이다. 동정은 운명을 파괴하고, 치명적인 고독에 특권을 부여하며, 거리낌없이 죄를 용서한다. 인간은 자신이 누군가를 동정할 때 느껴지는 고귀한 감상 때문에 이 무례한 괴물에게 도덕의 관념을 덧씌웠다.
🌿 이 사람을 보라

성자는 차라투스트라에게 이렇게 말했다.

"그대를 어디선가 본 것 같은데……. 그대는 몇 해 전에 이 길을 지나간 적이 있다. 이제 생각나는군. 그대의 이름은 차라투스트라가 아닌가. 그 동안 몹시 변했군. 그때 그대의 잿더미를 이고 산을 오르고 있었지. 그런데 지금은 불덩이를 메고 산기슭을 거닐고 있군. 그대는 방화의 형벌을 두려워하지 않는단 말인가.

나는 차라투스트라를 잘 알고 있어. 그대의 눈은 더할 수 없이 맑고, 그대의 입가에는 털끝만한 혐오도 없네. 그대는 마치 춤을 추듯 걷는구먼. 차라투스트라는 확실히 변했다. 차라투스트라는 이제 어린아이가 되었다. 차라투스트라는 이제 선지자다. 그런데 눈뜬 소경들을 찾아 어디로 가려는 것인가. 바다 한복판에 떠 있는 무인도처럼 그대는 고독을 벗 삼아 지냈네.

그 동안 바다는 자네를 증오했다네. 그런데 이제 와서 다시 육지를 찾겠다는 건가. 그대의 육신을 다시 짊어지겠다는 건가."

차라투스트라는 대답했다. "나는 인간을 사랑합니다."

차라투스트라는 이렇게 말했다.

믿음에 대하여

우상의 식물

신의 나라는 사람들이 기대하는 것과 다르다. 그곳에는 어제도 없고, 내일도 없다. 천년이 지나도 그곳은 돌아오지 않는다. 신의 나라는 내면적 경험이다. 지상에서의 고통을 잊게 하는 순간적인 뉘우침이다. 그곳은 도처에 널려 있다. 그리고 아무 데도 없다.

사람들은 꿈에 대해 말할 때보다 신앙에 대해 말할 때 더욱 지루함을 느낀다.
　반시대적 고찰

"나는 노래를 부르고 있다. 내가 노래를 부를 땐 이렇게 나 혼자 웃고 울며 중얼거린다. 나는 이렇게 신을 찬양한다.
　노래와 눈물과 웃음과 독백으로 나의 신을 찬양한다. 그런데 그대는 우리에게 무슨 선물을 가져왔는가?"

"그대에게 줄 것은 아무것도 없다. 나는 이곳을 떠나겠다. 그대의 것을 앗아가기 전에."

늙은이와 젊은이는 마치 소년들처럼 웃으며 헤어졌다.

그러나 다시 혼자가 된 차라투스트라는 마음속으로 이렇게 중얼거렸다. '도대체 그런 일이 가능한 것일까? 이 늙은 성자는 그의 수풀 속에서 신이 죽었다는 소식을 아직 듣지 못했단 말인가.'

🌿 차라투스트라는 이렇게 말했다

진리는 자신과 어깨를 나란히 하려는 신들을 원치 않는다. 진리에 대한 신앙은 어제까지 진리로 믿었던 다른 진리에 대한 회의에서 시작된다.

🌿 인간적인, 너무나 인간적인

우리는 이웃의 천진한 아이들을 볼 때마다 마치 잃어버린 낙원을 회상하듯 감동에 젖는다. 이 어린아이들은 아직 과거를 두려워할 줄 모르기 때문이다.

🌿 반시대적 고찰

만일 내 분노가 무덤을 파헤치고, 지경석을 옮기고, 이제는 낡아빠져 너덜너덜해진 목록을 절벽의 심연으로 굴린 적이 있었다면,

만일 나의 멸시가 저 썩어버린 언어를 바람에 흩날렸더라면,

만일 내가 십자가에 잔뜩 낀 거미를 쓸어버리는 빗자루처럼, 또는 늙은 납골당을 휘도는 바람처럼 찾아왔더라면,

만일 내가 신들이 묻힌 곳에 앉아 있었다면, 허물어진 염세주의자의 기념비 옆에서 세계를 축복하고 사랑할 수 있었다면,

만일 하늘이 다정한 눈빛으로 그들의 썩은 지붕을 통해 나를 바라봤더라면, 나는 교회와 신들의 무덤까지도 사랑했을 것이다. 나는 잡초와 붉은 양귀비꽃처럼 기꺼이 낡아빠진 교회당에 쭈그리고 앉아 있었을 것이다.

🌿 차라투스트라는 이렇게 말했다

"신은 현명한 인간의 도움 없이는 존립할 수 없다."고 루터는 말했다. 하지만 "신은 현명하지 못한 인간의 도움 없이는 존립할 수 없다."는 말은 끝내 하지 않았다.

🌿 즐거운 학문

지상에 종교적인 신경발작이 출현할 때마다 반드시 세 가지 식이요법이 뒤따라왔다. 여기서 식이요법이란 고독, 단식, 성적 금기이다. 무엇이 이 신경발작의 원인인지, 그 결과가 무엇인지, 대체 식이요법과는 어떤 인과관계가 숨겨져 있다는 것인지 우리로서는 아직 제대로 파악할 수 없다. 다만 확실한 증상은 어떤 국민이 갑자기 무질서한 음란에 사로잡히는 시기가 오는데, 그 직후 신경발작 증세가 엿보이고, 잠시 후 바닥에 쓰러져 참회의 경련과 속세의 부정으로 이어진다는 점이다.

이 같은 과정이 규칙적으로 되풀이되면 사람들은 그제야 이 세 가지 식이요법을 찾게 되는데, 아마도 이 질병은 간질병의 일종인 것 같다.

🌿 선악을 넘어서

신의 유일한 변명은 신이 존재하지 않는다는 변명이다.
🌿 이 사람을 보라

보라! 지혜의 신 아폴론도 디오니소스 없이는 존재할 수 없었노라! '영웅적인 것'과 '야만적인 것'이 공존할 수밖에 없다는 사실은 아폴론의 존재처럼 필연적이었다!

이제 한번 생각해보자. 이 가상과 규범 위에 인공적인 담장을 두른 우리의 세계 속으로 어떻게 저 디오니소스가 베푼 황홀한 축제가 스며들 수 있었는지, 어떻게 저 마법의 선율들이 우리를 감염시킬 수 있었는지. 이 선율 속에 흐르는 즐거움과 고통, 그리고 과도한 인식에 사로잡힌 저 자연의 섭리는 대체 어디서 시작된 것일까.

백성들을 현혹시킨 이 악마적인 노래에 대해 아폴론을 따르는 단조로운 예술가들의 하프 소리가 대체 무엇을 할 수 있었단 말인가. 예술의 여신 뮤즈는 진리의 도취 앞에서 혈색을 잃었다. 인내와 규범에 매몰된 개체들은 이제 디오니소스적 자기망각에 몰락해버렸고, 지혜의 신 아폴론은 자신을 얽어매던 모든 밧줄을 끊어버렸다.
　비극의 탄생

어떤 의미에서 인간은 종말이다.
　안티크리스트

일찍이 신은 그의 민족, 그의 '선택된' 민족만을 갖고 있었다. 하지만 그의 민족은 여러 곳을 방랑하게 되었고, 그 역시 자신의 민족을 좇아 낯선 곳을 방랑해야만 했다. 도저히 한 곳에 정착할 기미가 보이지 않자, 신은 발길이 닿는 곳마다 자신의 고향으로 선포하기에 이르렀고, 마침내 위대한 세계주의자가 되고 말았다. 그 덕에 신은 지구의 절반을 지배할 수 있었다.

하지만 신은 끝내 이교도들을 용인하지는 않았다. 그는 여전히 유태인이었고, 보이지 않는 신이었고, 전 세계의 모든 불건전한 영역을 창조해낸 위대한 범죄자였다! 그의 영역은 여전히 지상이었고, 그는 여전히 왕이 되고 싶어했다. 그래서 그의 백성은 가는 곳마다 병원을 세웠고, 밀실을 만들었고, 유태인의 나라를 건설했다.

그들은 늘 창백했고, 약했고, 허무했다. 항상 창백한 표정과 창백한 태도로 환자처럼 거닐었다. 처음 보는 사람들은 그들을 동정했다. 그들이 얼마나 많은 제국과 얼마나 많은 백성들을 지배하는지 알지도 못한 채 오직 그들의 창백한 표정과, 스스로 병들었다고 고백하는 힘없는 목소리를 불쌍하게 여겼던 것이다!

하지만 뜻하지 않은 일이 발생했다. 신이 너무나 오랜 기간 자신의 언저리에 허무한 그물을 쳐놓은 까닭에 이제는 그의 백성들이 걸려들기 시작한 것이었다. 게다가 신은 허무주의에 빠진 백성들이 바치는 제물을 먹고 스스로 최면에 걸려버렸다. 마침내 신은 거미가 되었고, 나중에는 형이상학자가 되고 말았다.

신은 어쩔 수 없이 자기 자신으로부터 세계를 짜내기 시작했다. 그는 먼저 스피노자를 짜냈다. 그리고 더욱 희미해졌고, 더욱 창백해졌고, 더욱 타락해갔다. 신은 '이상'이 되었고, '순수한 정신'이 되었다. 신의 몰락! 신은 마침내 '물자체物自體'가 되었다.

🌿 안티크리스트

중요한 것은 영원히 이 삶의 기쁨을 유지할 수 있느냐이다. '영생'은 다만 살아 있다는 것으로 만족할 수 있는 문제가 아니지 않는가.

🌿 인간적인, 너무나 인간적인

니힐리즘이 현관 앞에 찾아왔다. 여러 방문객 중 가장 기분 나쁜 이 방문객은 대체 어디서 온 것인가 — 고찰의 출발점. '사회적 궁핍'과 '생리적 퇴화', 그리고 퇴폐적인 추락. 니힐리즘을 원인으로 지적하는 것은 잘못된 판단이다.

궁핍. 신체적이든, 지적이든 궁핍은 결코 니힐리즘을 생산할 능력이 없다. 모든 궁핍은 언제나 전혀 다른 몇 가지 해석을 허용한다. 하지만 궁핍에 대한 '전혀 색다른 해석'은 기독교가 내세우는 도덕적 해석 속에 니힐리즘이 잠복해 있다는 주장이다.
🌿 권력에의 의지

남성이 여성을 만들었다. 그렇다면 무엇으로 만들어냈는가. 그가 추종하는 신의 '이상'적인 늑골이 그 주인공이다.
🌿 우상의 황혼

이상理想을 좇는 인간은 구제할 방법이 없다. 그는 천국에서 추방당하면 지옥에서 새로운 이상을 찾아내는 인간이기 때문이다. 그에게 환멸을 안겨주면, 방금 전까지 열렬한 헌신으로 품고 있던 희망을 내동댕이치고 곧바로 이 새로운 고통을 품에 안는다!

그의 이 같은 특징은 인간의 본성 중에서도 가장 난해한 성질이다. 이 난해한 성질 때문에 그는 늘 비극을 자초하고, 나중에는 스스로 비극의 주인공이 되기도 한다.
🌿 인간적인, 너무나 인간적인

신에게도 지옥이 있다. 그곳은 인간에 대한 신의 사랑이다.
🌿 차라투스트라는 이렇게 말했다

낙원은 마음의 또 다른 변형이다. 낙원은 우리의 죽음을 기다리는 그 무엇이 아니다. 죽음은 저승으로 가는 다리도 아니며, 초월도 아니다. 죽음은 단순한 껍질이며, 기호이다. 죽음은 결코 종교적인 문제가 아니다. 따라서 신의 나라는 사람들이 기대하는 것과 다르다. 그곳에는 어제도 없고, 내일도 없다. 천년이 지나도 그곳은 돌아오지 않는다. 신의 나라는 내면적 경험이다. 지상에서의 고통을 잊게 하는 순간적인 뉘우침이다. 그곳은 도처에 널려 있다. 그리고 아무 데도 없다.
🌿 안티크리스트

그리스도는 무엇을 부정했는가?
오늘날 기독교적이라고 불리는 모든 것이다.
그대들은 나를 이해할 수 있는가?
십자가에 못 박힌 저 디오니소스를.
🌿 이 사람을 보라

원시인류는 문화의 진정한 수호신으로 '불'이라는 가치를 발견했다. 하지만 인간이 자유자재로 불을 다스린다는 것, 번개나 태양이 아닌 인간의 수고로 불을 얻을 수 있다는 것은 저 명상적 원시인들에겐 신에 대한 모독으로 여겨졌다. 이것이 인류가 최초로 경험한 철학적 문제의식이었다.

이 최초의 철학적 문제의식은 인간과 신 사이에 귀찮은 모순을 설정했고, 인류가 찾게 될 모든 문화에 거대한 바윗돌을 얹어놓았다. 결국 인간은 신에 대한 모독으로 최선의 것을 찾아냈고, 그 대신 홍수와 같은 비애를 책임져야만 했다.

🌿 비극의 탄생

인류의 죄악을 책임질 자가 아무도 없단 말인가? 누가 이 죄책감을 짊어질 것인가? 그렇다고 다른 누군가에게 이 죄를 대신 뒤집어씌울 수도 없는 노릇이 아닌가? 한 개인을, 생성의 필연적인 파도 속에 가라앉아버린 개인을 고소하고 재판하는 일이 불가능하다면, 이제 그 죗값은 파도, 즉 필연적인 생성이 짊어져야 할 것이다. 이것이 인간의 자유의지이다. 인간은 고소하고, 단죄하고, 회개하고, 속죄할 권리가 있다. 이제부터 내가 판결을 내리겠다. "신이야말로 죄인이며, 인간은 신의 죄를 대신 짊어진 화목제和睦祭다."

우리의 세계사는 범죄의 기록이며, 자책이며, 자살이다. 범죄자는 스스로 재판할 것이며, 심판자는 자신에 대한 사형집행을 준비하게 될 것이다.

🌿 인간적인, 너무나 인간적인

어째서 오늘날 무신론이 존재하는가? '아버지로서의 신'은 더 이상 존재할 수 없다. 인간은 이제 스스로 존재할 수 있다고 믿는다. 심판자나 보상자로서의 존재 또한 마찬가지다. 신이 허락한 자유의지는 그가 던져주기도 전에 인간이 낚아채버렸다. 더구나 신은 자신의 의지를 인간에게 보여줄 기회마저 빼앗겼다. 인간의 말이 너무 많아진 것이다.

🌿 선악을 넘어서

'고귀함'이란 무엇인가. '고귀하다'는 말은 오늘날 우리에게 무엇을 뜻하는가. 천민 지배의 이 무겁게 늘어진 하늘—모든 것이 불투명해지고, 푸른색으로 변해가고 있다—아래 고귀한 인간은 무엇에 의해 나타나고, 무엇에 의해 알려지는가.

그를 증명하는 것은 행위가 아니다. 행위는 언제나 모순에 싸여 있고, 여러 가지 뜻이 있으며, 항상 헤아릴 수 없는 것들만 움켜쥐고 있다. 오랜 종교적 방식을 새로운 의미로, 보다 깊은 의미로 재생산하는 것이 '신앙'이다. 고귀한 영혼이 자신에 대해 품고 있는 근본적인 확신. 찾으려 하지도 않고 발견되지도 않고, 어쩌면 잃어버리지 않은 것인지도 모르는 어떤 것이다. 고귀한 영혼은 자신을 경외한다.

 선악을 넘어서

나는 내 운명을 알고 있다. 언젠가 나의 이름 앞에 어떤 위험한 추억이 새겨지는 날이 도래할 것이다. 일찍이 지상에 존재하지 않았던 위기, 신념을 위한 싸움과 추억.

나는 인간이 아니다. 다이너마이트이다.

그러나 나의 이상에는 종교가 추구하는 영혼의 개조 따윈 없다. 모든 종교는 노예의 사상이다. 종교적인 인간과 접촉할 수밖에 없다면, 나는 반드시 그와 헤어진 후 손을 씻겠다.

나는 '신자'가 될 생각은 없다. 때론 나 자신을 믿어야 한다는 사실에 거부감마저 느낀다. 나는 더 이상 대중에게 이야기하고 싶지 않다.

 이 사람을 보라

죽음은 인간에게 망각의 휴식도 선사하지만, 동시에 현재도 앗아가버린다.
  반시대적 고찰

종교의 광신이 홍수처럼 들판을 뒤덮고 나면, 전에 없던 늪과 연못이 생긴다. 국민들은 이 늪에 빠져 격렬히 대립하고, 연못을 건너기 위해 서로 분열되고, 극히 맹목적인 상태에서 범죄를 저지르게 된다.
  반시대적 고찰

만약 성서에 씌어진 복음의 기쁨이 그대들의 얼굴에도 새겨질 수 있었다면, 아마 그대들은 성서의 권위와 신앙을 그토록 집요하게 요구하지는 않았으리라. 그대들의 말과 행동을 우리는 성서로 받아들였을 것이며, 굳이 폭력적인 선교도 필요하지 않았으리라. 따라서 그대들이 지금껏 기독교를 위해 베풀어온 모든 변명은 사실상 그대들의 비기독교적 정신을 바탕으로 행해진 죄악이었다. 그대들은 천국에서 받을 면류관이 아니라 지옥에서 접수할 고발장을 쓰고 있었던 셈이다.
  인간적인, 너무나 인간적인

죽음이 하는 짓은 언제나 그런 식이었다. 그는 나의 가장 귀한 꿀을 쓰게 만들었고, 꿀벌의 근면을 광기로 변질시켰으며, 염치없는 거지들로 나를 괴롭게 했다. 그는 나를 몰지각한 세계로 인도했다. 그리고 이곳에서 나의 신용을 타락시켰다. 또 내가 가장 신성한 제물을 그대에게 바쳤을 때, 그대는 훨씬 기름진 제물을 자랑했다. 그 때문에 나의 가장 신성한 제물은 그 기름진 냄새 속에서 질식해버렸다.
　　차라투스트라는 이렇게 말했다

신이란 하나의 사상이다. 그 사상은 모든 진지한 사물을 왜곡시키며, 스스로 서려는 자들을 어지럽게 한다. 시간은 이미 흘러갔다. 시간과 함께 사라진 것은 모두 허위에 불과하다. 이런 생각을 할 때마다 인간은 현기증을 느끼며, 뱃속에선 구역질이 올라온다.

　이런 억측을 나는 위장병이라고 정의한다. 나는 그것을 악이라고 부르며, 인간에 대한 혐오라고 규정짓는다. 유일한 것, 원만한 것, 움직이지 않는 것, 흡족한 것, 불멸의 것에 대한 모든 학설을 나는 병이라고 정의한다.
　　차라투스트라는 이렇게 말했다

살아 있다는 것, 혹은 삶을 창조하겠다는 것, 그것은 파멸이자 모욕이다. 이를 단죄하려면 저 질곡의 교양 속에 세워진 울타리에 증오를 퍼붓는 수밖에 없다. 그리고 생산적인 정신을 창조자이며 구원자인 신의 운명으로 대신하고, 고독한 지식인, 버림받은 현자로 생을 마친다. 이는 너무나 고통스러운 광경이다.

그는 자신에게 속삭인다. 무엇을 선택해야 하는가? 이 깊은 인식 외에 무엇이 남아 있단 말인가. 그는 자신의 인식을 선언하고, 두 손 가득 움켜쥐고, 땅에 뿌리고, 하나의 욕구를 심는다. 이 강렬한 욕구로부터 언젠가 행동이 발생할 것이다.

그리고 나는 이 위급한 욕망과 인식이 어디에서 비롯되었는지 분명히 밝히기 위해, 의문을 남기지 않기 위해 나의 증언을 분명히 기록해둬야 한다.

🌿 반시대적 고찰

오직 한 사람에 대한 사랑은 일종의 야만이다. 왜냐하면 그 사랑은 다른 사람에게 돌아가야 할 사랑을 희생시키기 때문이다. 신에 대한 우리의 사랑 역시 마찬가지다.

🌿 선악을 넘어서

신탁의 영향력은 무엇보다도 신탁을 설명하는 사제들이 과거의 모든 경험을 축적해놓았기에 가능했다.
🌸 반시대적 고찰

남성적인 충동 및 도덕을 제거당한 허무주의적 신성은 필연적으로 생리적 퇴화자, 다시 말해 약자들의 신이 된다. 그리고 신은 그들을 약자라고 부르지 않는다. 다만 '선한 사람들'이라고 명명한다.
🌸 안티크리스트

자비慈悲는 허무주의의 실천이다. 다시 한 번 강조하지만, 삶에 대한 자비는 억압적인 본능에 불과하다. 인간을 향한 자애는 삶을 보존하고, 가치를 고양시키려는 모든 본능에 방해가 된다. 우리의 생존 본능에 치명상을 입히려는 자비와 같은 관념들은 데카당스를 심화시키기 위한 도구일 뿐이다.

자비와 동정과 자애는 허무주의에서 태어난 것들이다! 그들은 '허무'라는 말을 부인하는 대신, 신, 혹은 진실, 인격, 진정한 삶이라고 주장하지만, 때로는 열반, 구원, 축복이라는 그럴듯한 포장을 덧씌우지만, 이 종교적·도덕적인 관념은 숭고한

외투를 걸쳤을 뿐, 그 실상은 삶에 대한 적의敵意에서 파생된 사생아들이다.

예를 들어 쇼펜하우어는 삶에 대한 적의로 괴로워했다. 그는 자신의 삶을 짓뭉개버리고 싶었다. 그래서 자비와 동정과 인격과 사랑이라는 그런대로 쓸 만한 망령들을 불러다가 가뜩이나 피폐해진 삶을 농락했던 것이다.

🌿 안티크리스트

거인이 된 인간은 스스로 자신의 문화를 쟁취하며, 신들에게 인간과 결속하도록 강요한다. 인간은 스스로 발견한 지식으로 신들의 목숨을 저울질한다.

🌿 비극의 탄생

그대들은 저 미치광이에 관한 이야기를 듣지 못했는가. 그는 대낮에 등불을 들고 거리를 헤매며 끊임없이 외쳤다. "나는 신을 찾노라! 나는 신을 찾노라!"

마침 그날따라 시장에는 무신론자들이 많았다. 그들은 이 미치광이를 재미있는 노리개쯤으로 여기며 그를 조롱했다. "신이 집을 나갔나?" 어떤 장사꾼이 농담삼아 떠들었다. 그러자 누군가 "신이 우리 집 막내 놈처럼 길을 잃어버렸다는 건가?"라고 소리쳤다. 또 다른 누군가는 "아직도 숨바꼭질을 좋아하나 보지? 어쩌면 우리가 무서웠는지도 몰라! 신은 배를 타고 떠났는가, 아니면 그냥 걸어갔는가?"라고 외치며 미치광이를 둘러쌌다.

미치광이는 조용히 그들을 바라보다 큰 소리로 외쳤다. "신이 어디로 갔냐고? 내가 알려주지! 우리가 신을 죽인 것이다!"
🌿 즐거운 학문

신을 위해 인간을 사랑한다 ― 이것은 지금까지 인간이 도달한 감정 중 가장 고귀하고, 고매한 감정이다.
🌿 선악을 넘어서

의식할 수 없는 것은 모두 가면이다. 신의 수치야말로 인간의 고통을 몸에 두르고 걸어다니는 가면이 아니겠는가.
🌿 선악을 넘어서

신의 어릿광대들에게

나의 벗이여, 독거미들을 주의하라. 이 독거미들은 세상을 피해 거미줄에 매달려 있다. 이들은 자신이 쳐놓은 거미줄에서 우리들을 가르치려고 한다. 우리에게 세상을 가르치려 한다. 이 독거미의 언변을 주의하라. 그들의 설교는 우리의 파멸을 위해 준비된 덫이다.

나는 인간의 종교적인 본능에 감히 선전포고를 하고자 한다. 나는 도처에서 이 종교적 본능을 감지할 수 있었다. 종교적인 인간은 사물을 존재하는 그대로 인정하지 않고, 자신의 눈높이로, 그 저급한 지혜와 광신으로 비뚤어진 시각을 동원해 판단한다. 그리고 비뚤어진 정신만큼이나 심하게 굴곡진 자신의 파토스를 신앙이라고 부른다.

그들은 치유할 수 없는 허위로 타인에게 상처를 입히면서,

정작 자기 자신은 그 같은 상처를 입게 될까봐 전전긍긍한다. 종교적 인간은 모든 사물에서 이처럼 비뚤어진 결론을 도출한 후 이것이 도덕이며, 윤리이며, 신성이라고 주장한다. 이들은 비뚤어진 결론을 '신'으로 섬기고, '구원'으로 여기고, '영원'이라고 부른다. 오직 자신들의 잘못된 결론만이 정당할 수 있기 때문에 나머지 가치들은 반도덕적, 반인륜적, 반종교적이라고 폄훼한다.

나는 우리 사회에서 이 같은 종교적인 본능을 수도 없이 관찰할 수 있었다. 그들은 전설과 허위를 반대로 이해하며, 삶의 고통을 '진실'이라고 부른다. 그 대신 삶을 있는 그대로 인정하고, 상승시키고, 이해하고, 보편타당한 법칙을 세우고, 긍정하고, 시인하고, 받아들일 수 있도록 인도하는 모든 사상을 '거짓'이라고 비난한다.

☙ 안티크리스트

사람들은 기독교의 교리에 반박하지 않는다. 마치 눈병과 논리적인 싸움을 하지 않듯이.

☙ 바그너의 경우

섬세한 감각과 섬세한 취미를 가질 것. 강력하고 대담하며, 자유분방한 마음을 유지할 것. 침착한 눈동자와 확고한 발걸음으로 인생을 짓밟을 것. 터무니없는 일을 당해도 마치 축제에 참가한 것처럼 즐길 것. 미지의 세계와 해양과, 인간과 신들을 기대하며 인생을 지켜볼 것. 마치 그 미지의 세계를 지키는 병사와 선원들이 잠시 동안의 휴식과 즐거움으로 피로를 잊는 것처럼, 혹은 이 찰나의 쾌락 속에 인간의 눈물과 진홍색 우수를 잊는 것처럼 밝은 음악에 귀를 기울일 것. 이 모든 것의 소유주가 바로 자신이기를 바라지 않는 자가 있을까.

호메로스야말로 이 같은 행복에 도취된 사나이였다. 그리스인을 위해 그들의 신들을, 아니 자기 자신을 위해 그는 신을 만들었다. 하지만 결코 이 사실을 숨겨서는 안 된다. 호메로스가 누린 행복은 인간이 태양 아래 가장 괴로운 생물이라는 것을, 그리고 다만 이 값어치를 지불하기 위해 생존의 물결이 밀어닥친 해변에서 조개를 줍고 있다는 사실을 깨달은 기쁨이었다.

🌿 즐거운 학문

순결에 대한 설교는 자연에 반항하라는 선동에 지나지 않는다.
🌿 니체 대 바그너

여기 앉아,

나는 인간을 만든다.

나의 형상을 빌려

나를 닮은 한 종족을 만든다.

이들은 괴로워할 것이며, 눈물을 흘리며,

즐거워하고 기뻐할 것이다.

그리고 그대를 거들떠보지 않을 것이다.

내가 그랬듯이.

🌿 비극의 탄생

신에 대한 열정 ― 루터처럼 촌스럽고, 순진하고, 집요한 열정도 드물다. 프로테스탄트는 한마디로 섬세한 감동이 없다. 대신 동양적인 무아無我는 조금 엿보인다. 마치 자격이 없음에도 주인의 배려로 은총을 입은 노예처럼 비굴하다.

그 대표적인 예가 아우구스티누스일 것이다. 이 사람은 무례할 정도로 품위가 없고 거동이 천박했으나, 특유의 여성적인 순정과 음욕으로 마치 남녀의 합방처럼 육체와 영혼의 합일을 갈망했다. 이런 신비적 욕망은 사춘기를 겪고 있는 소녀의 착각과 비슷한 감정이라고 할 수 있는데, 주로 노처녀의 히스테

리나 수녀들의 허영심에서 자주 발견하게 된다. 가톨릭은 주로 이런 여성들을 골라 성녀로 지목한다.
　🌿 선악을 넘어서

종교가 지닌 여러 가지 신화적 전제들이 정통적 교리에 부딪혀 이미 끝나버린 역사로 체계화되고, 신화의 신빙성에 대해 조심스럽게 논의하면서도 한편으론 신화의 성장에 낯을 찡그릴 때, 즉 신화에 대한 인간의 감각이 사라지고, 대신 종교를 실존하는 역사 위에 세워야 한다는 요구가 거세질 때 종교는 사멸하고야 말 것이다.
　🌿 비극의 탄생

생존에 대한 최대의 항의는 신의 존재를 믿는 것이다.
　🌿 권력에의 의지

종교개혁은 사물을 아디아포라(adiaphora. 스토아학파의 철학용어. 생과 사, 쾌락과 고통, 건강과 질병 등 선악으로 나눌 수 없는 사상을 가리킨다)라고 선언했다. 종교적 사상으로 규정할 수 없는 영역을 남겨둔 것이다. 이것은 종교개혁이 살아남기 위해 지불한 대가였다. 마치 원시 기독교가 근대보다 훨씬 종교적이었던 고대와의 싸움을 피하기 위해 지불한 대가와 유사하다.

종교개혁 이후, 이 같은 분리가 더욱 확대되었다. 오늘날은 가장 우악스럽고, 가장 영리한 지배자들이 종교를 대신해 담당하고 있다. 이 폭력적 지배자들은 먼저 국가를 분리해냈는데, 사람들이 교회를 숭배하듯 자신들이 만들어낸 국가를 우상으로 숭배해주기만 고대하고 있다.

반시대적 고찰

저 거미들을 조심하라! 저것들은 십자가 밑에 거미줄을 치려 한다.

차라투스트라는 이렇게 말했다

무료함에 대한 용기 ― 자아와 자신의 직업을 한순간에 버릴 수 있는 용기를 갖지 못한 자는 예술적으로도, 또 과학적으로도 결코 일류가 될 수 없다. 예외적으로 사상가만이 자아의 정체를 타고나지 못한 부류인데, 그들은 세계와 역사를 해설하며 이렇게 덧붙일 것이다.

"신 또한 우리와 마찬가지로 이 같은 용기를 지니지 못했다.

그는 사물을 너무 우습게 만들려 했고, 또 실제로 만들어버렸다."
  🌿 인간적인, 너무나 인간적인

차라투스트라는 악인의 벗이다. 만약 퇴폐적인 인간이 가장 고귀한 인간의 반열에 올랐다면, 이는 가장 근면한 삶을 짓밟았기에 가능한 일이었을 것이다. 만약 허위가 진리를 요구한다면 성실한 인간은 최악의 이름으로 불릴 수밖에 없다.

차라투스트라는 인간의 전형이었다. 그는 초인이었다. 하지만 사람들은 그를 '악마'라고 불렀다.
  🌿 이 사람을 보라

무덤이 있는 곳에 부활이 있다.
  🌿 차라투스트라는 이렇게 말했다

원래 정신은 신이었다. 그 다음은 인간이었다. 그리고 이젠 노예가 되었다.
  🌿 차라투스트라는 이렇게 말했다

기독교는 인간이 도달할 수 없는 이상을 제시했다. 그 이상의 높이에 절망한 인간은 만인을 균등하게 창조한 자연의 법칙에 반감을 가졌고, 지금은 자연을 혐오하기에 이르렀다.
　반시대적 고찰

진지한 기독교인들은 항상 나에게 호의를 베풀어주었다. 기독교의 적수를 자처하는 내게 그들이 호의를 베푼 까닭은 무엇인가. 그것은 수천 년간 이어져온 인간의 숙명을 오늘날 한 개인의 책임으로 전가시키려는 모든 교권에 대항했기 때문이다.
　이 사람을 보라

가상을 통해 자신을 구원하려는 '개별화의 원리'는 자기모순의 신격화로 나타난다. 그는 숭고한 몸짓으로 이 세계는 고통을 필요로 하며, 따라서 이 고통의 세계를 극복하고자 인간은 자신을 구원할 환영을 만들어내고, 이 환영의 파도 속에 깊이 빠져든 인간은 표류하는 조각배처럼 고요히 자신의 인생을 관조하게 된다는 점을 우리에게 일깨워준다.
　비극의 탄생

루터 자신도 일찍이 이런 말을 했다. "세계는 신의 건망증으로부터 성립된다. 만약 신이 저 무시무시한 폭탄을 생각했더라면 신은 세계를 창조하지 않았을 것이다."
  반시대적 고찰

잘 들어라. 내가 신학자로서 말하는 경우는 아주 드문 일이니까. 그 위대한 역사를 창조한 후 뱀이 되어 지혜의 나무에 몸을 두르고 있었던 것은 다름 아닌 신 자신이었다. 그가 신이라는 목적에서 해방된 것은 바로 이때부터였다. 그는 모든 것을 너무나 아름답게 만들었다. 단지 아름다움을 만든 것에 만족할 수 없을 만큼 그가 만든 세상은 아름다웠다. 그래서 신은 스스로 피조물이 되었다.
  이 사람을 보라

석가모니가 죽은 후에도 사람들은 그가 머물던 동굴에서 그의 그림자를 보았다. 신은 분명 죽었다! 하지만 우리는 그가 남긴 그림자도 극복해야 한다.
  즐거운 학문

교황 레오는 일찍이 학문에 대해 이렇게 정의했다. "인간이 학문을 몰랐다면, 인간의 기도는 짐승의 울부짖음과 다르지 않았을 것이다. 인간이 학문을 깨달았다면, 지금보다 더 큰 죄를 저질렀을 것이다."
🌿 즐거운 학문

도덕은 나의 기쁨이다. 나는 그것을 사랑한다. 그것만이 내 마음을 흡족하게 만들 수 있다. 그러므로 나는 오직 기쁨을 원한다.

나는 도덕을 신의 율법으로서 원하지 않는다. 인간이 만든 법이나 필수품으로 원하지도 않는다. 나는 그것을 천국에 이르는 이정표쯤으로 생각하지 않는다.

내가 사랑하는 것은 바로 지상에서의 도덕이다. 하지만 그것이 세상의 지혜를 말하는 것은 아니다. 인간의 지식을 말하는 것도 아니다.

이 새는 내 곁에 둥지를 틀고 있다. 그러므로 나는 그 새를 사랑하고 포용해야 한다. 지금 그 새는 내 곁에서 황금알을 품고 잠들어 있다.
🌿 차라투스트라는 이렇게 말했다

히브리 출신인 그리스도는 히브리 사람들의 증오와 눈물과 우울밖에 보지 못했다. 그 무렵 그리스도는 죽음을 동경했을 것이다.

그가 만약 쓸쓸한 벌판을 찾아 떠났더라면, 그 슬픈 인생들과 멀리 떨어져 있었더라면, 그는 삶을 좀더 진지하게 바라볼 수 있었을 것이다.

나의 말을 믿어주기 바란다. 형제여, 그는 너무 일찍 죽었다. 그가 내 나이까지만 살았던들 자신의 설교를 취소했을 것이다. 그는 분명 고귀한 삶이었으니까. 하지만 그는 성숙될 시기를 맞지 못했다. 그는 너무 젊었다. 그는 너무 쉽게 인간과 대지를 증오했다. 그의 영혼과 정신은 죽는 순간까지 얽매여 있었고, 자유롭지 못했다.

🌿 차라투스트라는 이렇게 말했다

내가 구원받을 수만 있다면, 세계 따윈 멸망해도 좋다!
🌿 인간적인, 너무나 인간적인

순수한 정신이란 순수한 기만일 뿐이다. 삶을 부정하고, 비방하고, 갖은 해악을 유포시켜 인간들을 감염시킨 저 종교인들이 아직도 진열장의 고급상품처럼 통용되는 이 사회에서 '무엇이 진리인가' 라는 우리의 물음은 여전히 유효하다. 종교적 허무와 인간성의 부정이 진리였다면, 그것이 오래 전부터 나의 입안에서 맴돌고 있었다면, 지금 당장 뱉어버려야 한다.
🌿 안티크리스트

나는 사람들로부터 '성자' 라고 불리는 것에 약간의 두려움과 의구심을 품고 있다. 나는 성자가 되는 것을 원치 않는다. 차라리 어릿광대로 남는 편이 행복하다.

내 운명은 그저 어릿광대일 뿐이다.

나는 지금까지 성자들만큼은 거짓말을 하지 않았다. 따라서 나의 이 말은 진리이다.

하지만 '두렵다' 는 나의 감정은 지금까지 '거짓' 을 진리로 착각해왔다.

모든 가치의 전환, 이것이 내 안에서 혈육이 되고, 천부적인 능력이 된다. 인류의 자각은 하나의 행위를 설명하는 나의 방식이다.

내 안의 거짓을 냄새 맡고 깨달음으로써 마침내 진리를 발견했다. 나의 재능은 아마도 콧잔등에 어려 있을 것이다.

나는 스스로에 대한 반박으로 그들의 정신을 반박한다. 그렇지만 나는 부정적 정신의 반대방향에 서 있다. 나는 새로운 세상을 전파할 '복음의 사자'이기 때문이다.

나는 숙명을 짊어지고 태어난 인간이다. 왜냐하면 진리가 수천 년간 허위와 증오에 시달리고 있을 때 나의 종족들은 단 한 번의 몽상으로 산과 골짜기를 뒤흔드는 지진을 경험했기 때문이다.

숙명처럼 우리의 뒤를 쫓는 몽상이 사라지자 정치라는 개념이 탄생했다. 이 정신적인 투쟁은 곧바로 우리들 체내에 녹아들어 오래된 사회의 모든 권력조직을 한순간에 공중으로 날려버렸다.

지금 이 땅은 일찍이 경험해보지 못한 갖가지 싸움에 시달리고 있다. 나의 뒤를 이어 비로소 지상은 '정치의 횡포'를 경험하게 될 것이다.

🌿 이 사람을 보라

가톨릭은 에로스에게 독을 먹였다. 다행히 에로스는 죽지 않았지만, 은밀해지고 음란해졌다.
🌿 선악을 넘어서

나의 친구여, 나는 그대들에게 충고하노라. 타인을 심판하려는 자를 믿지 말라! 그들은 우리와 다른 혈통이며, 전혀 다른 종족이다. 그들의 얼굴은 사형집행인의 미소이며, 굶주린 사냥개다. 자신이 정의롭다고 떠들어대는 자를 믿지 말라! 그들은 바리새인이 되기 위해 언젠가 우리에게 권력을 요구할 것이다. 그들이 자신을 '선량하고 정의롭다'고 주장할 때 우리는 두려움을 느껴야 한다.

나의 벗이여, 독거미들을 주의하라. 이 독거미들은 세상을 피해 거미줄에 매달려 있다. 이들은 자신이 쳐놓은 거미줄에서 우리들을 가르치려고 한다. 우리에게 세상을 가르치려 한다. 이 독거미의 언변을 주의하라. 그들의 설교는 우리의 파멸을 위해 준비된 덫이다.

  차라투스트라는 이렇게 말했다

겟세마네 동산에서의 대화 ― 철학자가 예술가에게 해줄 수 있는 가장 고통스런 절규는 바로 이것이다. "너희가 나와 함께 한 시 동안도 이렇게 깨어 있을 수 없더냐?" (마태복음 26:40)
  인간적인, 너무나 인간적인

우리는 고귀하고 정신적으로 충만한 광신도가 존재했었다는 사실을 알고 있다. 광신도는 사람들의 영혼을 자극하고 북돋우는 매우 지속적인 작용도 할 수 있다. 하지만 우리는 그를 삶의 지도자로 섬기지는 않을 것이다. 만에 하나 그의 영향력을 이성의 제어 아래 두지 않는다면, 그는 우리를 사악한 길로 인도할 것이다.
　반시대적 고찰

자신이 선량하며 공정하다고 말하는 자들을 경계하라. 그들은 창조자를 십자가에 못 박을 때 가장 즐거워하는 자들이다. 그들은 고독한 인간을 증오하는 자들이다.
　차라투스트라는 이렇게 말했다

소크라테스와 그리스도의 사형은 위장된 자살이다. 더구나 교묘하게 위장된 자살이다. 그들은 모두 자신의 죽음을 '의도하고' 있었다. 그들은 불법적인 사회의 손으로 자신의 가슴을 찌르도록 유도한 것이다.
　인간적인, 너무나 인간적인

만일 신이 지상을 방문하더라도 그는 죄밖에 보여줄 수 없을 것이다. 신을 신답게 꾸미는 것은 심판의 능력이 아니라 죄이기 때문이다.
　이 사람을 보라

기독교는 모든 약자, 비천한 생명, 불구자들을 자신의 추종자로 끌어모았다. 그리고 이들은 자기보존 능력이 뛰어난 자들에게 대항하고자 하나의 이상理想을 만들었다. 그 이상은 정신의 가치를 죄악으로, 내면의 욕구를 유혹으로 가르침으로써 사람들의 이성을 파멸시키는 데 성공했다.

그중 가장 안타까운 파멸은 바로 파스칼이었다. 그는 자신의 원죄에 너무 집착한 나머지 원죄에서 벗어나는 길 대신, 원죄를 위로하는 길을 택해버렸다.
　안티크리스트

공포를 통해 우리는 가축이 되었고, 군중이 되었고, 인간이 되었고, 병든 짐승이 되었고, 기독교도가 되었다.
　안티크리스트

우리에게 천국을 안내하겠다는 인종들은 새로 장만한 펠트 구두창이 상할까봐 조심조심 발걸음을 내디디며 입으로는 쉴 새 없이 말도 안 되는 설교만 늘어놓고 있다.
🌿 반시대적 고찰

생명의 시대에 인간은 그의 신을 섬기고자 인간을 제물로 바쳤다. 그것도 가장 사랑하는 사람을 바쳤다. 그래서 원시시대의 모든 종교는 장자長子를 제물로 바쳤다. 다음 세대에 인간은 생명보다 도덕에 더 많은 가치를 부여했다. 그래서 인간은 그의 신에게 자신이 가지고 있는 것 중 가장 강한 본능, 즉 그의 '자연'을 제물로 바쳤다.

금욕주의자들과 반자연주의자들은 이 의식을 모든 백성들에게 전파시켰다. 마침내 인간은 생명과 자연이 떨어지자 조화, 행복, 정의, 위안, 성스러운 것, 어리석음, 희망, 신앙을 바치기 시작했다. 이것들도 떨어지자 그들은 신을 위해 신을 희생시키기로 마음먹었다. 날이 밝아 정신을 차렸을 때 제단 위에 쓰러진 신을 발견했다. 그들은 경악했으나, 이미 제물을 바치는 습관이 모든 공포와 충격을 압도했다.

그들은 습관적으로 제물을 바치기 시작했다. 더 이상 신이 요구하지도 바라지도 않았지만, 아니 신 스스로가 자신의 제단 위에 쓰러졌지만, 그들은 본능적으로 제물을 바쳤다. 그들은 잔인한 마음과 바위와 우매함과 중압감과 운명과 허무를 그들의 제단에 바쳤다.

🌿 선악을 넘어서

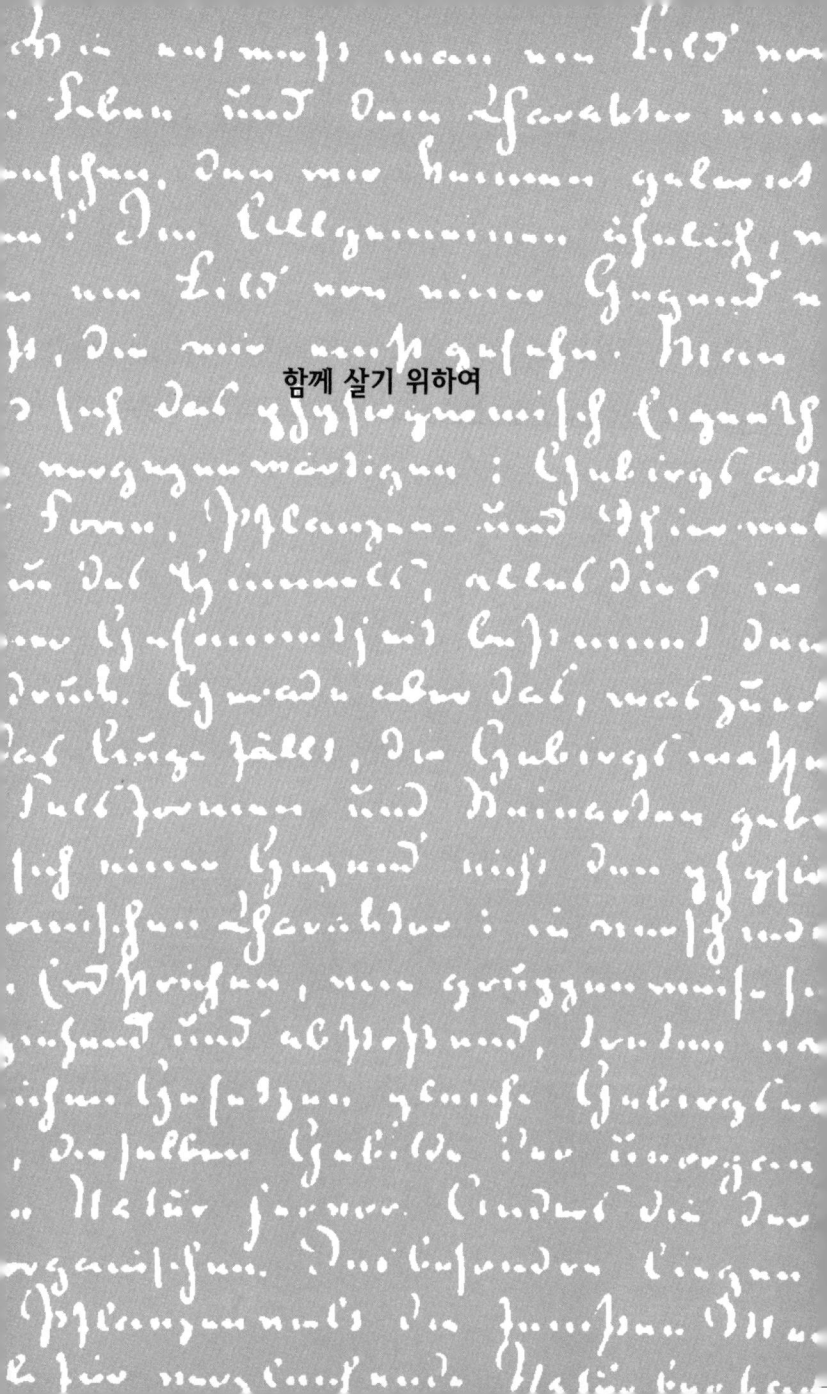

함께 살기 위하여

시대의 모순에 대하여

양심을 따르는 것은 의지를 따르는 것보다 훨씬 매력적이다. 왜냐하면 실패했을 경우 양심은 자기변호나 기분전환이 가능하기 때문이다. 그래서 이지적인 사람은 극소수인 데 반해, 자신이 양심적이라는 사람은 아주 많다.

그대의 얼굴을 자세히 바라보라. 우리가 살고 있는 이곳이 어딘지 아는가? 그렇다. 이곳은 북극이다. 차디찬 유배지다. 우리가 이 세상과 얼마나 동떨어진 곳에 살고 있는지 그대는 아는가? 육지에서도, 바다에서도 우리는 세상으로 향하는 길을 찾을 수 없다. 어쩔 수 없이 북쪽에서, 얼음과 죽음의 저편에서 우리의 삶, 우리의 행복을 찾아야 한다. 하지만 우리도 곧 행복해질 것이다. 마침내 우리는 길을 알아냈다. 우리는 지난 수천 년 동안 이 미로에서 출구를 찾아 헤맸다. 그리고 얼마 전 우리는 그 출구를 발견한 것이다. 설마, 저 무능력한 현대인들이 우리의 행운을 가로채지는 않겠지?

"나는 출구도 모르고 입구도 모른다. 그냥 서성일 뿐이다." 이것은 현대인의 탄식이다. 이런 현대적인 감성이 우리를 병들게 한다. 듣기 좋은 평화, 비굴한 타협, 긍정도 아니고 부정도 아닌 대답에, 이 모든 불결함에 우리는 전염되었다. 이따위 전염병에 시달리느니 차라리 이 얼음 동굴을 떠나지 않으리라!

나는 우리의 용기를 믿는다. 지금까지 기다렸듯이 다음 세대를 기다리면 된다. 다만 우리는 너무 오래 기다렸다. 기다리는 동안 우리의 얼굴은 점점 더 우울해졌다. 그래서 사람들은 우리를 숙명론자라고 불렀다.

🌿 안티크리스트

자신의 친구가 정적의 당에 가입하면 그는 결코 친구를 용서하지 않는다. 왜냐하면 이 같은 행위는 단지 그들의 사랑을 걷어차는 것뿐 아니라 그들의 지능을 폭로하는 행위이기 때문이다.

🌿 인간적인. 너무나 인간적인

그대들은 '신념이 전쟁을 신성화시킨다'라고 말한다. 하지만 나는 그대들에게 '전쟁이 모든 것을 신념화시킨다'라고 말해주고 싶다.
　🌿 차라투스트라는 이렇게 말했다

우리가 지금까지 현실의 사물과 가공의 사물에 빌려주었던 아름다움과 숭고함을 지금 당장 되찾아야 한다고 나는 강력히 요구한다. 그것은 본디 인간의 소유였으며, 인간이 생성해낸 가치이기 때문이다. 나는 그 반환을 요구한다. 이것이 인간이 창조할 수 있는 가장 훌륭한 자기변명이 될 것이다.

　인간은 시인으로, 사상가로, 신으로, 사랑으로, 권력으로 마치 왕자 같은 선심을 베풀며 사물을 화려하게 포장했다. 그 결과 자신의 모습은 초라해졌고, 거울을 볼 때마다 자신의 비참함에 경악하고 있다!
　🌿 권력에의 의지

어떤 사람과 견해를 달리해야 할 때, 그로 인해 파생되는 불쾌감을 우리는 그의 탓으로 돌린다.
　🌿 선악을 넘어서

오늘날 '교양'이라는 것은 자신이 입고 있는 옷과 자신이 직접 구입한 집에 어느 정도 만족하고 있는가, 혹은 시내를 활보할 때, 유행하는 미술관에 들렀을 때 어느 정도 사람들의 주목을 끌 수 있는가에 달려 있다.

오늘날 스스로를 교양인이라고 자각하는 인사들은 저녁만찬에서 유행하는 에티켓을 뽐내고, 미술관, 음악회, 극장 등을 순방하며 현대적인 예술을 유감없이 즐기다가 이 시대를 짓누르는 그로테스크한 퇴적물로 사라지게 될 것이다.

 반시대적 고찰

내가 약속할 수 있는 최후의 것은 오직 이뿐이다. 나는 인간을 '개혁'할 것이다. 그렇다고 어떤 새로운 우상을 만들겠다는 뜻은 아니다. 저 낡은 우상들에 대해서는 진흙으로 만든 두 다리가 무엇에 걸려 넘어지는지만 알아내면 그만이다.

우상, 이것은 이상理想을 뜻하는 나만의 단어다. 우상을 전복시키는 것, 이것은 오래 전부터 내 목숨을 걸고 수행해온 나의 임무다. 거짓 세계가 우리를 지배하는 동안 현실은 너무 오랫동안 그 가치와 의의, 진실을 허무하게 빼앗겼다.

우리 시대의 진실과 허위는 날조와 현실의 다른 이름이었다.

이상은 허위였고, 날조였으며, 인간에 대한 저주였다. 아직까지도 이 같은 저주에서 빠져나오지 못한 인간은 번영과 미래의 정반대적 가치를 숭배하고 있다.
 이 사람을 보라

남을 위해 대신 희생되는 인간은 지켜보는 자들과 전혀 다른 생각을 한다. 하지만 희생자들은 어떤 경우에도 자신의 생각을 말할 수 없다.
 즐거운 학문

이웃은 자신의 이웃을 이해하지 못한다.
 차라투스트라는 이렇게 말했다

나는 삶을 성장, 존속, 힘의 증가, 권력에 대한 복종이라고 생각한다. 따라서 권력에 대한 경의가 사라진 곳은 몰락한다. 내가 하고 싶은 말은 현재 인류가 모든 가치에 대한 의지를 상실했으며, 대신 허무주의적 몰락에 신성한 이름을 헌사하고, 그토록 혐오하는 지배력을 부여했다는 점이다.
 안티크리스트

오늘날 우리가 반작용 속의 반작용으로 살아갈지라도 우리는 이런 사태에 현혹되어서는 안 된다. 광기로 점철된 로마 교황청의 수난 같은 유럽의 상황은 일시적인 단막극일 뿐이다. 이런 것들이 미래를 보장할 수는 없다. 독일인에게 미래는 없다.
  니체 대 바그너

오늘날 세상을 살아가는 인간들은 단지 미래의 태아일 뿐이다. 즉 미래의 인간상을 확립하게 될 갖가지 형상들이 현대인의 영혼 속에 각인되어 있다. 이 거대한 형상들은 현대를 살아가는 개체들에게 미래를 결정지을 수 있는 특권을 하사한다는 목적 아래 형상이 안고 있는 고뇌까지 떠넘기려 한다. 이것이 바로 우리 시대를 지배하는 고뇌의 정체이다.

개체의 개별화에 더 이상 기만당해서는 안 된다. 실상은 무언가가 개체의 가장 밑바닥에서 계속 흘러내리고 있다. 개체가 자신을 개별적이라고 느끼게 되는 가장 큰 이유는 목표를 향해 내달리는 도상에서 마주치는 성찰 때문이다. 개체가 개체의 행복을 요구한다는 것은 그들 상호간에 맺은 언약을 파기하지 않기 위한 수단에 불과하다.
  권력에의 의지

현대인은 자신의 선도, 자신의 악도 감추려고 하지 않는다. 다만 모든 수치심을 잃어버렸을 뿐이다.
　🌿 바그너의 경우

매년 3월이 돌아오면 인간은 게가 된다. 이때 역사가는 사물을 응시하기 위해 등딱지를 들이민다. 마치 눈이 아닌 등딱지로 세상을 이해하는 것처럼. 그리고 마침내 등을 돌린 채 믿어버린다.
　🌿 우상의 황혼

내가 진정으로 두려워하는 것은 우리가 오늘날 자연적인 것, 현실적인 것을 찬양하며 도달한 세계가 모든 이상주의와 정반대되는 지점, 즉 밀랍인형이 전시된 진열장 같은 곳이라는 데 있다.
　🌿 비극의 탄생

시대의 취미와 경향이 인간의 의지를 약화시키고 희박하게 만든다. 인간의 의지가 오늘날처럼 나약했던 시절은 없었다.
　🌿 선악을 넘어서

거지는 모두 없애버려야 한다. 남에게 무엇인가를 베푸는 것은 화가 나는 일이며, 아무것도 줄 수 없는 것 또한 화가 나는 일이기 때문이다.
   🌿 서광

대체 왜일까? 인간에게 인습이 필요하고, 인습으로 자신을 은폐하는 이유가. 그것은 이웃에 대한 공포 때문이다.
   🌿 반시대적 고찰

처음 만나는 사람, 혹은 아직 완전히 파악되지 않은 사람과 만났을 때 모두가 잘 아는 진부한 사상에 대해 떠들고, 자신과 약간이라도 친분이 있는 지인이나 여행에 관해 이야기하는 까닭은, 자신이 그다지 대단한 인물이 아니라는 것, 그렇게 경계할 필요가 없다는 것을 보여주고 싶기 때문이다.
   🌿 인간적인, 너무나 인간적인

누군가 철학을 진지하게 생각하기 시작하면, 세상은 즉시 그를 반대하기 시작한다.
   🌿 인간적인, 너무나 인간적인

지구는 참으로 금욕적인 행성이다. 이곳에는 거만하고 천박한 생물과 인간이 공존하고 있는데, 그들은 자신과 대지와 삶에 대한 불만에서 벗어나지 못한 죄책감에서 벗어나고자 스스로를 학대하고 있다. 이 같은 자학에서 그들은 즐거움을 찾아냈다. 그것이 아마도 인간의 유일한 기쁨인 것 같다.

질투심이 강한 인간의 음흉한 눈초리는 절대적인 아름다움과 영원한 기쁨을 훔쳐보고 있다. 그리고 한쪽에선 불행, 추악, 자발적 희생, 자기 포기, 자기 징벌, 자기희생에 일종의 희열을 느끼며, 그것을 찾아 길을 떠난다. 이 이상한 생물은 생존의 전제인 생리적 활력이 감퇴하면 감퇴할수록 더욱 거만해지고, 더욱 의기양양해진다.
🌿 도덕의 계보

그들은 안질을 앓고 있다. 그래서 모든 사물을 부정확하게 묘사한다. 그들은 아침이 되면 자신들의 썩은 담즙을 한 움큼 뱉어놓고는 신문이라고 부른다.
🌿 차라투스트라는 이렇게 말했다

개별화된 세계는 개체로 독립된 경우 모두 타당하지만, 다른 세계와 병존하고자 할 때는 각각의 개별성 때문에 고민하게 된다.
🌿 비극의 탄생

불안한 초조가 세상을 뒤덮고 있다. 그 이유는 인류가 자기 자신으로부터 도주하고 있기 때문이다.
🌿 반시대적 고찰

양심적인 인간 ― 양심을 따르는 것은 의지를 따르는 것보다 훨씬 매력적이다. 왜냐하면 실패했을 경우 양심은 자기변호나 기분전환이 가능하기 때문이다. 그래서 이지적인 사람은 극소수인 데 반해, 자신이 양심적이라는 사람은 아주 많다.
🌿 인간적인, 너무나 인간적인

항의라든가 의구심, 또는 조롱을 습관처럼 반복하는 것은 건강의 징표이다. 모든 것을 무조건적으로 받아들이는 습관이야말로 가장 치명적인 병이다.
🌿 선악을 넘어서

인내는 인간성을 공감하는 데 필요한 것이 아니라 인간성의 공감을 견뎌내는 데 필요하다.
🌿 이 사람을 보라

가장 생산적인 사람들의 생애와, 또한 민중의 삶을 살펴본 후 스스로에게 한번 물어보도록 하자. 앞으로 엄청나게 성장할 저 수목들은 과연 다가올 폭풍우를 피해야만 하는 것일까.

외부로부터의 분리와 반대, 어떤 종류의 증오와 질투, 불신, 냉혹, 탐욕, 난폭과 같은 개념이 없었다면 인류는 도덕을 깨닫지 못했을 것이다. 마찬가지로 저 거대한 어린 새싹은 퍼붓는 빗속에서 더욱 강인하게 자랄 수 있지 않을까.

연약한 인간을 말살해버리는 외부의 고통도 결국 살아남게 될 인간에겐 영양제에 불과하다. 살아남은 자들은 결코 고통을 아픔이라 부르지 않는다.
🌿 즐거운 학문

사람들과 어울려 산다는 것은 매우 힘든 일이다. 왜냐하면 그들은 좀처럼 입을 다물지 않기 때문이다.
🌿 차라투스트라는 이렇게 말했다

쇼펜하우어는 다음과 같이 지적했다. 삶에 대한 의지의 증거는 인간의 성행위뿐이다. 무한을 향한 꿈, 다시 시작되는 삶, 한 번 더 주어지는 기회의 과육이 바로 임신이다. 그 증거로 쇼펜하우어는 이렇게 주장한다. 생식행위를 들킨 여성은 수치심에 몸을 떨지만, 얼마 후 임신한 모습으로 자랑스럽게 거리에서 떠들어댄다.

인간은 성행위를 범죄의 일부로 판단하는 한편, 임신은 세대의 지속으로 찬양한다.

🌿 인간적인, 너무나 인간적인

도덕적 인간은 물질적 인간보다 더욱 위험하다. 왜냐하면 물질은 도덕을 잠재울 수 없으나, 도덕은 물질의 가치를 잠재울 수 있기 때문이다. 이 명제는 역사적 인식으로 단련되어 언젠가는 아마도 가까운 장래에 인류의 형이상학적 요구를 찍어버릴 도끼로 사용될 것이다. 그것이 인류의 축복이 될지, 혹은 저주가 될지 지금으로서는 말하고 싶지 않다.

🌿 이 사람을 보라

나는 다른 사람들에게 제대로 이해받고 싶다. 그러나 정신의 과수원에 새로운 짐승, 제국 같은 구더기, 라인페스트가 살기 시작한 이래, 나의 말은 단 한 번도 이해받은 적이 없다.
🌿 바그너의 경우

권력과 욕망

무능한 자들은 맨 처음 재물에 열광했다. 하지만 재물을 얻음으로써 그들은 오히려 가난해졌다. 그러자 이번에는 권력을 탐내기 시작했다. 특히 권력의 쇠망치를 탐내기 시작했다.

야만적인 본질에 대한 지칠 줄 모르는 공격 때문에 성벽에 둘러싸인 예술과, 전투적인 교육과, 잔혹한 국가조직이 이토록 오랫동안 존속할 수 있었던 것이다.
비극의 탄생

'현대'에 관한 나의 개념을 피력하겠다. 모든 시대는 자신이 가진 힘에 의해 어떤 덕목이 허용되고, 어떤 덕목이 금지되는

가를 분별한다. 만약 그 시대가 성공적인 삶을 갈망하는 시기라면, 사회의 구성원들은 삶의 가장 기초적인 덕목들에 저항하게 될 것이다. 마찬가지로 그 시대가 삶의 가장 기본적인 행사를 갈망하는 시기라면, 사회의 구성원들은 과잉 생산된 기쁨과 지나친 퇴폐를 증오하게 될 것이다.

🌿 바그너의 경우

나는 민중의 죽음에 대해 말하고자 한다. 나의 형제들이여! 이곳엔 민중이 없다. 다만 국가가 있을 뿐이다. 국가란 식어버린 시체이며, 가장 냉혹한 괴물이다. 그들은 아침마다 거짓말을 늘어놓는다. 그들은 우리를 기만하고, 지배하며, 잔인하게 물어뜯는다. 그들은 우리를 볼 때마다 이렇게 외친다. "국가는 민중이다!"

이 말에 속지 말라. 그것은 거짓말이다. 민중을 창조하고, 그들에게 믿음과 사랑을 베푼 것은 창조자였다. 우리의 삶에 희생된 자는 오직 우리들 자신뿐이었다. 우리는 함정에 빠진 것이다. 국가라고 불리는 저 파괴자들이 파놓은 함정에 발을 들이민 것이다. 그들은 함정에 빠진 우리에게 한 자루 칼과 백 가지 욕망을 쥐어주었다. 우리는 이 칼과 욕망에 지나칠 정도로 익숙해졌다.

너무 많은 인간들이 태어났다. 우리가 키우고, 양육할 수 없을 정도로 너무 많이 태어났다. 그래서 우리는 국가에게 도움을 요청하게 된 것이다. 국가는 우리의 요구를 들어주는 대신, 우리에게 생산을 요구한다. 우리가 감당할 수 없을 정도로 많은 생산을 요구한다. 자신의 지위가 유지되도록 우리를 물어뜯고, 씹고, 삼키고, 다시 물어뜯는 것이다.

보라! 저 괴물은 우리를 향해 울부짖고 있다. "이 세상에 나보다 더 위대한 존재는 없다. 나는 신이 다스리는 손가락이다." 그대들은 국가와의 싸움으로 지쳤다. 국가는 그대들이 만든 또 하나의 그대였기 때문이다. 이 피로가 그대들에게 새로운 우상을 섬기라고 부추긴다.

민중이 자기 자신을 상실하는 곳, 민중이 스스로 목숨을 끊는 곳, 민중이 삶이라고 부르는 그곳을, 나는 국가라고 부른다.
🌿 차라투스트라는 이렇게 말했다

권력이 너그럽게 고개를 숙이는 것, 이것이 겸손이다.
🌿 차라투스트라는 이렇게 말했다

사보나롤라, 루소, 로베스피에르, 생시몽 같은 광신자들은 자유로운 정신의 반대선상에 서 있다. 그러나 이들의 병적 정신은 그들을 지배했던 개념이 보여준 간질병처럼 과장된 몸짓으로 대중들의 관심을 불러모았다.

   광신도는 다분히 회화적이다. 인류는 논리에 귀를 기울이기보다도 몸짓에 더 열광하는 습성이 있다.
🌿 안티크리스트

정치가가 아닌 사람들까지 정치를 염려하게 만드는 국가는 구조적으로 모순된 국가이다. 이런 국가는 다수를 좇는 정치가들 때문에 결국 몰락하게 된다.
🌿 반시대적 고찰

개인이나 민족이 아닌, 인간의 자격으로 인류는 엄청난 잘못을 저질렀다! 우리는 삶을 경멸하기 위해 영혼과 정신을 날조했다. 삶의 전제인 성性을 더러운 것으로 가르쳤다. 생장의 기본 덕목인 이기심을 수치로 비하했고, 쇠퇴의 전형적 징후인 희생에 가치를 부여했다. 그리고 모순과 상실과 개성과 이웃을 신념으로 둔갑시켰다!

나는 무엇을 말하고 있는가? 내가 말하려는 것이 인간의 퇴화인가? 아니다. 내가 말하려는 것은 결코 인간의 퇴화가 아니다. 우리의 시작이 이미 퇴화였다! 그래서 우리들은 퇴폐적인 가치를 최고의 선으로, 자기기만을 윤리로 가르쳤던 것이다.

우리가 가르치는 도덕의 근본은 배척이다. 그것도 자아의 배척이다! '나는 언젠가 파멸한다.'라는 인식을 '우리 모두는 파멸해야 한다.'로 잘못 번역한 것이다!
🌿 이 사람을 보라

사회주의 운동은 왕조에게 하나의 기회였다. 왜냐하면 정부는 이 사회주의 운동을 진압한다는 명목으로 법과 칼을 손에 넣었고, 사회주의에 맞서 함께 싸우자는 구호로 왕조의 가장 큰 적인 민주주의자와 반왕당파를 구분할 수 있었기 때문이다.
🌿 인간적인, 너무나 인간적인

인간은 권력을 잡기 위해서라면 자신을 조롱하는 것도 마다하지 않는다.
🌿 반시대적 고찰

정치, 사회, 교육은 항상 지배되기를 원한다. 그래서 국가는 항상 지배자만을 양성했다. 그런데 우리 시대를 다스리는 이 위대한 지배자들은 정치, 사회, 교육으로부터 사소한 일상, 즉 삶의 근본조건을 무시하도록 가르침을 받아왔다. 그렇기 때문에 지배자의 선택은 대부분 삶의 근간을 뒤흔드는 데 이용되었다.

나는 이제 위대한 지배자들의 이름을 나의 방명록에서 제거하고자 한다. 그들은 이 시간 이후부터 찌꺼기이며, 불치병이며, 침전물이다. 그들은 썩어버린 괴물이며, 삶을 극도로 증오하는 말기 암환자이다.

🌿 이 사람을 보라

자유로운 인간은 모든 인류로부터 해방된 하나의 국가, 하나의 사회처럼 작동한다.

🌿 즐거운 학문

급속히 대중을 전염시키고 있는, 그러나 실은 그대들이 산란했고 부화시킨 이 흑사병으로부터 그대들은 과연 도망칠 수 있을 것인가?

🌿 인간적인, 너무나 인간적인

사회주의에 대항할 수 있는 수단이 아직 남아 있다. 그중 그대들에게 적합한 것을 몇 가지 골라왔다. 먼저 사회주의를 도발시키지 말 것, 절도 있고 분수에 맞는 생활을 할 것, 가능한 한 사치를 피할 것, 그리고 국가가 모든 생산품에 세금을 매길 때 무조건 협력할 것. 왜? 이것이 마음에 들지 않는가?

그렇다면 고귀한 자유주의를 표방하는 그대들 부르주아여, 한번 고백해보라. 그대들이 그토록 두려워하는 사회주의의 근성이 실은 그대들의 속성이었다는 것을. 그대들은 사회주의의 근성에 대해서는 불만을 토로하지만, 그대들의 속성에 대해서는 너그러운 변명을 남발하지 않았던가. 만약 그대들이 재산을 지키는 데 사용했던 그 더러운 욕망을 정치적으로 이용했다면, 오늘날 사회주의는 그대들의 창조물이 되었으리라.

그대들과 사회주의자를 나누는 경계선은 오직 소유의 차이이다. 그대들이 사회주의자가 그토록 애용하는 '평등한 복지'로부터 재산을 지키고 싶다면 타인의 질투를 더 이상 자극해선 안 된다. 그대들을 만족시켰던 불순한 연극, 힘의 축적을 들켜서는 안 된다. 무엇보다도 '이런 기쁨을 누릴 수 없는 자들은 우릴 부러워할 것이다.' 같은 반사적 행복에서 도피해야 한다. 그대들을 행복하게 만들어준 기쁨의 정체를 이제는 깨달아야 한다.

그대들은 집, 옷, 차車, 진열장, 소파, 만찬, 오페라에 열광했고, 마지막엔 아내에게 열광했다. 그대들의 옆을 기웃거리는 저 불쌍한 여인들을 한번 살펴보라. 그녀들은 질이 나쁜 금속제이며, 도금한 꽹과리에 불과하다. 그대들은 장식물로서 그녀를 선택했고, 그녀는 좀더 비싼 장식물로 보일 수 있게끔 자신을 치장했다. 그리고 사회주의자들은 그대들의 이 장식물에 가장 분노하고 있다.

🌿 인간적인, 너무나 인간적인

권력에 대한 의지는 진리에 대한 그대의 의지를 짓밟는다.
🌿 차라투스트라는 이렇게 말했다

인간을 향상시킨 것은 지금까지 귀족사회의 몫이었다. 귀족들은 인간과 인간 사이에 결코 넘어서는 안 될 서열이 있음을 믿었고, 그 믿음의 결과가 노예제도였다. 오랜 역사를 통해 지속된 인간의 계급화가 마침내 혈액으로 침투되어 인간은 태어나면서부터 인성人性에 맞는 신분이 아닌 신분에 맞는 인성이 주어지게 되었다.

하지만 이 계급 덕분에 많은 인간들이 자신의 실체를 좀더 확실하게 깨달을 수 있었다. 그들은 계급을 뛰어넘으려고 시도했다. 그 와중에 인간은 계급에 맞게 할당된 이 부조리한 인간성을 극복해야 할 필요성을 절감했다. 만약 인간이 계급화하지 않았더라면 인간의 역사는 무의미해졌을 확률이 높다. 평등은 인간을 나태하게 만들기 때문이다.

계급이라는 사회적 신분이 인간을 억압할수록 그들은 계급이 귀속할 수 없는 초월적인 의미들을 만들고자 노력했고, 그 결과 인간은 오늘날과 같이 향상된 존재가 될 수 있었다.

☙ 선악을 넘어서

당략黨略 ── 어떤 당원이 당에 대한 절대적 복종을 포기한 조건부 복종자로 변질되었을 때 당은 여러 가지 도발과 모욕으로 그 당원을 결국 축출해버린다. 당은 당이 내세운 신조와 가치를 상대적으로 평가하는 당원들의 의도가 정적들의 공격보다 훨씬 위험하다는 사실을 잘 알기 때문이다.

☙ 인간적인, 너무나 인간적인

여성들은 오직 자신만을 사랑한다. 이것은 아주 오래 전부터 전해 내려온 속설이다. 복수에 불타는 여성들이 남자보다 더욱 대담하게 운명에 맞설 수 있는 것도 남자보다 여성이 더 강한 자기애自己愛를 갖고 있기 때문이다. 게다가 여성은 천성적으로 남자보다 훨씬 사악하다. 그것도 아주 영리하게 사악하다. 따라서 어떤 여성이 보기 드물게 선량하다는 것은 그녀가 보기 드물게 변태적이라는 것을 뜻한다.

최근에 여성들은 조상들이 겪어보지 못한 새로운 생리학적 병증과 마주쳤다. 그것은 다름 아닌 동등권의 요구이다. 이 동등을 위한 투쟁은 가히 병적 징후에 가깝다. 나를 미쳤다고 판단한 대부분의 정신과 의사들도 이를 시인했다.

이 같은 투쟁에 뛰어든 여성들은 양성兩性간의 싸움에서 우선권이 자신들에게 주어진다는 사실을 충분히 활용하고 있다. 그렇기 때문에 나는 남성이 지배하고 있는 사회학적인 접근이 아니라 철학적으로 이 문제에 접근해야 할 필요성을 느꼈다. 대체 왜 여성들은 남자의 사랑으로도 모자라 이제는 그 권리마저 찬탈하려는 것인가에 대한 철학적 해답이 필요하다고 생각했다. 어떻게 하면 여성을 치료할 수 있을까? 어떻게 해야 그녀들을 구제할 수 있는 것일까?

나의 대답은 이렇다. 그녀들은 어린아이가 필요하다. 즉 그녀들에겐 임신기간이 필요한 것이다. 여성에게 남자란 항상 수단에 불과했다. 거리에 나부끼는 저 '여성해방'의 목소리, 이것은 아이를 생산할 수 없는 여성들의 분노이다. 더 정확히 말하자면 임신에 필요한 남자를 얻지 못했다는 상실감의 표현이다. 더 자세히 살펴보면 자신들의 '수단'을 강탈한 같은 여성들에 대한 증오이다.

여성해방론자들이 적으로 상정한 남성은 그저 수단일 뿐이며, 전술에 불과하다. 그녀들은 자신들이야말로 진정한 여성이며, 말이 통하는 고급 창녀이며, 이상주의자라고 내세움으로써 동시대의 같은 여성들을 깎아내리려는 것이다.

고등교육과 양복바지, 그리고 참정권은 여성에 대한 여성의 투쟁에 필요한 무기일 뿐이지 요구가 아니다. 따라서 남자로부터 해방된 여성들은 여성적인 세계마저 부정하는 무정부주의자로 전락할 공산이 크다.
　이 사람을 보라

인간의 우월성이 수반되지 않는 정치는 손실이다.
　반시대적 고찰

나는 사람들 사이에서 눈을 점점 더 크게 떠야만 했다. 왜냐하면 그들이 점점 더 작아졌기 때문이다. 그들이 행복과 윤리에 대한 가르침에 익숙해질수록 그들은 왜소해지기 시작했다.

그들은 항상 겸손했다. 왜냐하면 위로와 기쁨을 원하기 때문이다. 위로와 기쁨은 상대방이 자신보다 나약할 때만 찾아온다. 그들은 나름대로 열심히 걸었지만, 나는 그들을 절름발이라고 불렀다. 그들은 항상 절뚝거리며 걸었기 때문에 다른 사람의 방해가 되곤 했다.

그들이 가장 좋아하는 행동은 목을 곧추세워 뒤를 돌아보는 것이었다. 나는 그때마다 그들을 짓밟아버리고 싶은 충동을 간신히 억눌렀다.

이들 중 어떤 자는 자신만의 의지를 갖고 있었지만, 대부분 남의 의지를 빌려 쓰는 것으로 만족했다. 이들 중 어떤 자는 무척 순수했지만, 대부분은 가식적인 배우들이었다. 물론 그들은 자신들이 배우라는 사실을 잘 몰랐다. 아니, 어떤 자는 이미 알고 있었지만, 자신을 지키기 위해 끝까지 이 사실을 숨기려고 했다.

그곳에는 남자가 적었다. 그래서 어떤 아내들은 자신을 남성화시켰다. 왜냐하면 이곳엔 남자가 필요했기 때문이다.

이들은 타인을 지배하는 것이 타인에 대한 봉사라고 믿고 있었다. 나는 이 같은 거짓이야말로 그들이 보여주는 위선 중 가장 악랄한 위선이라고 생각했다. 그들의 지배자는 항상 이렇게 외쳤다. "나는 봉사한다. 너도 봉사한다. 우리는 모두 봉사한다."

그들의 주인은 자신이 하인이라는 사실을 잘 모르는 것 같았다. 나는 그때만 해도 그들의 이 같은 위선에 상당한 호기심을 갖고 있었다.

이곳에서는 약간의 친절에도 같은 분량의 연약함이 따라다닌다. 마찬가지로 약간의 정의와 독립에 대해서도 같은 분량의 연약함이 따라다닌다. 모래알이 모래알을 판단하고, 존중하고, 대접하고, 동정한다. 이런 작은 행복을 그들은 '인내'라고 불렀다.

그들이 윤리라고 정의 내린 관념은, 사실 비겁함에 지나지 않았다. 이들이 외치는 소리는 단지 두려움에 질린 쉰 목소리에 지나지 않았다. 하지만 그들은 영리했다. 그들의 윤리는 매우 영리한 손가락을 지니고 있었다. 그 대신 그들은 주먹을 쥘 수 없었다. 그리고 그들의 손가락은 주먹을 두려워하는 방법을 알지 못했다. 그들이 내세우는 덕은 오직 겸손과 순종뿐이었다. 덕분에 그들은 늑대를 개로 만들었고, 인간을 가장 필요한 짐승으로 만들어낼 수 있었다.
  🌿 차라투스트라는 이렇게 말했다

당에 봉사하는 젊은이들이 길거리를 활보하며 신나게 두드리는 팀파니 소리에 일반인들은 자신을 얽어맬 사슬을 떠올린다.
  🌿 인간적인, 너무나 인간적인

법률의 정의正義 ― 한 민족의 법률이 그 민족의 형성과 성질을 대변한다고 생각하면 오산이다. 법률은 민족의 근간을 유지하는 본질이 아니다. 그것은 단지 관습의 특정한 형식이다. 그러므로 법률은 집단의 구성원이 타민족의 관습에 물들었을 때 가장 잔인한 형벌을 내린다.

예를 들어 이슬람의 와하브파 교도는 다른 신을 믿거나 담배를 피우다 걸렸을 때 가장 잔인한 형벌인 사형으로 다스린다. 어떤 영국인이 이곳을 지나다가 이 같은 형벌의 불평등에 놀라 이렇게 물었다. "그렇다면 살인이나 간통은 어떻게 처벌하는가?" 그러자 와하브파의 장로는 "알라는 인정이 많고 관대하시다."라고 대답했다.

고대 로마는 여성에게 두 가지를 금지했다. 그것은 간통과 음주였다. 카토는 이에 대해 다음과 같은 말을 남겼다. "여성과의 입맞춤은 여성들이 술을 마셨는지 확인하기 위해 시작되었다. 즉 입맞춤은 '그녀가 술을 마신 것 같다'는 의미였다."

실제로 로마에선 술을 마시다 적발된 여성들이 종종 공개적인 장소에서 처형되곤 했다. 로마인이 이토록 여성들의 음주에 예민한 반응을 보인 까닭은 남유럽의 바쿠스 축제 때문이었다. 이 바쿠스 축제에 참석한 여성들은 밤새도록 술을 마시며 그들의 남편을 조롱했는데, 남국의 이런 풍습에 충격을 받은 로마인은 여성이 술을 마시는 행위를 로마에 대한 배신으로 받아들이게 되었다.

🌿 즐거운 학문

정치인은 더 이상 배우려고 하지 않는다. 다만 지켜보다가 필요할 때 판단을 내릴 뿐이다. 그런데 정치인도 아니고, 또 정치에 관심도 없었지만 결국 정치를 통해 엄청난 업적을 남긴 솔론은 아테네 시민들에게 이런 말을 남겼다. "나도 이젠 늙었다. 하지만 계속 배우고 있다."

🌿 인간적인, 너무나 인간적인

무능한 자들은 맨 처음 재물에 열광했다. 하지만 재물을 얻음으로써 그들은 오히려 가난해졌다. 그러자 이번에는 권력을 탐내기 시작했다. 특히 권력의 쇠망치를 탐내기 시작했다.
🌿 차라투스트라는 이렇게 말했다

만족이 아니라 권력을, 평화가 아니라 전쟁을, 덕이 아니라 능력을.
🌿 안티크리스트

민주주의는 결국 새로운 노예제도의 탄생이다. 민주주의는 인간을 이 새로운 제도에 알맞게 사육할 것이다. 그리고 이 제도를 지배하는 몇몇 인간들은 지금까지 유례를 찾아볼 수 없는 명예와 부를 누리게 될 것이다. 이들의 교양이 보편화되어 그들의 욕구에 맞게 우리는 교육받고, 기능하고, 복종하는 날이 도래할 것이다.

 나는 반드시 말해야겠다! 민주주의는 전제적 지배자에게 면죄부가 될 뿐이다! 그들은 민주주의 덕분에 더 이상 죄의식을 느끼지 않고 수탈을 감행할 것이다.
🌿 선악을 넘어서

권력은 자신이 민중을 착취하고 있다는 양심의 가책에서 벗어나기 위해 자신이 예부터 내려오는 선조·헌법·정의·법률·믿음의 유일한 계승자인 것처럼 행동한다. 그리고 민중이 자신에게 착취당하고 있다는 사실을 깨닫기 전에 먼저 이렇게 고백한다. "나는 원래 국민의 하인이다. 나는 원래 복지를 위한 기관이다."

🌿 선악을 넘어서

국민은 아직 보통선거권을 의무로서 인정하지 않았다. 다만 보통선거권을 잠시 채용했을 뿐이다. 국민은 어떤 법률이 자신들의 희망을 만족시킬 수 없을 때 언제든지 반환할 권리를 갖는다.

만약 국민이 보통선거권을 행사해야 할 때 유권자의 3분의 2, 혹은 절반에도 못 미치는 투표율을 기록했다면 이것은 선거제도에 대한 국민의 반환요청으로 해석해야 할 것이다.

🌿 인간적인, 너무나 인간적인

개화된 우리의 세계에서 우리는 위축된 범죄자로 전락했다. 사회의 저주와 모멸에 압도되어 자신에 대한 불신을 키우고,

때로는 자신의 행위를 헐뜯거나 비방하는 가장 더러운 습관만을 배우게 되었다. 그 결과 우리는 '모든 위대한 인간들이 범죄자였다는 사실', 그리고 범죄가 위대함의 불순물이었다는 사실 등을 받아들이지 못하게 되었다.
⚘ 권력에의 의지

적을 경멸한다는 것은 싸우고 싶지 않다는 뜻이다.
⚘ 이 사람을 보라

문화, 또는 문명의 암흑

어느 시대나 그렇듯이 오늘날에도 인간은 노예와 자유인으로 분리된다. 만약 하루의 3분의 2 정도를 자신을 위해 사용할 수 없는 인간이라면, 그가 정치가이든 상인이든, 혹은 관리나 학자 이든 그저 노예일 뿐이다.

우리는 삶과 행동의 보다 나은 미래를 위해 역사를 연구해야 한다. 삶과 행동으로부터 도피하기 위해, 또는 이기적인 삶과 비겁하고 더러운 행동을 변호하기 위해 역사를 도용해서는 안 된다. 역사가 삶에 헌신하는 한, 우리는 역사에 봉사할 의무가 있다. 하지만 역사에는 일정한 한계가 있으므로 역사를 지나치게 존중하면 삶은 퇴화하고 만다.

🌿 반시대적 고찰

인간을 움직일 수 있는 유일한 원동력은 굶주림과 성욕과 허영이다. 만약 당신이 인식을 사랑한다면, 인간이 저능하다는 내 말에 동감한다면, 모든 문명의 끝이 항상 사악했다는 당신의 경험을 인정한다면, 내 말에 귀를 기울여야 한다. 언젠가 인간은 굶주림과 성욕과 허영에 지쳐 자기 자신을, 자신의 이빨로 자기 자신을 물어뜯고, 삼키고, 애무하고, 내뱉어버릴 것이다.
🌿 선악을 넘어서

미학美學이란 응용된 생리학의 다른 이름이다.
🌿 니체 대 바그너

시인이 마지막 순간까지 시인으로 남기 위해서는 시대의 여러 현상들에 둘러싸여 그것들이 자신의 눈앞에서 살아 움직이는 것을 목격해야 한다. 그리고 현상들의 가장 내적인 본질을 하나의 사고형식으로 통찰해낼 수 있어야 한다.

우리는 저 근대적 소양이라는 특이한 약점 때문에 문학의 근원을 너무 복잡하고 추상적으로 생각하려는 경향에 시달리고 있다.
🌿 비극의 탄생

현대는 고민이라는 형식을 증오한다. 현대인들은 인간의 고민을 위선이라고 비난한다. 우리는 너무 빨리 결정하고 있다. 고민이나 사색은 그저 걸어가면서 해치우면 그만이라고 생각한다. 인간은 점차 품위를 상실하고 있다.

인간이 더 이상 생각할 수 없다면 우리는 단지 기계일 뿐이다. 어쩌면 우리 머릿속에 이미 기계가 자리잡았는지도 모른다. 그 기계의 성능에 따라 우리의 생각과 품위가 결정되는지도 모른다.

🌿 즐거운 학문

바이로이트는 가장 거대한 극장이지만, 한 번도 '위대한' 극장이었던 적은 없다. 극장은 대중적인 감수성을 숭배한다. 극장은 어떤 면에서 대중 폭동이라고 할 수 있다. 그들의 선택은 감수성에 대항하는 일종의 국민투표이다. 그들은 다수를 획득했다. 그들은 우리의 감수성을 파멸시켰다. 그들은 단지 오페라의 성공을 위해 우리의 고유한 감수성을 파괴해버린 것이다!

🌿 바그너의 경우

현대인은 세 가지 M에 시달리고 있는 노예다. Moment(순간), Meinungen(여론), Mode(유행)가 바로 그 주인공들이다.
🌿 반시대적 고찰

독일인의 현대는 아직 아무것도 아니지만, 언젠가는 무언가가 될 것이다. 그들은 아직 문화를 갖고 있지 않다. 그러므로 그들은 아직 문화를 가질 수 없다. 그들은 또한 아무것도 아니다. 다만 다양할 뿐이다. 따라서 그들은 무언가가 될 것이다. 바꿔 말하면 언젠가는 저 난잡함을 중단하게 될 것이다.
🌿 권력에의 의지

독일인은 가혹하고 잔인한 행동에서만 힘을 느낄 수 있다고 믿는다. 그들은 가혹한 채찍과 잔인한 압제에 시달리면서도 오히려 기뻐하고, 경탄하며, 복종한다. 독일인은 온화와 평정 속에 힘이 깃들어 있다는 사실을 도무지 믿으려고 하지 않는다. 그들은 괴테가 나약할 뿐이며, 오직 베토벤만이 힘을 가지고 있다고 평가한다.
🌿 서광

현대인은 생물학적인 관점에서 '가치'를 판단한다. 그는 두 개의 의자에 한쪽 다리씩 올려놓고, 단번에 '그렇다'와 '아니다'를 반복한다. 우리 시대를 대표하는 인간성은 이 같은 오류이다.

🌿 바그너의 경우

사소한 것, 한정된 것, 진부한 것, 낡은 것을 모아 인간은 아늑한 보금자리를 마련한다. 이 지나간 시간들을 통해 인간은 자신의 품격과 불가침성을 확인하려는 것이다. 그가 사는 도시의 역사가 곧 그의 역사이며, 성벽, 탑, 시청, 축제는 마치 소년 시절의 그림일기처럼 정겹기만 하다.

이런 것들로부터 인간은 자기 자신을, 힘을, 근면을, 즐거움을, 판단을, 어리석음과 실수를 발견하곤 만족해한다. 여기서 살았다, 지금 살고 있기 때문에, 앞으로도 계속 살 것이다. 나는 강인하다, 이 거대한 도시의 일부이기 때문이다, 이 거대한 도시가 하루아침에 무너지지는 않을 테니까 나도 쉽게 사라지지는 않을 것이다, 라고 그는 혼잣말처럼 중얼거린다.

🌿 반시대적 고찰

목자 없는 양떼. 생각도 같고 생김새도 똑같다. 만약 그들 중 누가 다른 생각이라도 한다면 가차없이 정신병원으로 끌고 간다.
　🙢 차라투스트라는 이렇게 말했다

민족이란 6, 7명의 위대한 인간을 만들기 위해 자연이 저지른 실수다.
　🙢 선악을 넘어서

흔히 독일적이라는 것은 독일적이지 않다는 것을 의미한다. 국민적 차이는 여러 문화단계를 받아들이는 차이에 지나지 않으며, 영속적인 개념으로 오해되는 것 역시 일부분에 지나지 않는다. 따라서 각 민족의 국민성을 근거로 시작된 여러 논쟁은 신념의 개조, 다시 말해 문화에 종사하는 사람들에겐 거의 구속력을 갖지 않는다.

　이를테면 독일적인 것을 생각해볼 때 '무엇이 독일적인가'에 대한 이론적 문제는 '현재 독일적인 것은 무엇인가'라는 반문 형태로 고쳐야 될 것이다. 그리고 모든 '선량한' 독일인은 이 문제를 자기 자신의 독일적 특성에 의해 극복하게 될 것이다.

민족이 성장할 때는 통일된 국민성을 지켜주던 허리띠를 내던지지만, 위기가 닥쳐오면 반드시 새로운 허리띠가 민족의 영혼에 둘러쳐지게 된다. 그러므로 어떤 민족이 많은 특성으로 대변된다는 것은 이미 지나간 시절의 화석화된 기념비만이 기억된다는 뜻이다.

따라서 독일인은 어떻게 해서든지 독일적인 특성에서 벗어나야만 한다. 그 때문에 가장 위대한 독일인은 항상 비독일적인 교양을 지향해왔다.

🌿 인간적인, 너무나 인간적인

보잘것없는 인물이 거울 앞에 서서 수탉처럼 거드름을 피우며 자신의 모습에 감탄하는 광경을 지켜보는 것만큼 고통스런 일은 없다.

🌿 반시대적 고찰

기계는 인간의 사고력이 만들어낸 최고의 부산물임에도 불구하고 그것을 조작하는 인간을 바보로 만든다.

🌿 인간적인, 너무나 인간적인

지금도 프랑스는 유럽의 가장 혁신적이고 가장 세련된 문화의 중심지이다. 그곳은 여전히 우리 시대의 감수성이 생존할 수 있는 몇 안 되는 정착촌이다. 하지만 독일인들은 모두가 인정하는 이 절박한 현실에 반감을 품고 있는 것 같다.

예를 들어《북독일 신문》을 읽다 보면, 이 신문에 기사를 투고하는 대부분의 사람들이 프랑스인을 야만인으로 취급하고 있다는 점을 금세 깨닫게 된다. 내 생각엔 해방되지 못한 노예들이 득실거리는 대륙은 프랑스가 아니라 북독일 지방인데 말이다.

니체 대 바그너

가장 손상되기 쉬운 것, 가장 극복하기 어려운 것은 인간의 허영심이다. 인간의 허영심은 손상될수록 더욱 강력해지고, 더욱 거대해지기 때문이다.

인간적인, 너무나 인간적인

여론을 따르는 것은 인간이 스스로 자신의 눈과 귀를 가리는 것과 같다.

반시대적 고찰

정치에 대해서 양치기는 자신의 양떼를 이끌 만한 한 쌍의 포악한 양이 필요하다. 그렇지 않으면 양치기는 자신이 직접 양이 되어야만 한다.
　선악을 넘어서

여성을 위한 일곱 가지 잠언

_ 남자가 그녀의 발 앞에 엎드렸을 때 그녀를 괴롭히던 권태가 사라진다.

_ 나이가 들면 여성은 화장품을 고르는 대신, 학문을 뒤적인다.

_ 검은 옷을 입고 묵묵히 앉아 있으면 어떤 여자도 영리해 보인다.

_ 이 행복을 그녀는 누구에게 감사할까? 먼저 신에게! 그리고 나의 재단사에게!

_ 처녀시절은 꽃으로 꾸며진 동굴, 노년은 뱀들이 우글거리는 동굴.

_ 그녀가 원하는 세 가지? 명성, 미모, 신분. 그렇다면 그녀를 만족시킬 수 있는 단 한 가지 방법은? 남자.

_ 말은 짧게, 의미는 깊게. 암나귀를 위한 마지막 충고.
　선악을 넘어서

나는 프랑스의 문화밖에는 인정하지 않는다. 아마도 그 밖의 다른 문화들은 모두 오해에서 비롯되었을 것이다. 나는 독일이 문화를 지녔다고는 단 한 번도 생각한 적이 없다. 내가 몇몇 독일인들에게서 발견한 문화도 모두 프랑스제였다.
🌿 이 사람을 보라

미국과 유럽의 몇몇 정부들이 끊임없이 주절거리는 저 노랫소리에는 다음과 같은 두 가지 교리가 담겨 있다. 그것은 바로 '권리의 평등'과 '모든 괴로운 자들을 위한 동정'이다.

그들은 인간의 고뇌를 국가가 근절시킬 수 있다고 생각한다. 그들은 인간에게 무한한 권리를 나눠주고, 욕망을 해결해주기만 하면 저절로 진보하게 될 것처럼 떠든다. 그러나 내가 지금까지 인간이라는 식물을 관찰한 바에 따르면, 인간의 진보는 항상 권리가 부족하고, 욕망이 해결되지 않는 상황에서 이루어졌다. 따라서 인간을 발전시키고 싶다면 그를 가장 위험한 환경에 방목시키면 된다.

인간의 창의력이 자기기만을 발견하는 데 얼마나 오랜 시간이 걸렸는지 그들은 아마 모를 것이다. 인간성에 대한 가장 잔인한 압제 속에 인간은 이 정묘한 정신을 발견해낼 수 있었다.

인간의 생명의지가 권력에 대한 의지로 진화하기 위해 얼마나 잔인한 법률들이 필요했는지 그들은 아마 모를 것이다.

그들은 냉혹과 폭력, 노예화, 노상에서의 강탈, 은둔, 스토이시즘, 온갖 유혹과 악마주의, 가공할 압제와 살인, 방화, 맹수와 뱀의 위협을 통해 인간이란 종자가 얼마나 발전해왔는지 알지 못하고 있다.

🌿 선악을 넘어서

근대인은 약화된 인격으로 괴로워한다는 우리의 첫 번째 명제로 되돌아가자. 제정시대 로마인은 자신들에게 예속된 식민지를 생각해 자신들이 로마인이 아니라고 생각했으며, 이국적인 문화에 짓눌려 자신을 상실했고, 신들과 관습과 예술을 위한 사육제로 퇴화해갔다.

이와 마찬가지로 만국박람회에 비정상적으로 열광하는 근대인들은 언젠가 로마의 저 비극적 운명에 봉착하게 될 것이 분명하다.

근대인은 향락의 방관자가 되어 전쟁이나 혁명이 발발하더라도 아무런 변화를 예감하지 못하고 있다. 아직 전쟁이 끝나지도 않았는데 벌써 몇십 번씩 전쟁이 끝났다는 기사가 인쇄되어 뿌려졌으며, 사람들은 지친 목구멍에 이 낡은 이야깃거리들을 우겨 넣는 것이었다.

아무리 힘차게 바이올린을 켜더라도 악상은 떠오르지 않는다. 실망한 패배자들은 덧없는 가락들이 멈추기만을 기다린다. 도덕적으로 표현했을 때 그대들은 더 이상 숭고해질 수 없다. 그대들의 행동은 돌발적인 마찰일 뿐 천둥이 될 수 없다. 그대들이 이룩한 가장 놀라운 성과, 가장 위대한 업적도 결국 저승으로 떠내려갈 수밖에 없다.

반시대적 고찰

사회는 자신의 그늘 속에서 살아가는 인간이 불행이나 고독을 느낀다면 결코 용서하지 않겠다고 다짐했다. 그래서 우리는 고독을 떠올릴 때마다 죄를 짓는 것처럼 불안해하는 것이다.

반시대적 고찰

현대인의 초조 __ 서쪽으로 갈수록 현대인의 초조가 점점 심해지고 있다. 미국인은 유럽인들이 모두 조용한 정서를 사랑하고 즐기고 있다는 상상에 빠지곤 하는데, 실제로는 유럽인 대부분이 꿀벌이나 말벌처럼 정신없이 날아다니고 있다. 이 같은 소란으로 발전한 문화는 결코 열매를 맺을 수 없다. 그들이 이룩한 문명은 마치 계절의 변화를 잘못 판단해 너무 일찍 허물을 벗어던진 애벌레와 같다.

우리의 문명은 새로운 야만에 이르렀다. 현대처럼 활동가가 문명을 장악한 적은 없었다. 고요한 침묵은 이제 인류가 거쳐야 할 필연적인 교육 중 하나가 되었다.

🌱 인간적인, 너무나 인간적인

활동가의 가장 큰 결점 ㅡ 활동가는 보다 높은 수준의 활동에 거부감을 드러낸다. 여기서 말하는 좀더 높은 수준의 활동이란 개성적인 활동을 뜻한다. 그들은 관리, 상인, 학자로서 활동하며 많은 장르를 개척했지만, 특정한 덕목을 갖춘 개인으로 활동하지는 못한다. 이런 점에서 비춰볼 때 한마디로 그들은 나태하다.

어느 시대나 그렇듯이 오늘날에도 인간은 노예와 자유인으로 분리된다. 만약 하루의 3분의 2 정도를 자신을 위해 사용할 수 없는 인간이라면, 그가 정치가이든 상인이든, 혹은 관리나 학자이든 그저 노예일 뿐이다.

🌱 인간적인, 너무나 인간적인

보다 나은 내일을 위한 비평

우리들은 모든 것을 다시 배워야 한다. 그리고 겸손해져야 한다. 우리는 더 이상 인간을 '정신'이나 '신성'에서 찾지 않는다. 우리는 인간을 동물로 되돌려보내야 한다. 인간이 동물을 지배할 수 있었던 까닭은, 부여되지 않은 신성을 갖춘 것처럼 위장할 수 있었던 까닭은 인간이 교활했기 때문이다. 그 교활함의 결과가 바로 우리의 정신이다.

보다 높은 인간이란, 인류가 걷는 보편적인 길에서 벗어난 자, 즉 초인이다. 인간은 위대해짐과 동시에 두려운 존재로 자라난다.

🌿 권력에의 의지

현대를 살아가는 유럽인의 특색은 문명과 인도주의이다. 혹은 정치적인 민주주의가 될 수도 있다. 이런 도덕적·정치적 환경 뒤에는 하나의 거대한 생리적 과정이 움직이고 있으며, 이 생리적 운동은 아주 오랜 기간 인간을 지배해왔다.

 유럽은 기존의 도덕적·정치적 환경에서 급속도로 멀어지고 있다. 인간은 몇 세기 동안 이어진 특정 환경에 생리적·정신적 흐름의 속도가 맞춰진 종족임에도 불구하고, 이런 특정 환경으로부터 새로운 독립을 요구하는 것이다.

   선악을 넘어서

이 나라의 가장 고귀하고, 가장 교육을 많이 받은 사람들조차 자신의 아이는 가정교사로 충분하다는 망상에 사로잡혀 있다.

   반시대적 고찰

관념은 방임의 반대편에 서 있다. 이것은 '자연'에 대한, 그리고 '이성'에 대한 폭행이다. 그러나 우리는 관념에 항의할 수 없다. 왜냐하면 관념적으로 항의란 또 다른 어떤 관념을 끌어들여 폭행과 반反이성을 불법으로 선고하는 것이기 때문이다.

 관념의 가장 핵심적인 본질은 오랜 기간 다져온 구속이다. 스토아학파와 청교도의 관념을 이해하려면 그들의 언어에 숨겨진 사상과 구속의 자유를 먼저 이해할 수 있어야 한다.

이처럼 어느 일정한 관념이 도출되려면 항상 언어의 구속이 수반되어야 한다. 그 때문에 시인과 웅변가들이 얼마나 큰 괴로움을 겪었는지 모른다. 귓속에 양심이 들어 있는 몇몇 현대적인 작가들도 역시 마찬가지였다. 공리주의자들은 관념이 '우열한 생존을 위해' 필요하다고 말했으며, 스스로 가장 현명한 인간이라고 자부했던 아나키스트들은 관념이 '법칙에 굴복했다'고 주장했다. 하지만 공리주의와 무정부주의도 어떤 사람들에겐 그저 평범한 '관념'에 불과했다.

예컨대 오늘날 사상, 정치, 언론, 예술, 도덕으로 불리는 모든 관념들이 이 같은 '언어의 자의적 해설'을 통해 인간을 구속하는 힘을 길렀던 것이다.

선악을 넘어서

권리의 기원 __ 권리의 시작은 우선 '관습'으로 거슬러 올라간다. 그리고 관습은 다시 '협정'으로 거슬러 올라간다. 지난날 이 협정이 맺어졌을 때 모든 사람들이 만족했다. 하지만 정식으로 다시 갱신해야 한다는 점을 누구도 인식하지 못했다. 이윽고 협정은 지속되었고, 사람들의 망각이 협정을 관습으로 받아들이게끔 만들었다.

이 관습은 또다시 수천 년이 흘러 사회의 시작과 동시에 발생한 규정으로 인정되었고, 규정은 마침내 '강제'가 되었다.
🌿 인간적인, 너무나 인간적인

오늘날 우리가 살아가는 시대는 먼 훗날의 세대에게 극히 비인간적이며, 어둡고 단단한 미지의 단면으로 비춰질지도 모른다.
🌿 반시대적 고찰

짐승이 되느냐, 아니면 짐승을 기르는 자가 되느냐, 이 두 가지 방법을 놓고 고민하는 자들을 나는 불행하다고 말한다.
🌿 차라투스트라는 이렇게 말했다

부모는 자신도 모르는 사이에 자식을 자기와 똑같은 인생으로 만들어버린다. 이것을 가리켜 그들은 교육이라고 부른다. 어머니는 갓 태어난 아기를 독립된 인생으로 인정하지 않는다. 그녀는 이 갓난아기를 가장 귀중한 보석처럼 생각하는 것이다.
　마찬가지로 자신에게 아들을 가르칠 권리가 있는지, 이 어린 미래를 자신의 관념으로, 자신이 원하는 미래를 위해 복종시킬 권리가 있는지 스스로 물어보는 아버지는 없다.

고대에는 아버지에게 아들의 생사를 결정지을 권리가 있다고 믿었다. 현대에는 그 아버지의 권리를 교사와 계급과 군주와 국가가 물려받았다고 믿는다. 그들은 한 생명이 태어날 때마다 새로운 소유의 기회가 찾아왔다며 반가워한다.
 선악을 넘어서

"자신에 대해 좀더 떳떳해지십시오. 우리는 실재하는 바이로이트에 사는 것이 아닙니다. 바이로이트의 주민들은 단지 대중으로 살아갈 뿐입니다. 이곳에서 우리는 자신에게 거짓말을 하고, 자신을 속여야만 합니다. 사람들은 시내에 나갈 때 영혼을 집에 놓고 갑니다. 이곳 사람들은 스스로 말할 권리와 선택의 권리를 포기했습니다. 그것으로도 모자라 감수성과 용기를 버릴 때가 되었다고 생각합니다. 우리가 사방이 막힌 방에 틀어박혀 신과 세계에 대해 정의 내리던 그 용기 말입니다.

내겐 고독이 필요합니다. 완전한 것은 어떤 증거를 제시해도 결코 완벽하게 해명되지 않는 법입니다. 우리는 저녁마다 무엇에 홀린 듯 극장에 모입니다. 이곳에서 우리는 대중, 여자, 남자, 바리새인, 성직자, 투표권자, 범죄자, 추종자가 되는 것에 만족합니다. 우리의 사회가 바로 극장입니다! 이곳에서 우리의 개인적 양심은 다수라는 숫자에 굴복해야만 합니다. 이곳에선 이웃이 지배권을 행사하기 때문에 우리는 서로에게 이웃이 되려고 미친 듯이 거리를 헤매는 것입니다."
🌿 니체 대 바그너

괴테는 언젠가 에커만에게 이런 말을 한 적이 있다. "독일인은 어제 태어난 갓난아기일 뿐이다. 우리는 백년이라는 짧은 시기 동안 문화라는 것을 창조해냈다. 하지만 모든 독일인의 생활에 우리가 이룩한 문화가 스며들어 그것이 '보편적'이라고 인식되려면, 적어도 '우리가 야만인이었던 시기는 아주 오래 전의 일이다'라고 자신 있게 말할 수 있으려면 또다시 수백 년이 흘러야 한다."
🌿 반시대적 고찰

여성은 자신이 약한 존재임을 과장한다. 자신은 그토록 약한 존재이기 때문에 쉽사리 상처받는다고 말해둔다. 그럼으로써 남자들이 감히 공격할 수 없도록 미리 방어하는 것이다.
🌿 즐거운 학문

우리들은 모든 것을 다시 배워야 한다. 그리고 겸손해져야 한다. 우리는 더 이상 인간을 '정신'이나 '신성'에서 찾지 않는다. 우리는 인간을 동물로 되돌려보내야 한다. 인간이 동물을 지배할 수 있었던 까닭은, 부여되지 않은 신성을 갖춘 것처럼 위장할 수 있었던 까닭은 인간이 교활했기 때문이다. 그 교활함의 결과가 바로 우리의 정신이다.
🌿 안티크리스트

파리 사람들은 그를 가리켜 '존경하는 하이네 선생님'이라고 불렀다. 프랑스 서정시인들은 오래 전부터 그를 피와 살처럼 여겼다. 하지만 독일의 멍청이들은 여전히 그를 '반역자'라고 부르며, 교수대에 올리지 못한 것만 분해하고 있다.
🌿 니체 대 바그너

인간만이 고뇌한다. 고뇌로부터 도피하기 위해 그는 웃음을 발명해야 했다. 그때부터 가장 불행하고, 가장 우울한 이 동물이 가장 쾌활한 동물이라는 낙인이 찍혀버렸다.
🌿 권력에의 의지

역사가 어떤 과잉 상태에 도달하면 삶을 붕괴시키고, 타락시키는 수단으로 작용한다. 그리고 마침내 이 타락한 삶을 통해 역사도 타락하게 된다.
　🌿 반시대적 고찰

그들에겐 과학적 정신이 결여되어 있다. 그들은 어떤 문제에 대해 한 가지 가설을 발견하면 그것으로 만족한다. 어떤 증명되지 않은 가설을 발견하면 아래로 흐르는 물처럼 맹목적으로 달려든다. 그리고 자신들의 맹목으로 모든 사태가 일단락되었다고 평가한다.

그들이 하나의 의견을 발견했다는 것은 무지한 열광일 뿐이며, 잠시 후 아무런 비판 없이 그 열광은 신념이 되어 마음에 깊이 새겨진다. 그로 인해 정치적인 방면에서 자주 발생하지만, 항상 최악의 결과가 발생해 인류의 뒤꿈치를 물고 늘어진다.
　🌿 인간적인, 너무나 인간적인

무기의 승리는 문화의 승리가 아니다.
　🌿 반시대적 고찰

공포는 인간의 본성에 새겨진 근본적인 감정이다. 원죄와 도덕도 오직 공포를 통해서만이 설명될 수 있다. 즉 공포에서 지식이 태어난 것이다.

맹수에 대한 공포가 오랜 세월에 걸쳐 인간들을 육성시켰다. 인간은 맹수로부터 살아남는 방법을 연구했고, 가장 확실한 방법으로 길들이면 된다는 것을 알아냈다.

이처럼 공포는 우리의 생활을 끊임없이 지배했고, 마침내 정신적으로, 그리고 지적으로 미화되기 시작했다. 인간이 공포의 감정마저 길들여버린 것이다. 오늘날 사람들은 이 길들인 공포를 과학이라고 불렀다.

차라투스트라는 이렇게 말했다

오늘날 인간은 너무 많은 경험에 시달리고, 너무 적은 일에 익숙해진다. 즉 인간은 폭식과 기아를 동시에 겪고 있는 셈이다. 따라서 아무리 많이 먹어도 몸은 점점 여위어간다. 그럴수록 더 많이 먹고, 더 빨리 먹었다는 사실을 잊는다. 인간은 모든 것을 경험했지만, 아무것도 할 수 없는 것이다.

인간적인, 너무나 인간적인

인간은 교육을 통해 착각을 배웠다. 가장 먼저 인간은 자신이 불완전한 존재라는 교육을 받았고, 지금도 그렇게 착각한다. 둘째, 인간은 상상을 통해 발전할 수 있다고 교육받았고, 현재까지 공상에 머물러 있다. 셋째, 인간은 자신이 동물이 아니라고 교육받았고, 그 결과 동물이 되려고 노력 중이다. 넷째, 인간은 '가치'라는 개념에 대해 교육받았고, 스스로 가치 있는 존재라고 착각한다.
　즐거운 학문

국가는 자신이 이룩한 공적을 소리 높여 찬양하지만, 단지 자신을 지속시키기 위해 공적을 생산하는 것뿐이다. 국가는 복리 외엔 고차원적인 목표를 파악하지 못한다. 사업가들은 끊임없이 교육에 투자해야 한다고 역설하는데, 그들이 실제로 지향하는 것은 교육이라는 상품과 지갑을 채워줄 돈이다.
　반시대적 고찰

비역사적인 사건과 역사적인 사건은 개인과 민족, 문화의 올바른 상태를 유지하기 위해 동일한 분량으로 필요하다.
　반시대적 고찰

여성들은 자신들에게 뭔가 도움이 될까 싶어서 로랑 부인과 스탈 부인, 조르주 상드에 대해 이야기하지만, 정작 남자들은 자신의 아내가 이들 세 명의 여성처럼 되는 것을 가장 두려워하고 있다.
  ❧ 선악을 넘어서

어떤 인간들은 자신의 위대함을 과시하고 싶은 욕심에 친구를 학대한다. 또 어떤 인간들은 자신의 가치를 높이기 위해 적의 가치를 과장한다.
  ❧ 인간적인, 너무나 인간적인

한 민족이 그들만의 고유한 특성과 성격을 갖춘 국가로 발전하기 위해서는 불리한 환경과의 오랜 투쟁, 여러 민족간의 혼합을 차단하는 배타적 본능, 집단을 위한 각 개인의 자발적인 희생이 구비되어야 한다.

이와 반대로 한 국가가 소멸하기 위해서는 과도한 영양섭취, 과잉보호, 이기적인 개인주의, 외래문화에 대한 무분별한 열광이 진행되어야 한다.
  ❧ 선악을 넘어서

나는 오랫동안 전염병에 방치되어 있던 젊은이들을 관찰했다. 그들이 보인 첫 번째 증상은 비교적 위험하지 않은 감수성의 파괴였다. 그들은 말수가 줄어들었고, 위장병을 심하게 앓는 것 같았다. 이보다 증상이 악화되면 그들은 개념을 파괴했다. 이때부터 젊은이들은 기형아가 되었다. 즉 '이상주의자'를 자처하는 것이다. 그들은 자신들이 학문을 초월했다고 주장했다. 하지만 길거리에선 철학자를 흉내냈다. 그들은 모든 문제가 아버지와 아들과 성스러운 예술가 때문에 비롯되었다고 불평을 늘어놓았다. 하지만 아직은 버틸 수 있다.

가장 위험한 때는 그들의 신경이 파괴되었을 때이다. 그들은 한밤중에 도시를 배회한다. 그리고 잠시 후 축제의 열광 속에 악기들이 강간당하는 소리가 울려 퍼진다. 간간이 젊은이들의 거친 고함소리도 들린다. 대체 무슨 일이 벌어진 것일까? 젊은이들이 바그너를 숭배하게 된 것이다!

　바그너의 경우

지나치게 비대해진 도덕관념은 지나치게 비대해진 악덕과 마찬가지로 한 민족을 사멸시킬 수 있다.

　반시대적 고찰

우리는 지금껏 경험해보지 못한 이질적인 신앙 앞에 놓여 있다. 그것은 바로 민주주의의 태동이다. 이 새로운 정치체제는 퇴폐주의의 또 다른 이름이라고 할 수 있다. 이것은 퇴폐주의가 찾아낸 최초의 형식일 뿐 아니라 보편화이며, 저능이다.

우리는 이제 누구를 위해 희망을 이야기해야 하는가? 그것은 오직 새로운 철학을 위해서이다. 그것은 오직 반대되는 가치들을 새롭게 제안하고, 우리의 억눌렸던 저 영원한 가치를 소멸시킬 수 있을 만큼 강렬한 정신을 소유한 자들을 위해서이다. 그것은 오직 수천 년의 의지를 완성시킬 미래의 인간, 즉 선지자를 위해서이다.

상처받은 인류의 미래를 회복시키려면 대가가 필요하다. 미래가 숙명이 아닌 선택임을 우리들 스스로에게 가르치는 것이 필요하다. '역사'라는 이름으로 불리던 저 무지와 광기와 우연의 몸서리쳐지는 지배에서 벗어나려면 우리에겐 새로운 철학자가 필요한 것이다.

🌿 선악을 넘어서

가장 좋은 교육은 아이들에게 웃음을 가르치는 것이다.
🌿 즐거운 학문

친절의 두 가지 성격 ― 모든 사람을 동일한 호감으로 대하고, 모든 사람에게 동일한 친절을 나타낸다는 것은 인간애人間愛의 발로일 뿐 아니라 인간모멸의 시작이라고도 볼 수 있다.
🌿 인간적인, 너무나 인간적인

문화의 가장 큰 특성은 그 민족의 전통적인 삶과 전통적인 예술의 통일이다. 많이 안다는 것과 많이 배웠다는 것은 문화를 구성하는 필수조건이 아니다. 오히려 문화는 민족의 가장 야만적인 삶의 행태에서 발견되곤 한다.
🌿 반시대적 고찰

근면한 민족은 한가한 시간을 견디지 못한다. 영국인이 일요일을 신성하게 여긴 까닭은 월요일의 노동을 그리워하게 만들려는 하나의 술책이었다. 신성한 일요일의 무료함이야말로 가장 영국적인 본능이라고 할 수 있다.

이것은 아주 교묘한 단식과도 같다. 폭식과 폭식을 연결해주는 다리로써 활용되는 단식이 바로 영국인들의 일요일이 갖는 위상이다.
🌿 선악을 넘어서

생각이 깊은 사람들은 타인과 교제할 때 자신이 마치 희극배우라도 된 것 같은 기분이 든다. 그들은 타인의 이해를 구하려고, 누구나 쉽게 받아들일 수 있는 천박함을 가장해야 하기 때문이다.

🌿 인간적인, 너무나 인간적인

안락에 취한 인간들은 이 지속적인 휴식을 보장받고자 역사를 점령했다. 그리고 자신들의 휴식에 방해가 될 것으로 생각되는 모든 학문, 그중에서도 철학과 고전문학을 역사학으로 변질시켜버렸다.

🌿 반시대적 고찰

교육은 우리를 변화시킨다. 영양물은 단지 우리를 보존할 뿐이다. 우리의 정신에는 결코 가르칠 수 없는 숙명의 화강암이 있고, 예정된 질문에 대한 준비된 대답이 있다. 이 정신적 구조가 바로 '나는 누구이다'의 뿌리인 셈이다. 이 뿌리에 물을 주는 것이 바로 교육이다.

🌿 선악을 넘어서

내겐 고독이 필요하다. 즉 회복과 나 자신으로의 복귀와 자유를 위한 산소가 필요한 것이다.

 이 사람을 보라

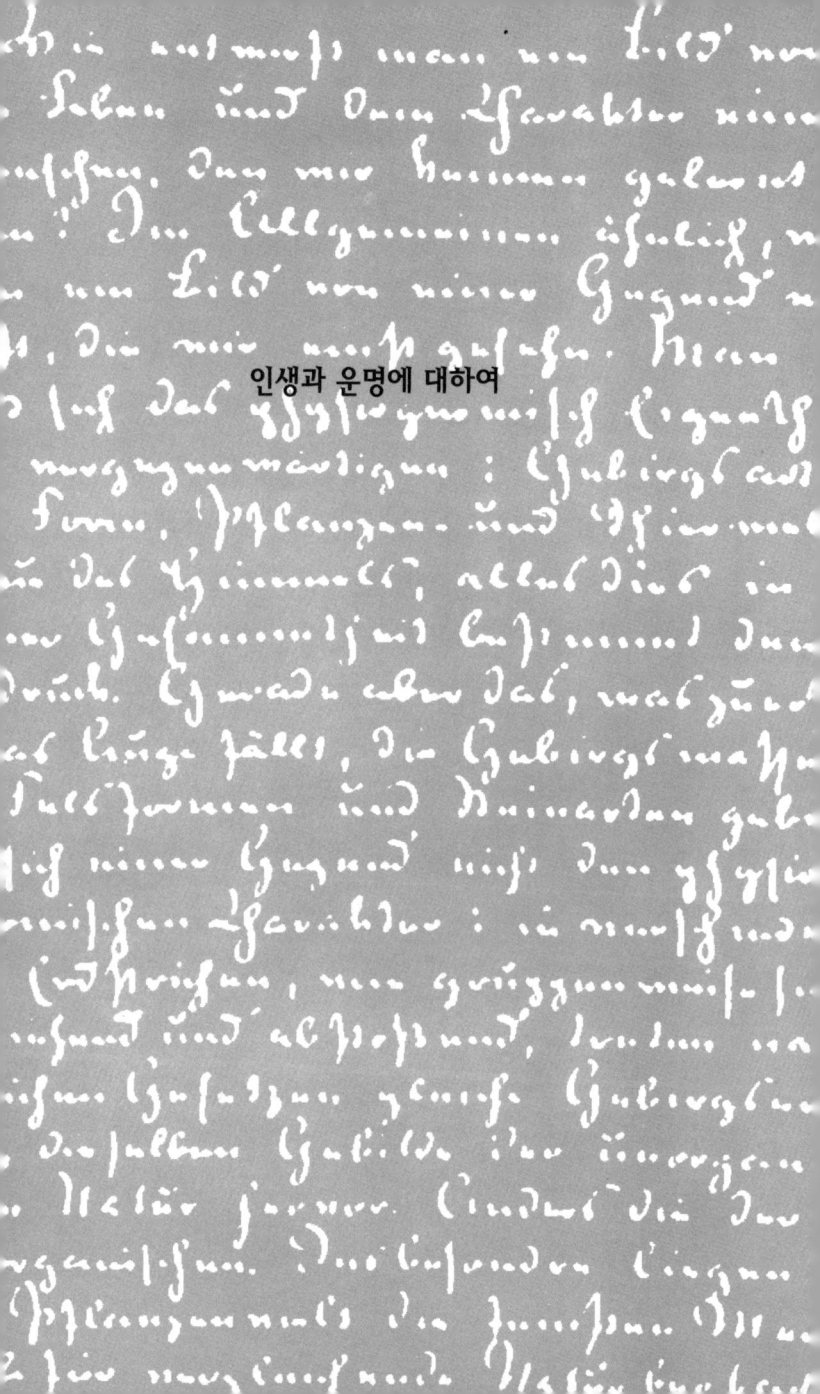

인생과 운명에 대하여

삶의 뒤안길에서

나를 가로막던 해변은 눈앞에서 사라졌다. 이제 마지막 사슬도 나를 놓아주었다. 영원이 나의 주위에서 울부짖고, 공간과 시간은 더 이상 나를 위협할 수 없다. 두려워 말고 일어나라! 늙은 마음이여!

20대는 열정적이고 지루하며, 언제 소나기가 내릴지 알 수 없는 시기이다. 20대는 늘 이마에 땀이 맺혀 있고, 삶이 고된 노동이라는 것을 어렴풋이 깨닫지만, 그것을 필연으로 받아들이는 연령이다. 따라서 20대는 여름이다.

반면에 30대는 인생의 봄이다. 어떤 날은 공기가 너무 따사롭고, 또 어떤 날은 지나치게 춥다. 언제나 불안정하고 자극적이다. 끓어오르는 수액이 잎을 무성하게 만들고, 모든 꽃의 향기를 구별할 수 있는 나이이다. 30대는 지저귀는 새소리만으로도 잠에서 깨어난다. 그리고 처음으로 향수鄕愁와 추억을 구별하는 시기이다.

40대는 모든 것이 정지된 연령이다. 바람은 더 이상 그를 움직일 수 없다. 구름 한 점 없는 맑은 하늘이 그의 수확을 돕는다. 40대는 한마디로 인생의 가을이라고 볼 수 있다.
🌿 인간적인, 너무나 인간적인

누군가 벗들에게 "지난 10년, 혹은 20년을 다시 한 번 살아보겠는가?"라고 물으면 대부분은 싫다고 대답할 것이다. 그 이유를 물으면 그들은 이렇게 대답한다. "다가올 20년은 오늘보다 좀더 나아지겠지."
🌿 반시대적 고찰

인간은 오늘도 일을 한다. 일은 그에게 하나의 놀이이기 때문이다. 인간은 그 놀이가 자신의 몸을 해치지 못하도록 조심한다.
🌿 차라투스트라는 이렇게 말했다

나를 혼란케 만든 것은 바그너와의 절교만이 아니었다. 나는 본능이 울렁거리는 것 같은 감상에 휩싸였다. 바그너와 바젤대학과 매일처럼 반복되는 실수는 그저 하나의 징후에 불과했다.

나에 대해 초조해지기 시작했다. 나는 지금이야말로 과거를 되돌아볼 때임을 생각해냈다. 이미 너무 많은 시간을 낭비했다. 언어학자로서 나는 아무것도 한 일이 없었다. 나는 이것이 겸손인지, 아니면 실제인지 분별할 수조차 없었다. 한 가지 확실한 것은 무의미한 지식에 이끌려 지난 10년을 허비했다는 점이었다. 10여 년간 나는 고대 그리스의 운율학자韻律學者처럼 우울하게 살았다.

수척해진 내 모습이 갑자기 비참하게 여겨졌다. 현실적인 것들이 나의 주변을 서성거리고 있었다. 그리고 곧 갈증이 시작되었다. 그때부터 나는 생리학, 의학, 자연과학에 매달렸다. 역사가 나의 사명을 강요했지만, 나는 들은 척도 하지 않았다. 비로소 나는 고독이 얼마나 광포한 것인지 깨닫게 되었다. 그리고 많은 젊은이들이 나와 같은 괴로움에 시달리고 있다는 사실도 발견했다.

반자연적인 요구는 반드시 또 다른 반자연적인 요구를 강요한다. 너무나 많은 사람들이 지나치게 빨리 삶을 결정하는 바람에 버릴 수 없는 무거운 짐을 어깨에 메고 창백한 운명으로 살아가고 있다. 삶의 언덕에 도착할 때마다 그들은 아편을 요구하듯 더 큰 괴로움을 갈망한다. 한 꺼풀 더 잔혹해진 고통 속에서 잠시나마 지나간 고통을 잊고 싶어하는 것이다.
 이 사람을 보라

지속적인 명예를 원하는 자는 적당한 시기에 그 명예와 헤어져야 한다. 비록 그 연극이 고통스럽겠지만, 대중이 누군가를 절대적으로 찬양할 때, 그것은 이제 그만 물러나라는 뜻이다.
 차라투스트라는 이렇게 말했다

아버지는 아들을 통해 자신을 더욱 많이 이해하게 된다.
 즐거운 학문

여행자를 다섯 등급으로 나눠 생각해보도록 하자. 먼저 최하급 여행자들은 남에게 관찰당하는 여행자들이다. 그들은 여행의 대상이며, 장님이다. 다음 등급의 여행자들은 스스로 세상을 관찰하는 여행자들이다. 세 번째 등급의 여행자들은 관찰한 결과를 체험하는 여행자들이다. 그보다 한 단계 높은 여행자들은 체험한 것을 습득해서 계속 몸에 지니고 다니는 여행자들이다. 마지막으로 최고 수준의 여행자들은 관찰한 것을 체험하고, 습득한 뒤 집으로 돌아와 일상적인 생활에 반영하는 사람들이다.

삶의 여로旅路를 걷는 우리들은 이 다섯 등급의 여행자로 나뉜다. 최하급의 여행자는 수동적인 인간이며, 최상급의 여행자는 습득한 모든 지혜를 남김없이 발휘하며 살아가는 능동적인 여행자이다.

🌿 인간적인, 너무나 인간적인

그대는 다음과 같은 물음에 답해야만 한다. "과연 그대의 마음 깊숙한 곳이 삶을 긍정하고 있는가? 그대는 만족하는가? 그대는 무엇을 바라는가?"

만약 그대의 대답이 진실이라면 이 잔인한 삶에서 해방될 것이다.

🌿 반시대적 고찰

진실한 사랑이란, 영혼이 육체의 결점을 감싸줄 때이다.
🌿 선악을 넘어서

인간의 허영심이 가장 큰 상처를 입는 경우는 인간의 긍지가 상처받을 때이다.
🌿 선악을 넘어서

현대적인 '인간성'에 노출된 나는 이 질병과의 투쟁을 선택할 수밖에 없었다. 나의 투쟁은 시대적인 것, 또는 시대에 적합한 모든 것들에 대한 경계심과 냉담함과 각성을 의미했다.

내 마지막 소원은 '차라투스트라'적인 눈을 소유하는 것이었다. 다시 말해 인간에 대한 모든 진실을 좀더 먼 곳에서 살펴보고, 내 발 밑에 둘 수 있는 눈을 원한 것이다. 이 목적을 달성할 수만 있다면 어떤 희생도 아깝지 않다.
🌿 바그너의 경우

친구들이여, 우리가 젊었을 때 우리는 고통스러웠다. 청춘, 그것은 마치 무거운 질병과도 같은 고뇌였다.

그 고통은 우리가 던져진 시대의 슬픔이었다. 우리들 청춘의 퇴폐와 분열은 시대의 고통이었다. 우리의 시대가 안고 있던 모든 연약함은 최상의 조건에 만족해야 할 청춘을 가로막았다.

우리 시대의 가장 큰 특징은 분열이다. 즉 어느 한 군데에도 확실성이 없다는 점이다. 자신의 발로 이 땅을 디딜 수 있는 자가 없다. 단지 사람들은 다가오지 않은 내일을 위해 살고 있다. 모레는 감히 예측할 수 없기에 오직 내일을 그리워한다.

우리가 걷는 지표는 너무나 매끄럽다. 그래서 더욱 위험하다. 우리가 딛고 선 이 강물은 이제 막 살얼음이 끼었을 뿐이다.

우리는 모두 저 미지근한 바람의 기분 나쁜 숨결을 느끼고 있다. 우리가 걷고 있는 이 길도 머지않아 아무도 기억하지 못하는 길이 될 것이다.

☙ 권력에의 의지

그대는 친구를 위해 맑은 공기와, 고독과, 빵과, 약이 될 수 있는가?
☙ 차라투스트라는 이렇게 말했다

파도에 발을 담그는 순간, 땅 위를 걷던 기억은 무용지물이 된다. 인간은 자연에 굴복할 수밖에 없다. 파도에 몸을 맡긴 인간은 헤엄을 쳐야 살아남는다.
☙ 니체 대 바그너

남자는 두 가지 욕구를 가지고 있다. 그것은 모험과 기쁨이다. 그래서 남자는 가장 위험한 전리품인 여자를 원하는 것이다.
  차라투스트라는 이렇게 말했다

어떤 자는 그녀를 탐내지만 손에 넣지 못하고, 어떤 자는 면사포를 걸친 그녀를 상상하며, 어떤 자는 그물 밖에서 그녀를 찾는다. 그녀가 얼마나 아름다운지 나는 확실히 알지 못한다. 다만 늙은 잉어마저 그녀에게 매혹되어 물 밖으로 뛰쳐나올 정도라는 것을 알 뿐이다.

그녀는 변덕스럽고, 제멋대로 군다. 나는 종종 그녀가 입술을 깨물며 머릿결을 반대로 빗는 것을 보았다. 그녀는 작은 악마이며, 성실과는 거리가 멀다. 그녀가 아무리 아름다울지라도 그저 평범한 여자에 불과하다. 하지만 그녀가 스스로를 나쁘게 말하며 눈물을 흘릴 때, 나는 유혹당하지 않고는 버틸 수가 없다.
  차라투스트라는 이렇게 말했다

자신에 대한 성실함과 연결되지 않는 위대함을 나는 인정하지 않는다. 자신을 꾸미는 연극에 구역질을 느낄 뿐이다.
  서광

어떤 남편들은 자신의 아내가 유혹당한 것을 한탄하지만, 대다수 남편들은 자신의 아내를 아무도 유혹하지 않았다는 것을 한탄한다.
　🌿 인간적인, 너무나 인간적인

결혼은 하나의 것을 창조하고 싶은 두 사람의 의지이다. 그러나 결혼이 만들어내는 한 가지는 그것을 만드는 데 필요한 두 개 이상의 의지를 필요로 한다. 의지를 함께 공유하는 자로서 상호간에 경의를 표하는 것, 나는 이것이 결혼이라고 생각한다.
　🌿 차라투스트라는 이렇게 말했다

인간이 독을 싫어하게 된 결정적인 이유는, 그것을 먹으면 죽기 때문이 아니라 맛이 없어서이다.
　🌿 인간적인, 너무나 인간적인

"어떻게 그토록 단단할 수 있는가." 언젠가 숯이 다이아몬드에게 물었다. "우리는 가까운 동족인데, 이렇게 다르다니."
　왜 그렇게 부드러운가. 오, 나의 형제들이여. 내가 그대들에게 묻고 싶은 것은 바로 이것이다. 너희들은 내 형제가 아닌가.

왜 그토록 나약한가. 대체 무엇 때문에 굴종하는가. 그대들 마음속에는 어째서 그리 많은 부정과 부인이 존재하는가. 그대들의 눈은 왜 이 작은 운명밖에 볼 수 없는 것인가.

그대들은 운명을 탐하지 않는다면서, '용서할 수 없는 자'가 되기를 바라지 않는다면서, 왜 나와 함께 승리하기를 거부하는가.

그대들의 강인함이 빛을 발하지 않는 한 우리는 미래에 결코 창조자가 될 수 없다.

오직 강인한 자만이 창조할 수 있다. 그대들은 창조의 증거를 마치 왁스칠한 마룻바닥에 새겨 넣는 것처럼 인류가 지나온 수천 년 위에 각인시킬 수 있다는 생각을 할 수 있는가.

수천 년간 이어져온 위기를 놋쇠에 문양을 새기듯 인생에 기록할 수 있다는 것은 정녕 기쁨이 아닌가.

🌿 차라투스트라는 이렇게 말했다

남자를 사랑하기 위해서는 도수가 약간 높은 안경을 미리 써 두는 편이 좋다. 만약 20년 후의 그를 사랑할 자신이 있는 여성이라면, 아마도 일생을 평온하게 지낼 수 있을 것이다.

🌿 인간적인, 너무나 인간적인

어떤 일을 이해하는 것보다 때로는 승인하는 것이 더 힘들다.
🌿 반시대적 고찰

나를 가로막던 해변은 눈앞에서 사라졌다. 이제 마지막 사슬도 나를 놓아주었다. 영원이 나의 주위에서 울부짖고, 공간과 시간은 더 이상 나를 위협할 수 없다. 두려워 말고 일어나라! 늙은 마음이여!
🌿 차라투스트라는 이렇게 말했다

고통에는 쾌락과 동일한 분량의 지혜가 담겨져 있다. 고통은 쾌락과 마찬가지로 종족 유지에 필요한 가장 큰 원동력이다. 만일 고통에 이런 성질이 없었다면 예전에 그 모습을 감춰버렸을 것이다. 고통이 고통을 준다는 것은 고통을 반론하는 증거가 될 수 없다. 그것은 다만 고통의 본질일 뿐이다.

나는 고통에서 벗어나기 위해 "돛을 감아라!"라고 부르짖는 선장의 명령에 당혹함을 느낀다. 고통과 마주선 '인간'은 오히려 선장의 명령을 어기고 돛을 활짝 펴는 연습을 꾸준히 반복해야 한다. 그렇지 않으면 곧바로 저 거대한 파도가 그들을 삼켜버리게 될 것이다.

우리는 최소한의 에너지로 생활을 유지하는 방법도 배워야 한다. 어디선가 고통이 다가오는 것이 느껴지면 그때부터 자신의 에너지를 조금씩 감소시켜야 한다. 삶의 폭풍이 그대를 향해 다가오고 있다. 그리고 우리는 이 폭풍을 헤쳐나가기 위해 짐을 줄여야만 한다.

어떤 사람들은 고통에서 환희를 맛보기도 한다. 그들은 폭풍이 밀려오는 구름 너머를 사랑하는 자들이다. 배가 뒤흔들릴 때마다 행복한 표정을 짓는다. 그렇다! 그들은 고통 속에서 행복을 찾아낸 것이다.

🌿 즐거운 학문

건강은 근본적으로 건전에서 비롯된다.
🌿 이 사람을 보라

적어도 그대들은 정직해져야 한다! 그대들이 공정한 인간이라는 무서운 사명을 부여받았다면, 객관성에 도취된 가상의 힘을 요구해서는 안 된다. 가상의 정의를 구하지 말라. 그대들보다 앞서 존재했던 모든 사건에 대해 공정한 잣대로 다시 판단해야겠다는 얼굴로 나를 쳐다보지 말라.

새로운 시대는 지나간 시대의 심판자가 될 수 없다. 앞선 세대는 그대들에게 아무런 권리도 부여하지 않았다! 그런 사명은 단지 개인, 그것도 가장 위대한 한 개인에게 주어지는 특권이며 숙명이다. 도대체 누가 그대들의 심판을 기다린다고 생각하는가? 그토록 심판을 원한다면 스스로를 한번 돌이켜보라. 그대들은 공정한 판단력을 소유하고 있는가? 그대들은 피고인보다 우월한가?

그대들은 단지 피고인보다 조금 늦게 태어났을 뿐이다. 가장 늦게 연회에 도착한 손님이다. 그대들이 앉아야 할 곳은 저 어두컴컴한 말석이다. 하지만 이것으로 만족할 수 없다고? 좋다, 그렇다면 내게 능력을 보여다오. 저 귀빈석을 독차지할 만한 성과를 보여다오. 그렇지 않은 이상, 그대들을 위한 자리는 없다.

반시대적 고찰

그녀와의 결혼을 선택하기 전에 이런 자문을 해봐야 한다. "너는 이 여자와 늙을 때까지 함께 이야기할 자신이 있는가." 사랑은 일시적이지만, 함께 지내는 시간의 대부분은 대화이기 때문이다.

인간적인, 너무나 인간적인

좋은 종자일수록 수확이 기대만큼 풍요롭지 않다. 그대들, 보다 높은 존재들이여, 너희들은 모두 더러운 인종이 아닌가.

실망하지 말라. 인종 따위가 무슨 소용인가. 아직도 배워야 할 것이 많다. 세상 사람들의 실없는 웃음을 너희도 이제 배워야 할 때가 되었다.

그대들, 파멸의 자식들이여, 그대들이 부족하다고 해서 이상할 것이 무엇인가. 그대들은 이미 인간의 미래와 충돌하고 있지 않은가.

영혼의 가장 깊은 곳, 별처럼 높은 곳, 그 거대한 힘, 이것들이 모두 그대들의 영혼 속에서 거품을 뿜고 있지 않은가.

이상한 일이 무엇인가. 세상 사람들이 웃지 않고는 못 배기는 것처럼 그대들은 웃으며 자신을 내던지는 방법을 배워라. 그대들, 보다 높은 존재들이여, 아직도 가능한 일이 얼마나 많은가.

🌿 차라투스트라는 이렇게 말했다

그대는 그대를 위해 마련된 위대한 길을 걷는다. 지난날 그대를 붙들었던 가장 큰 모험은 이제 그대의 마지막 피난처가 되었다.

그대는 그대를 위해 마련된 위대한 길을 걷는다. 그대의 등 뒤에 길은 없다. 이제 선택할 수 있는 것은 오직 앞으로 걷는 것뿐이다.

그대는 그대를 위해 마련된 위대한 길을 걷는다. 이 길은 그대를 제외하곤 누구도 걸을 수 없다. 그대의 발걸음이 그대가 걸어온 자취를 지우기 때문이다. 그대가 처음 길을 떠났던 곳엔 '불가능'이라는 표지판만이 걸려 있다.
🌿 차라투스트라는 이렇게 말했다

위태로운 곳은 산봉우리가 아니라 비탈이다. 우리는 비탈에서 시선은 아래쪽으로 두고, 손은 위를 붙든다. 이 두 가지 의지 때문에 우리의 심장은 현기증을 일으킨다.
🌿 차라투스트라는 이렇게 말했다

힘든 고갯마루를 넘을 때 다리가 부러지는 일은 좀처럼 발생하지 않는다. 하지만 넓은 대로에선 말도 안 되는 이유로 다리가 부러진다.
🌿 인간적인, 너무나 인간적인

인생에서 최고의 기쁨을 수확하는 비결, 그것은 삶이 안고 있는 고통에 스스로를 노출시키는 것이다.

그대들의 도시를 베수비오 화산의 산허리에 건설하라. 그대들의 배를 아무도 알지 못하는 바다 한가운데에 띄워라. 그대들의 벗, 그리고 그대 자신과의 영속적인 투쟁에 헌신하라. 그대들, 인식하는 자여, 지배하고 소유할 수 없다면 약탈과 정복을 일삼는 자가 되어라.

겁을 집어먹은 사슴처럼 숲 속에 숨는 것으로 만족하던 시대는 머지않아 사라진다.

🌿 즐거운 학문

삶의 비애

우리는 우리에게 주어진 짐들을 어깨에 짊어지고 험한 산을 넘어간다. 우리가 땀을 흘리며 산을 넘어갈 때 사람들은 "그렇다, 인생이란 이처럼 무거운 짐을 짊어지고 걷는 것이다."라고 말한다. 하지만 가장 무거운 짐은 바로 인간이다! 그가 너무 많은 짐을 어깨에 짊어지는 바람에 우리가 이렇게 무거워졌다.

나는 흄, 칸트, 헤겔의 철학에서 인간이 보여줄 수 있는 가장 고귀한 사고, 다시 말해 삶에 대한 어떤 확신을 발견했다. 그리고 이런 증상은 19세기를 휩쓴 철학적 염세주의에서 기인되었을 것이라고 생각했다. 내가 왜 이런 결론에 도달했는지 알고 싶은가?

나는 저들의 비극적 인식을 문화가 도달할 수 있는 가장 화려한 사치로 간주했다. 그리고 저들의 비극적 인식을 가장 값

비싸고 고상하며 위험한 낭비로 간주했다. 마지막으로 저들의 비극적 인식을 인류가 받아들일 수 있는 최소한의 성과라고 간주했다.

오늘날 문화라는 오명으로 불리는 모든 것들이 나의 이 같은 인식 때문에 고통받게 되더라도 상관없다. 사람들은 내가 무엇을 부인하는지 똑바로 알아야 한다. 내가 바그너와 쇼펜하우어에게 제시하는 것이 무엇인지 확인해야만 하는 것이다. 나는 나를 제시한다……

모든 예술과 모든 철학은 삶이 지속되든, 혹은 여기서 중단되든 단순히 삶을 치료하는 수단에 머물러야 한다. 철학과 예술의 전제가 고통인 이유는 바로 이 때문이다.

세상에는 두 종류의 고통이 있다. 하나는 삶의 과잉에서 비롯되는 고통이다. 또 다른 하나는 삶의 빈곤에서 빚어지는 고통이다. 이 고통들은 예술과 철학으로부터 안정과 침묵, 잔잔한 파도소리를 원할 뿐 아니라, 때로는 도취와 경련, 마비를 원하기도 한다. 그들은 이것으로 자신의 삶에 복수할 수 있다고 확신하는 것이다.

🌿 니체 대 바그너

우리는 타인에게 쾌감을 주거나, 혹은 고통을 줄 때만이 타인이 나를 '인식' 할 수 있다고 생각한다. 우리가 바라는 것은 오직 그것뿐이다! 우선 우리의 힘에 대해 '인식' 할 필요가 있다고 생각되는 사람들에게 우리는 고통을 준다. 왜냐하면 누군가를 '인식' 하는 데 쾌감보다 고통이 더 오래 지속되기 때문이다.

고통은 항상 원인을 묻는다. 인간은 자신이 누군가 겪고 있는 고통의 원인이 되기를 희망한다. 반대로 쾌감은 원인을 묻지 않는다. 따라서 인간은 자신이 누군가의 쾌감이 되었다는 사실에 수치를 느낀다.
 즐거운 학문

행복은 숙명의 지배를 받는다.
 이 사람을 보라

원망으로부터의 도피와 원망에 대한 이해 내가 이 차이를 깨달을 수 있었던 것은 병약했기 때문이다! 물론 문제는 그렇게 간단하지 않다.

먼저 한 가지 알아둘 것은, 사람은 자신의 강인한 면과 유약한 면을 동시에 체험해야 한다는 점이다. 만약 병상에 누워서도 아무런 욕구가 생기지 않는다면, 그것은 자신의 본능, 그중에서도 방어 및 투쟁본능이 약해졌다는 것을 의미한다. 그는 자신을 짓누르는 고통으로부터 도망칠 수도 없고, 정체를 파악할 수도 없고, 다시 예전의 모습으로 돌아갈 수도 없다. 모든 것이 그에겐 고통이다. 사람과 사물들이 눈앞에서 어지럽게 뒤섞이고, 지난 시절의 체험들이 그의 가장 깊은 내면으로 파고든다.

추억이 고름이 되어 아침마다 침대를 더럽힐 때 그는 지나간 삶을 원망하게 된다. 다시 말해 삶에 대한 원망으로 그는 병에 걸리고, 이 나약함이 다시 원망의 뿌리가 되어 또 다른 병을 키우는 것이다.

이에 대한 한 가지 치료법이 있다. 나는 그것을 '러시아적 숙명론'이라고 부른다. 러시아 군인들은 혹한의 시베리아 벌판에서 살아남기 위해 마지막 순간까지 걸음을 재촉한다. 그중 몇몇은 동사凍死를 피하는 대신 행군의 피로로 죽는다. 다행히 아직 목숨이 붙어 있는 군인들은 추위보다 견디기 힘든 행군에 지쳐 눈밭에 누워버린다.

이제는 아무것도 요구하지 않고, 기도하지도 않고, 먹으려고 하지도 않는다. 삶에 대한 반응을 멈추는 것이다. 그렇다고 죽음을 받아들일 용기가 생기는 것은 아니다. 다만 이 시베리아 벌판에서 죽는 것이 숙명이라는 것을 깨닫는다. 그는 조금씩 숨을 들이마시고, 남아 있는 모든 체온으로 심장을 보호한다. 그리고 곰처럼 겨울잠을 청한다.

 이 같은 논리가 더욱 확대되면 우리의 죽음은 단지 무덤 속에서 몇 주일간 휴식을 취하는 것에 불과할지도 모른다. 어쨌든 러시아의 병사들은 반응이 죽음을 재촉한다는 것을 알아차렸다. 그들은 더 이상 반응하지 않는다. 그럼으로써 살아남는다.
🌿 이 사람을 보라

집을 짓기 전에 알아뒀어야 할 일을 항상 집을 다 지은 후에 깨닫는다.
🌿 선악을 넘어서

진리를 거부하고, 진실을 부정하고, 삶을 회의하고, 닥치는 대로 물어뜯고, 불가능한 희망 속에 기다리던 환멸이 찾아오고, 용기도 신뢰도 모두 사라져버렸을 때 괴테의 독백이 떠오른다. "이런 꼴로 살아간다는 것은 개라도 비웃을 일이다!"
🌿 반시대적 고찰

우리는 높은 산에 둥지를 마련했다. 위험을 알면서도 결핍을 고수할 수밖에 없다. 기쁨은 늘 짧은 태양과 함께 사라지고, 흰 눈이 쌓인 산들을 피해 우리에게 다가오는 햇빛은 하나같이 창백하기만 하다.

가끔은 이곳에도 음악이 흐른다. 옛 가락을 기억하는 한 노인이 오르간을 연주하면 아이들은 제멋대로 춤을 추며 원을 그린다. 이 모습을 본 나그네의 마음이 착잡해진다. 너무나 황량하고, 너무나 닫혀 있고, 너무나 퇴색했고, 아무리 찾아봐도 희망이 없다.

어느새 저녁 안개가 밀려오면 나그네는 너무 오래 머물렀다는 사실을 자책한다. 나그네의 발걸음이 삐걱거린다. 눈에 보이는 것은 황막하고 잔인한 산등성이뿐이다.

🌿 반시대적 고찰

순간의 어리석음 ㅡ 이것이 그대들 세계에서는 연애라는 이름으로 불리고 있다. 그리고 그대들의 결혼은 순간의 어리석음에 종지부를 찍음으로써 해결된다. 그 대신 장기간에 걸친 새로운 어리석음이 탄생하는 것이다.

🌿 차라투스트라는 이렇게 말했다

그녀의 어디를 바라봐도 알맹이는 없다. 다만 그 뻔뻔한 얼굴만 내밀고 있다. 지적으로 떨어지는 여성에게 사로잡힌 남자야말로 지금 가장 큰 불행을 겪고 있는 것이다. 그런데 남자들은 이런 여성들에게 사로잡히기를 간절히 소망하고 있다.

남자는 어디론가 사라져버린 그녀의 영혼을 찾아 헤맨다. 영원히 찾아 헤맨다.

🌿 인간적인, 너무나 인간적인

만일 결혼이 동거를 고집하지 않았더라면 행복한 결혼은 더욱 많았을 것이다.

🌿 인간적인, 너무나 인간적인

인간이라는 이름의 '동물'은 금욕주의적 이상 외엔 아무런 의지도 갖고 있지 않다. 지상에서의 생존은 그들에게 아무런 목표도 제시하지 못했다. "무엇을 위한 인간인가?" 이것은 대답 없는 물음에 불과하다.

인간을 인간 자체로 긍정하는 자세가 부족했으며, 대지의 어깨를 짓누를 만한 의지가 결여되어 있었다. 위대한 인간들의 운명마저 그 배후에선 그들의 영웅적인 삶을 압도하는 '헛수고다' 라는 후렴구가 계속 울려 퍼지고 있다.

바로 이것, 즉 무엇인가 결여되어 있다는 점, 수많은 빈틈이 인간을 둘러싸고 있었다는 사실이야말로 금욕주의적 이상이 안고 있는 의미였다. 인간은 자신을 시인하는 방법을 모르고 있다. 그래서 자신을 해명하고, 자신을 긍정하는 데 실패한 것이다.

인간은 자신의 의미가 무엇이었는가에 대한 문제로 고민했다. 하지만 그밖에도 너무 많은 고민이 그를 따라다녔다. 그는 한마디로 병든 짐승이었다.

인생에 대한 고뇌, 그것이 문제의 핵심은 아니었다. '무엇 때문에 고민하는가' 라는 절규와도 같은 물음에 아무것도 대답할 수 없었다는 것이 문제였다.

인간, 습관처럼 고뇌에 시달리는 이 동물은 자신의 삶을 덮쳐오는 고민을 결코 부정하지 않는다. 다만 그는 다른 고통을 원한다. 지금의 고통을 잊게 만들어줄 또 다른 고통을 찾아 헤맨다.

고뇌가 아니라 고뇌가 지닌 무의미가 인류를 짓밟은 저주의 정체였다.

이를 해결하기 위해 금욕주의적 이상은 인류에게 하나의 의미를 제공했다. 그것은 지금까지 인간에게 삶의 보람을 느끼게 해주었던 유일한 의미였다.

금욕주의적 이상으로 인간은 자신을 괴롭히는 고뇌에 그럴 듯한 '해석'을 붙이는 데 성공했다. 거대한 틈은 채워진 것처럼 보였다. 모든 자살적 허무주의 앞에 드디어 자물쇠가 채워졌다.

하지만 이 같은 해석으로 인간은 새로운 고뇌와 부딪쳤다. 이것은 한층 더 깊고, 내면적인 고통을 요구하는 고뇌였다. 즉 인간은 고뇌를 부정하고자 모든 고뇌를 '죄'로 규정해버린 것이다.

그럼에도 불구하고 인간은 구원을 받았다. 인간에게 마침내 부정할 수 없는 의미가 나타난 것이다. 이제 인간은 바람에 나부끼는 나뭇잎에서 벗어나는 데 성공했다. 더 이상 '의미 없이' 굴러다니는 구슬이 아닌 것이다.

인간은 이제 무엇인가에 '의욕을 갖게' 되었다. 무엇을 향해, 무엇을 위해, 무엇에 의해 의욕을 느끼는가는 아무래도 좋다. 의지를 얻었다. 의지로 인해 인간은 구원받았다.

금욕주의적 이상이 인간에게 제시한 의지는 인간적인 것에 대한 증오, 그보다 더한 동물적인 감각에 대한 증오, 물질적인 욕망에 대한 증오, 관능과 이성에 대한 혐오, 행복과 아름다움에 대한 공포, 가상假象·변화·생성·죽음·소망·욕구에 대한 회피였다. 이들이 의미하는 것은 다름 아닌 '허무에의 의지'이다. 삶을 거역하게 만드는 대항의지, 삶의 가장 원리적인 전제에 대한 반역의 욕구이다.
　🌿 도덕의 계보

행복은 아주 작은 기쁨만으로도 충분하다. 먼 데서 들려오는 바람이 음악처럼 느껴질 때 인간은 행복하다. 음악이 없었다면 인생은 오류에서 벗어날 수 없었을 것이다. 독일인은 신마저도 천상에서 노래를 부르고 있다고 생각한다.
　🌿 우상의 황혼

나는 스스로를 파멸시키고 싶지 않다. 나를 파멸시키려고 숨어 있는 자를 찾고 싶지도 않다.

　이 병든 눈을 나의 유일한 부정으로 삼고자 한다! 그리고 나는 어느 날인가 '그렇다'라고 말하고 싶다!
　🌿 즐거운 학문

보라! 그는 사람들로부터 도망치고 있다. 그런데 사람들은 그의 뒤를 쫓고 있다. 왜냐고? 그가 그들의 앞에서 달리기 때문이다.
🌿 즐거운 학문

가장 아름다운 사랑도 약간은 쓰다.
🌿 차라투스트라는 이렇게 말했다

독립이란 소수의 인간들에게만 허용되는, 다시 말해 강자만의 특권이다. 하지만 불필요한 순간에 독립을 시도하는 자가 있다면, 물론 그가 그럴만한 충분한 자격과 이유가 있다고 할지라도, 그것은 어디까지나 방종이다.

그는 자신이 인간사회로부터 독립된 인간임을 증명하기 위해 저 무시무시한 미노타우로스의 미궁에 스스로 뛰어든다. 그리고 이미 위험해진 인생을 더욱 위험한 곳으로 내던져버린다. 그는 자신이 어디서 길을 잃었으며, 어떻게 고독해졌는지, 또 양심이라는 미노타우로스의 이빨과 마주쳐 산산이 찢겨져버린 과정을 사람들에게 알려주고 싶지만, 그는 이미 사람들과 너무 멀리 떨어져 있어 아무런 말도 해줄 수가 없다.

만에 하나 그가 이 미궁 속에서 결국 파멸하더라도 사람들은 이런 미궁이 있다는 사실조차 모르기 때문에 그의 고통을 체감하거나 동정할 수도 없다. 다만 돌아오지 않는 그를 기억해줄 뿐이다.
🌿 선악을 넘어서

나는 명성을 바라지 않는다. 많은 재물도 바라지 않는다. 이것들은 나의 비장에서 염증으로 작용할 뿐이다. 하지만 알맞은 명성과 약간의 재물이 없다면 잠자리가 불편해진다.
🌿 차라투스트라는 이렇게 말했다

그대는 욕망한다. 그대는 열망한다. 그대는 사모한다. 그래서 인생을 포기할 수 없는 것이다!
🌿 차라투스트라는 이렇게 말했다

나의 늙은 의지, 그것은 나의 두 다리로 이 길을 걸어야 한다고 말한다. 인간의 본능은 이토록 냉혹하여 쉽사리 상처를 입지 않는다.
🌿 차라투스트라는 이렇게 말했다

우리는 우리에게 주어진 짐들을 어깨에 짊어지고 험한 산을 넘어간다. 우리가 땀을 흘리며 산을 넘어갈 때 사람들은 "그렇다, 인생이란 이처럼 무거운 짐을 짊어지고 걷는 것이다."라고 말한다. 하지만 가장 무거운 짐은 바로 인간이다! 그가 너무 많은 짐을 어깨에 짊어지는 바람에 우리가 이렇게 무거워졌다.
🌿 차라투스트라는 이렇게 말했다

그렇다면 그들이 그대의 보물을 받아들일지 한번 시험해보라. 그들은 누구도 믿지 않는다. 우리가 그들에게 나눠주기 위해 왔다는 사실을 믿지 않는다. 길거리에서 외치는 우리의 복음을 그들은 재미있는 연극처럼 감상한다. 인간들에게 돌아가지 말고 수풀 속에 머물라. 차라리 짐승에게 가는 편이 나을 것이다.
🌿 차라투스트라는 이렇게 말했다

아주 잠시 동안, 나는 사람들이 그토록 집착하고 버리지 못하는 일상을 주의 깊게 살펴본 적이 있다. 나는 그중에서 가장 쓸 만한 것을 골라야겠다고 생각했다. 그때 내가 무엇을 선택했는지, 내가 결국 어떤 결론에 도달했는지 지금으로선 말할 수 없다. 다만 나는 몇 가지 중요한 사실을 깨닫게 되었다. 내가 믿는 신념을 더욱 확고히 지켜나가야 된다는 것, 오직 이성만을 궁구하고, 내가 선택한 방법으로 진리를 찾아야 한다는 것. 이보다 더 확실한 사실을 나는 찾지 못했다.

나는 생애의 모든 기간을 진리에 바치기로 결심했다. 왜냐하면 내가 이 삶의 길에서 맛본 과일 중에 이 완고한 믿음보다 더 성실하고, 때 묻지 않고, 순수한 열매는 없었기 때문이다. 나는 일반인들이 발견하지 못하는, 아니 발견하려고 시도조차 하지 않는 뭔가 새로운 것을 발견하고 싶었다. 그리고 그 새로운 것을 발견할 때마다 내 마음은 그 어떤 사물로도 변질시킬 수 없는 행복에 젖어들었다.

인간적인, 너무나 인간적인

우리들은 어리석게도 비밀을 털어놓는다. 그것이 우리들의 신뢰를 나타내는 가장 확실한 방법이라고 생각한다. 하지만 우리의 친구가 자신에 대한 비밀을 접한 후 겪게 될 고통이라든가, 배신감에 대해서는 전혀 신경 쓰지 않는다. 그 결과 우리는 오래 사귄 친구를 잃고 만다.

인간적인, 너무나 인간적인

오래 전에 헤어졌던 친구와 다시 만나면, 이미 자신들에게 아무런 영향도 미치지 않는 추억을 끄집어내 그 동안 소중한 보물로 간직해왔던 것처럼 서로 자랑한다. 양쪽 모두 이 같은 대화가 쓸모없다는 것을 알지만, 감히 그 베일을 벗길 생각은 하지 못한다. 마치 죽은 자와 산 자의 만남처럼 영혼과 입술과 마음이 서로 다른 감정을 품고 있는 것이다.
🌱 인간적인, 너무나 인간적인

여인들의 수다스런 동정이 병자를 침대에서 일으킨다.
🌱 인간적인, 너무나 인간적인

그대 옆에서 풀을 뜯어먹으며 지나가는 저 가축의 무리를 보라. 그들은 어제가 무엇이고, 오늘이 무엇인지 상관하지 않는다. 그저 이리저리 뛰어다니고, 하루 종일 먹어대고, 한가롭게 누워 소화가 되기만을 기다린다. 그리고 배가 고파질 때까지 다시 뛴다. 그들은 아침부터 저녁까지 순간이라는 말뚝에 묶여 사는 것이다. 그래서 그들은 우울도, 권태도 느낄 수 없는 것이다.

그대는 이런 짐승 앞에서 그대가 인간임을 자랑한다. 하지만 그대의 눈동자는 짐승의 행복을 부러워하고 있다. 어쩌면 그대는 권태도 없고, 고통도 없는 저 말뚝의 삶이 부러운 것인지도 모른다. 그대는 짐승들에게 묻는다. "왜 자네들의 행복에 대해 말해주지 않는 것인가? 왜 내 얼굴만 바라보고 있는가?" 짐승들은 그대에게 대답한다. "말하고 싶은 것을 항상 잊어버리기 때문이다."

   짐승들은 해야 할 말을 잊고 사는 것이다.
　반시대적 고찰

고독한 사람들은 사랑을 필요로 한다. 침묵과 위장과 긴장이 풀리는 순간, 친구를 원하게 된다.
　반시대적 고찰

사람은 어떻게 해야 자기 자신으로 되돌아갈 수 있는가_ 인간이 자기 본래의 양태로 되돌아간다는 것은 자신이 원래 무엇이었던가를 잊어야 한다는 전제가 선행되어야 한다. 이런 시점에서 볼 때 인생의 갖가지 실수는 우리가 미처 깨닫지 못한 각각의 의미와 가치를 지니고 있었음이 명백해진다. 다시 말해 한때의 방황, 머뭇거림, 겸손을 벗어난 생활에 낭비된 시간들을 아쉬워한다.

그러나 우리가 지나온 실수에는 일종의 발견, 즉 지혜가 도사리고 있다. "너 자신을 알라."는 말이 파멸의 처방인 경우에는 먼저 자신에 대해 잊을 것, 그리고 자신을 오해할 것, 무엇보다 '나'라는 범위를 좁히고 평범한 삶을 향해 손을 내밀 것. 이것이 바로 이성이다.

어쨌든 의식의 표면이 어떤 명령에 중독되지 않도록 빨리 정화시켜야 한다. 과장된 말과 과장된 행동을 조심해야 한다! 본능이 이성보다 먼저 '자각'하는 것은 가장 위험한 순간이다. 그전에 논리를 확립한, 그리고 주권을 장악한 '사상'이 자신의 내면에서 점차 성장해가고 있음을 느껴야 한다. 머지않아 전체를 지탱할 수단으로 불가결한 행동이 지목될 때를 대비해 고유의 성질과 유능한 능력을 준비해야 한다. 목표, 목적, 의미에 대해 무언가를 빠뜨리는 일이 없도록 그 성질들을 종속적인 능력으로 변화시켜야 한다.

이런 관점에서 살펴봤을 때 나의 생애는 오직 놀라움의 연속이었다. 기존의 가치를 전환하는 데 너무 많은 능력이 동원되었다. 특히 이들 능력이 상호간에 파괴를 최소화하면서도 일정기간 대립을 요구했기 때문에 나는 무척 곤란함을 느꼈다. 여러 가지 능력을 혼동시키거나 타협시킨다는 것은 고통이다. 거대한 다원, 더구나 혼동의 정반대를 지향하는 다원, 이것이 내가 지닌 본능의 조건이었다. 그리고 내가 지닌 본능의 열매였다.

나는 단 한 번도 뼈가 부러진 기억이 없다. 격투의 흔적은 나의 생애에서 찾아볼 수 없다. 나는 영웅적 천성의 반대편에 숨어 있었다. 무엇인가를 바란다든지, 무엇을 향해 노력한다든지, 혹은 목적이나 소망을 염두에 둔다는 것, 이런 것을 나는 경험해본 기억이 없다.

지금 이 순간에도 나는 나의 미래를 마치 끝없이 순환하는 바다처럼 생각하고 있다. 나의 욕망은 해변까지 밀려올 힘이 없다.

 이 사람을 보라

타인의 박수를 유도하는 것만큼 희극적인 것은 없다.
 인간적인, 너무나 인간적인

비록 아주 조그마한 행복일지라도 날마다 찾아와서 우리를 기쁘게 해줄 수 있다면, 불쾌와 갈망과 궁핍의 시기에 찾아오는 저 거만한 기쁨보다 훨씬 소중하다.
 반시대적 고찰

죽음을 기리며

무르익은 포도송이가 갈색을 띠기 시작했을 때, 태양이 오랜만에 나의 삶을 비추는 이 충만한 날에, 나는 뒤를 돌아보며 아득한 앞날을 헤아린다. 나는 나의 40년을 헛되이 묻어버린 것이 아니었다. 나는 지나온 나의 생애에 진심으로 감사드린다. 그리하여 나는 나의 생애에 대해 나 자신에게 들려주고자 한다.

어떤 면에서 나는 나의 아버지에 불과하다. 나의 삶은 그의 삶의 지속인 것이다.
🌿 이 사람을 보라

오래된 전설이 있다. 일찍이 미다스 왕이 디오니소스의 종자였던 현명한 실레노스를 쫓아 숲으로 들어갔으나, 여간해선 그의 발걸음을 잡을 수 없었다. 결국 간신히 붙잡은 뒤에 왕은 실레노스에게 물었다. "인간이 추구할 수 있는 최상의 것은 무엇인가?"

실레노스는 뒤를 돌아보지 않고 침묵했으나, 왕은 계속 그의 대답을 재촉했다. 마침내 이 현인은 너털웃음과 함께 토해냈다. "불쌍한 자여, 듣지 않는 것이 너를 위해 가장 좋은 변명임을 왜 모르는가. 너는 왜 나를 재촉하는가. 최상의 것은 다만 이것이다. 태어나지 않았어야 한다는 것, 존재하지 않았어야 한다는 것이다. 하지만 이미 태어난 네가 추구해야 할 가장 중요한 것은 어서 빨리 죽어버리는 일이다."

인간의 지혜에 대해 올림포스의 신들은 어떻게 생각하고 있을까.

바야흐로 우리의 눈에 올림포스를 짊어진 마의 산이 그 바닥을 드러냈다. 그리스인은 존재의 공포와 처참한 운명을 알았고, 또 느껴왔다. 살아야 했기에 그들은 그 공포와 모순을 올림포스의 신들이라는 환각으로 바꾸지 않으면 안 되었다. 실레노스의 철학은 올림포스의 신들이라는 저 예술적인 '중간계'를 침몰시켰다. 이제 신들은 그리스인의 시야에서 멀어져간다. 생존을 위해 그리스인은 신들을 만들어낼 수밖에 없었다. 존재가 보다 높은 영광에 휩싸여 신들 속에 마련되지 않았더라면 예민한 감수성과 끝없는 고뇌를 반복하는 저 민족은 존재의 무게에 깔려 사라졌을 것이다.

예술을 향한 인간의 열정이 올림포스의 세계를 성립시켰고, 신들이 자신들도 인간적인 생활을 하고 있음을 시인하게 만들었다. 영생을 바라는 인간의 욕망은 결코 불명예가 아니다. 호메로스적인 인간은 비탄마저 생존의 찬가로 바꿔 부른다.

🌿 비극의 탄생

언제쯤 작별을 고해야 되는 것일까. 너는 이제 네가 인식하고 측정하려는 것에 이별을 고해야 한다. 적어도 어느 한 시기까지는 이별을 유지해야 한다. 네가 이 도시를 떠났을 때 비로소 도시의 탑들이 얼마나 높게 솟구쳐 있었던가를 알게 될 것이다.

🌿 인간적인, 너무나 인간적인

나에 대한 스스로의 평가는 그리 중요한 게 아니다. 언젠가 나에 대한 타인의 평가가 두려움처럼 밀려들 때가 있을 것이다. 인간은 나에 대한 양심의 평가는 지워버릴 수 있지만, 나에 대한 타인의 평가는 죽을 때까지 지우지 못하기 때문이다.

🌿 즐거운 학문

병病은 내게 생활을 파괴할 권리를 허락했다. 내게 망각을 허용했을 뿐 아니라 적극적으로 망각을 명령했다. 병은 잠자코 입을 다물라고 명령했으며, 조용히 누워 있으라고 명령했다. 그리고 때를 기다리며 참는 법을 가르쳐주었다.

나는 눈의 질병 때문에 나를 괴롭히는 책들로부터 해방되었다. 그래서 몇 년 동안 한 권도 읽지 않았다. 읽을 수 없었기에 나는 쓰는 행위로 위안을 삼아야 했다. 이것은 병이 내게 베푼 최고의 은혜였다.

돌이켜보면 병으로 괴로웠던 시절만큼 행복했던 적은 없다. 어떤 의미에서 병은 나를 회복시켰다. 나는 아직도 이 궁금증을 풀 수가 없다. 인간은 육신의 질병으로 인해 자유로워지는가, 아니면 육신의 건강으로 인해 어리석어지는가?

🌿 이 사람을 보라

그대들은 이해할 수 있는가? 우리의 그림자로 전락한 이상을. 우리의 소망과 달리 정반대의 곳에서 사라져가는 인생을……. 우리는 이미 '완전한 바보'가 되었다!

🌿 바그너의 경우

무르익은 포도송이가 갈색을 띠기 시작했을 때, 태양이 오랜만에 나의 삶을 비추는 이 충만한 날에, 나는 뒤를 돌아보며 아득한 앞날을 헤아린다. 나는 나의 40년을 헛되이 묻어버린 것이 아니었다. 나는 지나온 나의 생애에 진심으로 감사드린다. 그리하여 나는 나의 생애에 대해 나 자신에게 들려주고자 한다.

🌿 이 사람을 보라

청춘은 숭배하거나, 혹은 멸시한다. 청년은 항상 누군가를 숭배하거나, 누구 때문에 분노한다. 그는 사물을 위조하고, 그것에 자신의 격정을 남김없이 쏟아버린다. 청춘이란, 정확히 말하자면 사기이며 허상이다.

그의 환멸은 세계가 아닌 자기 자신에 대한 폭력이며, 그의 자해自害는 다가올 미래에 대한 양심의 가책이다. 그는 자신이 이 비열한 세계의 일부였음에 분노하고, 그에 대한 반항으로 스스로를 갈기갈기 찢어버릴 수밖에 없음에 실망한다.

그리고 10년이 지난 후에야 비로소 깨닫는다. 이것이 청춘이었음을.

🌿 선악을 넘어서

인간은 가난을 원하지도 않고, 풍족함을 원하지도 않는다. 모든 것이 다 거추장스럽기만 하다. 누가 아직도 지배를 원하는가. 누가 아직도 복종을 생각하는가. 모든 것이 귀찮을 뿐이다.
　🌿 차라투스트라는 이렇게 말했다

인생을 사랑한다는 것은 장수長壽의 축복을 사랑하는 것과는 다르다. 누구나 순간과 영원을 생각한다. 하지만 모두가 인생의 길고 짧음에 골몰하는 것은 아니다.
　🌿 차라투스트라는 이렇게 말했다

사람들은 40세를 넘기면 자서전을 쓸 권리가 주어진다고 믿는다. 왜냐하면 가장 열등한 인생을 살아온 사람일지라도 그 나이가 되면 사상가 못지않은 사건들을 체험했을 것이고, 시인 못지않은 격랑을 이겨냈기 때문이다.

　그러나 문제는 자신의 삶이 지켜온 신앙을 고백하려는 그의 욕구에 있다. 이것은 분명 오만이다. 그는 자서전을 통해 생존 중에 체험하고 탐구한 것뿐 아니라 자신이 믿었던 가치를 타인에게 강요하겠다는 전제가 숨어 있기 때문이다.
　🌿 반시대적 고찰

이것이 다만 삶이다. 그대는 의미를 배우면 그만이다. 그대의 삶을 이해하라. 그대의 삶에 새겨진 난해한 상형문자들을 해독하라.
    반시대적 고찰

의지를 가진 자는 생존이 빚어내는 모든 가공할 공포를 두려워하지 않는다. 오히려 공포를 찾아 헤맨다.
    인간적인, 너무나 인간적인

유랑자의 독백 ㅡ 너는 지금 앞으로 나아가고 있다. 그리고 굉장히 높이 올라왔다. 이에 대한 몇 가지 확실한 증거도 있다. 주위가 전보다 넓어졌고 전망도 훨씬 좋아졌다. 바람이 조금 차가워졌지만, 네 가슴은 따뜻해졌다.

이제 너는 온화함과 따스함을 혼동하는 어리석음에서 벗어날 수 있다. 너의 발걸음은 훨씬 단단해졌고, 또한 확실해졌다. 용기가 너를 성장시켰다. 앞으로 너는 더욱 고독해질 것이며, 이전보다 험난해진 길을 걷게 될 것이다.
    인간적인, 너무나 인간적인

그대는 노예인가? 그렇다면 그대는 친구가 될 수 없다. 그대는 폭군인가? 그렇다면 그대는 친구를 가질 수 없다.
   🌿 차라투스트라는 이렇게 말했다

어느 날 이 세계를 방랑하던 자가 자신의 뒤에 마련된 문을 닫고 눈물을 쏟았다. 그리고 그는 말했다.

"진실한 것, 실존하는 것, 꾸미지 않은 것, 확실한 것에 매달리는 집착과 충동! 나는 그것을 얼마나 원망하는가. 그 침울하고도 끈덕진 추적자는 왜 내 그림자를 뒤쫓는 것인가.

나는 그만 쉬고 싶다. 그러나 이 추적자는 그것을 용납하지 않을 것이다. 이 힘든 걸음을 멈추도록 유혹하는 것은 너무나 많다. 하지만 이 세계의 유혹은 그저 아르미다(타소의 『해방된 예루살렘』에 등장하는 미모의 마법사)의 공언일 뿐이다. 그렇기 때문에 나는 항상 밖으로 나간다. 그리고 지울 수 없는 마음의 상처를 받는다. 나는 발길을 돌릴 수 없다. 지치고 상처받은 다리이건만, 발길을 돌릴 수 없다.

나는 또 한 번 나를 유혹하는 데 실패한 이 세계에 분노의 이별을 고하며 사라지련다."
   🌿 즐거운 학문

용서할 수 없다 _ 그는 그대에게 위대해질 기회를 주었는데, 그대는 그것을 이용하지 않았다. 그로 인해 그는 그대를 용서하지 않을 것이다.

🌿 인간적인, 너무나 인간적인

인생이란 진정 황홀한 것이 아닌가! 어떤 자는 스스럼없이, 어떤 자는 말 못할 고민으로, 또 어떤 자는 연민과 자비로 이 삶을 누리고 있다. 인간의 생존을 존중하지 않는 것이 축복이라는 교훈을 남긴 채, 자신도 이 생존에서 살아남지 못했다는 사실을 자각하며 가장 아름다운 과실인 죽음을 받아들이는 것이다.

🌿 반시대적 고찰

호메로스적 인간의 고통은 삶으로부터의 일탈, 즉 머지않아 다가올 죽음에서 유래한다. 따라서 이제 우리는 실레노스의 지혜를 거울삼아 그리스인들에게 다음과 같이 말할 수 있다. 그들에게 가장 나쁜 소식은 곧 죽는다는 것이며, 그 다음으로 나쁜 것은 언젠가는 모두 죽는다는 것이다.

🌿 비극의 탄생

쇼펜하우어의 넋두리처럼 행복론이라는 관점에서 볼 때 명성은 우리의 오만과 허영을 채워주는 값비싼 술안주, 그 이상도 이하도 아니다.
　 반시대적 고찰

나는 희망을 입 밖에 낼 수도 없었다. 당연히 실현되기도 전에 끝났다. 그리고 나의 청춘과, 환상과, 위안도 함께 죽었다.
　 차라투스트라는 이렇게 말했다

나의 아버지는 36세에 세상을 떠났다. 그는 부드럽고 상냥하고 연약했다. 마치 떠나기 위해 세상에 태어난 것 같은 사람이었다. 아버지에게 삶은 단지 아름다운 회상일 뿐이었다. 아버지의 생명이 사라져가던 바로 그 나이에 나의 생명도 쇠퇴하기 시작했다. 아직 숨을 쉴 수는 있었지만, 아무것도 보이지 않았다.

　그것은 1879년의 일이었다. 그때 나는 겨우 서른다섯이었다. 결국 나는 바젤대학 교수직을 사임하고, 여름 내내 생모리츠에서 그림자처럼 지냈으며, 내 평생 가장 우울했던 다음해 겨울에는 나움부르크에서 완전한 그림자가 되었다.
　 이 사람을 보라

삶에 대한 문제를 이야기하려는 것이 아니다. 삶 자체가 문제이다. 우리의 삶이 문제인 것이다. 내가 삶에 대한 문제로 우울해졌다고 말하는 사람들이 있다. 하지만 그것은 거짓말이다! 내가 삶에 대한 신뢰를 상실했다고 말하는 사람들도 있다. 하지만 그 또한 거짓말이다! 나는 삶을 사랑한다. 다만 사랑하는 방식이 다를 뿐이다. 마찬가지로 내가 우울해진 것은 삶의 문제가 아니라 바로 삶 때문이다.

즐거운 학문

인생은 나에게 살인보다 더 나쁜 짓을 저질렀다. 보상받을 수 없는 것들을 내게서 빼앗아갔다. 나는 이제 이렇게 말한다.

나의 적이여! 그대는 나의 청춘과 환상과 내가 가장 사랑하는 사람들을 죽였다. 나의 소꿉친구, 행복한 정신을 그대는 빼앗아버렸다.

차라투스트라는 이렇게 말했다

많은 사람들이 너무 늦게 죽고, 몇몇 사람들은 너무 빨리 죽는다.

차라투스트라는 이렇게 말했다

내 영혼이여. 이제 나는 모든 것, 나의 마지막 소유물까지도 그대에게 모두 바쳤다. 나의 손은 이제 텅 비었다. 내가 그대를 위해 해줄 수 있는 마지막 선물은 그대가 그대의 노래를 부를 수 있게끔 놓아주는 것뿐이다.
 🌿 차라투스트라는 이렇게 말했다

유언 ― 사람들은 기억하고 있을 것이다. 아우구스투스 황제, 저 가공할 인간, 소크라테스처럼 자신을 극복하고 침묵할 수 있었던 인간이 죽음의 순간에 자신에게 얼마나 경솔했었는지를. 그는 죽음 앞에서 자신의 삶이 가면을 쓴 희극에 지나지 않았다고 고백했다. 그는 국가의 아버지로서, 옥좌의 지혜로서 평생을 살았지만, 실은 모든 것이 거짓이었던 것이다.

그는 죽기 직전 친구의 손을 붙잡고 이렇게 말했다. "친구여, 나를 축복해다오. 연극은 끝났다!" 아우구스투스 황제를 흉내낸 네로는 이렇게 말했다. "나는 배우로서 죽는다!" 그들의 죽음은 배우적인 허영이었다. 그들의 유언은 싸구려 대사였다. 그들의 죽음은 소크라테스의 죽음을 비웃었다. 오직 티베리우스 황제만이 침묵으로써 죽음을 맞았다.

그는 죽음 앞에서도 자신을 학대했다. 그는 아무 말도 하지 않은 것이다. 그는 배우가 아니었다. 그는 황제의 가면을 쓰고 연기하지 않았다. 한 사람의 인간으로서 당당하게 고뇌했을 뿐이다. 대체 그는 무엇을 생각했던 것일까. 티베리우스 황제는 어째서 죽음에게 마지막 대사를 들려주지 않았을까.

그는 아마도 이렇게 생각했을 것이다. '삶이란 긴 죽음에 불과하다. 나는 수많은 인간의 목숨을 단축시켰다. 나의 연극은 단 한 번도 그들의 박수를 받지 못했다. 나는 그들에게 영원한 생명을 허락했어야 했다. 그들의 영원한 죽음을 곁에서 지켜봤어야 했다. 나는 다만 관찰자로서의 삶을, 관찰자로서의 죽음을 맞이할 뿐이다.'

티베리우스 황제가 죽음에게 이 마지막 대사를 들려주려고 했을 때 그의 신하들은 베개로 황제의 얼굴을 덮어버렸다.
🌿 즐거운 학문

오랫동안 무서운 병마에 시달리면서도 끝까지 오성悟性을 흐트러뜨리지 않는 사람들의 삶에서 인식은 가치가 없다는 주장의 반론을 듣는다. 고독과 의무, 또는 습관으로부터 해방된 자유는 여러 가지 은혜를 베풀기도 하지만, 질병의 구속에 시달리면서도 그는 자신보다 외부의 세계에 더 많은 관심을 갖는다.

건강한 사람들의 눈을 속이는 사물의 통상적인 질서들은 병자의 눈에서 한낱 사소한 기만적 마술로 그 정체를 드러낸다.

가령 그가 지금까지 자신만의 어떤 위험한 환상 속에서 살아왔을지라도 현재 그를 짓누르는 이 고통은 각성제처럼 전신으로 퍼져나가 은폐된 자아에 갇힌 그를 끄집어내는 것이다. 그리스도도 십자가 위에서 이런 각성을 끝내 체험하지 못했다. 왜냐하면 그는 가장 중요한 순간에 "나의 하느님, 나의 하느님, 어찌하여 나를 버리셨나이까."라고 부르짖었는데, 만약 그가 자신의 이 같은 부르짖음이 어디에서 기인하는지 이해했더라면 자신의 생애를 뒤덮은 망상에 대한 환멸, 즉 극도로 고민하던 바로 그 순간 자신의 정체를 깨닫게 되었을 것이다.

고통에 대항하려는 지성의 긴장은 지금 그가 바라보는 모든 것을 새로운 빛 안에서 거듭나게 한다. 그리고 이 새로운 빛이 전해주는 말할 수 없는 매력에 대항하여 자살의 충동을 이겨내고, 마지막까지 생을 유지할 수 있는 힘을 얻게 한다.

그는 건강한 자들이 아무런 불안감 없이 방황하고 있는 이 따스한 안개로 뒤덮인 세계를 모멸에 찬 눈으로 바라본다. 지난날 자신이 그토록 고귀하게 사랑했던 환각을 그는 환멸 속에서 되새긴다. 이 환멸이 그의 영혼을 쓰디쓴 고통으로 인도한다는 것을 본능적으로 체감했지만, 그는 자신도 모르게 이 고통으로부터 쾌락을 느낀다. 이 같은 쾌락 덕분에 그는 육체의 고통을 이겨내는 것이다. 그는 이제야 비로소 고통과 쾌락의 균형이 자신에게 가장 절실하다는 사실을 깨닫는다.

우리의 긍지는 지금까지 경험하지 못했던 고차원적인 세계에 발을 내민다. 우리는 인생을 대표하여 저 고통의 폭군에 맞서 싸운다. 이것이 우리의 긍지이며, 자극이다.

서광

그대에게 소중한 몇 가지 잠언들

인생을 탐내지 말 것. 혀를 늘어뜨린 개처럼 입맛을 다시지 않는 것이 최선이다. 이기심의 지배와 탐욕으로부터 벗어나 싸늘하게 식어버린 달빛의 죽은 의지로, 술에 취한 저 몽롱한 시선으로 인생을 마중 나가는 것이 최선이다.

누군가 내 오래된 병에 관해 말하라면, 나는 육체적인 건강보다 이 정신적인 질병에 말할 수 없이 감사한다고 대답할 것이다. 나는 이 병을 통해 보다 높은 건강을 전수받았다. 보다 높은 건강이란 육신의 질병이 감히 훼손할 수 없는 건강을 뜻한다!

나는 병을 통해 나의 철학을 얻어냈다. 마치 젖은 나무처럼 서서히 불에 태워지는 고통, 그 기나긴 고통의 순간이 철학자를 심오하게 만든다. 물론 이런 고통이 우리를 개선시키지 못한다는 것을 잘 안다. 고통은 인간을 다만 심오하게 만들 뿐이다. 그리고 심오해진 인간은 삶에 대한 믿음을 버리고, 인생을 하나의 문제로 의식하게 된다.
　🌿 니체 대 바그너

그대는 공정한 눈을 갖고 싶은가. 그렇다면 그대와 똑같은 수많은 눈동자를 인정하고, 이전에 그냥 지나친 모든 인생을 헤아릴 수 있는 인간이 되도록 노력해야 한다.
　🌿 즐거운 학문

1에 1을 곱해도 1이 되지만, 오랜 시일이 지나면 2가 된다.
　🌿 차라투스트라는 이렇게 말했다

방탕의 어머니는 쾌락이 아니라 쾌락의 결핍이다.
　🌿 인간적인, 너무나 인간적인

가장 훌륭한 친구는 아마도 가장 사랑스런 아내를 얻게 될 것이다. 결혼은 우정의 재능에서 비롯되기 때문이다.
　🌿 인간적인, 너무나 인간적인

우리는 수면에 대해 좀더 경건해져야 한다. 수면 앞에서 겸손해져야 한다. 잔다는 것은 결코 쉬운 일이 아니다. 잠들기 위해서는 하루 종일 눈을 뜨고 있어야 하기 때문이다.
 🌿 차라투스트라는 이렇게 말했다

어떤 인간은 산의 정상에서 아래만 쳐다본다.
 🌿 선악을 넘어서

이 구름도 머지않아 바람에 날려가버릴 때가 있다. 그때가 바로 한낮이다.
 🌿 반시대적 고찰

남의 존경을 받고 싶다면, 아무것도 이해하지 못했다는 말을 반복하라. 그들은 당신의 무지에 특권을 부여할 것이다.
 🌿 인간적인, 너무나 인간적인

나쁜 습관은 천재를 평범하게 만든다.
 🌿 이 사람을 보라

적들에게 무언가를 배우는 것은 그들을 사랑하기 위한 최선의 길이다. 왜냐하면 그것은 우리로 하여금 적에 대한 감사를 일깨워주기 때문이다.
🌿 인간적인, 너무나 인간적인

깊은 샘물에 발을 담그는 행위에서 인내를 배운다. 무엇이 그 바닥에 떨어져 있는가를 확인하기 위해서는 오랜 시간을 기다려야 하기 때문이다.
🌿 차라투스트라는 이렇게 말했다

인생을 탐내지 말 것. 혀를 늘어뜨린 개처럼 입맛을 다시지 않는 것이 최선이다. 이기심의 지배와 탐욕으로부터 벗어나 싸늘하게 식어버린 달빛의 죽은 의지로, 술에 취한 저 몽롱한 시선으로 인생을 마중 나가는 것이 최선이다.
🌿 차라투스트라는 이렇게 말했다

남자의 행복이 '내가 원한다' 라면, 여자의 행복은 '그가 원한다' 이다.
🌿 차라투스트라는 이렇게 말했다

적개심으로 적개심을 이길 수는 없다. 적개심은 우정으로 끝이 난다.
🌿 이 사람을 보라

어떤 희생을 치르더라도 진리를 손에 넣고야 말겠다는 단호한 의지, 진리에 대한 그 숨 막히는 사랑, 이것이 그대를 청춘의 광기로 물들이는 주범이다. 그대는 경험이 부족하고, 진지하며, 병적으로 쾌활하다.

시간이 지날수록 이 화상火傷의 범위가 넓어지며, 상처는 깊어만 간다. 진리의 가면을 벗겨도 여전히 진리는 그대에게 진실을 속삭이지 않는다. 그대는 이 모든 것에 절망한다. 삶을 받아들이기엔 그대가 너무 젊다.
🌿 즐거운 학문

사람은 스스로 시련을 택해야 할 때가 있다. 그가 독립된 정신의 소유자라면 그 시기를 놓쳐서는 안 된다. 시련을 회피해서도 안 되며, 이 위험한 놀이를 즐길 줄 알아야 한다.
🌿 선악을 넘어서

사람들은 자신이 부자가 될 수 없다는 점을 깨달았을 때 가난을 자랑하기 시작한다.
　🌿 바그너의 경우

나는 인생을 사랑한다. 인생이 미워질 때 가장 사랑한다. 나는 지혜를 사랑한다. 지혜가 인생을 상기시킬 때 가장 사랑한다.
　🌿 차라투스트라는 이렇게 말했다

인생, 그것은 기둥과 계단이다. 인생은 자기 자신을 쌓아올리려 한다. 멀리 눈을 돌려 이 세상에 없는 아름다움을 발견하려고 애쓰는 것이다. 그렇기 때문에 인생은 높이에 집착한다.

　높이에 집착하기 때문에 계단이 필요하며, 계단을 오르기 때문에 사람들은 모순을 필요로 한다. 인생은 계속 올라가려 한다. 더 높은 곳으로 올라가는 것만이 자신을 극복할 수 있는 길이라고 믿는다.
　🌿 차라투스트라는 이렇게 말했다

일반적으로 산다는 것은 위험 속에 존재하는 것을 의미한다.
　🌿 반시대적 고찰

산에 오르는 가장 빠른 방법은?

이곳이 산임을 잊어라.

🌿 즐거운 학문

어디를 가든 황야와 동굴이 널려 있다. 그렇기 때문에 굴복하지 않도록, 의기소침해지거나 우울해지지 않도록 늘 조심해야 한다.

🌿 반시대적 고찰

인간에 대한 사랑 때문에 프로메테우스는 독수리에게 갈기갈기 찢겨졌고, 오이디푸스는 스핑크스의 수수께끼를 조롱할 만큼 지혜로웠기 때문에 어지러운 범죄의 주인공이 되었다.

🌿 비극의 탄생

인간 사회에서 갈증을 느끼지 않기 위해서는 갖가지 잔으로 물을 떠먹는 법을 배워야 한다. 인간 사회에서 자신의 순결을 지키려는 자는 더러운 물로 몸을 씻는 법도 익혀야 한다.

🌿 차라투스트라는 이렇게 말했다

그는 예술을 구원한다. 그리고 예술을 통해 자기 자신을 구원한다. 이것이 예술가의 삶이다.
🌿 비극의 탄생

만용은 가장 뛰어난 살인자다. 그의 공격은 승리의 메아리다. 인간은 가장 용감한 동물이었다. 그래서 그는 모든 동물을 정복했다.

그는 승리의 노래로 모든 고통을 정복했다. 하지만 인간의 고통은 너무나 비참해서 이겨낼 수 없었다. 만용은 심연에 가라앉은 현기증까지 몰아냈다. 하지만 인간이 서 있는 곳은 모두 심연이었다. 자기 자신을 바라보는 것이 곧 심연을 바라보는 것이었다. 만용은 가장 뛰어난 살인자였다. 그는 동정도 죽여버렸다. 그러나 동정이 가장 깊은 심연이었다. 인간이 인생의 깊이를 헤아리는 것처럼 만용은 괴로움의 깊이를 헤아리고 침묵한다.

만용은 가장 뛰어난 살인자다. 그는 죽음마저 죽일 수 있다고 자부한다. 그는 우리를 향해 이렇게 외친다.

"이것이 그대가 말하는 인생이었던가? 좋다, 다시 한 번!"
🌿 차라투스트라는 이렇게 말했다

우울한 소식일수록 재미있게 말하라…….
  바그너의 경우

우연을 믿는 승리자는 없다. 우연이라고 변명하지 않는 패자도 없다.
  즐거운 학문

니체 연보 및 저작 목록

연보

1844년 10월 15일 뢰켄의 목사였던 카를 루드비히 니체와 이웃 마을 목사의 딸 프란치스카 욀러의 장남으로 태어남. 다섯 살 때에 아버지 카를이 뇌경색으로 사망하고 몇 달 뒤에는 남동생도 세상을 떠남.

1850년 할머니의 권유로 가족과 함께 나움부르크로 이사함. 소년학교에 입학하지만 학교에 적응하지 못하고 곧 그만둠. 이듬해 사설교육기관에 들어가 종교, 라틴어 등을 공부하고, 친구를 통해 처음으로 음악을 접하게 됨. 어머니가 피아노를 선물하여 본격적인 음악교육을 받기 시작함.

1853년 돔 김나지움에 입학함.

1856년 이때 작사와 작곡을 시작함. 할머니가 사망함.

1858년 포르타 기숙학교에 입학하여 엄격한 고전교육을 받음. 고전어와 독일문학은 물론 교회음악을 작곡할 정도로 음악에도 관심과 재능을 나타냄.

1864년 포르타를 우수한 성적으로 졸업하고 본대학에서 겨울학기에 신학과 고전문헌학 공부를 시작함. 신학공부를 포기하는 문제로 어머니와의 갈등을 겪은 뒤 저명한 문헌학자 리츨의 강의를 수강함.

1865년	겨울학기에 리츨 교수를 따라 라이프치히로 학교를 옮기고 그의 지도 아래 고전문헌학 공부를 시작함. 쇼펜하우어의 저서를 접하면서 그의 염세주의 철학에 경도되어, 훗날 그 자극으로 『비극의 탄생』을 저술함.
1866년	디오게네스에 대한 문헌학적 연구가 리츨의 높은 평가를 받음으로써 문헌학자로서 이름이 알려지기 시작함.
1867년	디오게네스 라에르티오스 논문으로 라이프치히대학 당국이 주는 상을 받음. 호머와 데모크리토스에 대한 연구를 시작함. 나움부르크에서 군에 입대하여 포병으로 이듬해까지 복무함.
1868년	3월에 말에서 떨어져 가슴에 심한 부상을 입고 10월에 제대한 후 라이프치히에서 다시 학업을 시작함. 여러 편의 고전문헌학적 논평을 쓰고 호머와 헤시오도스에 대한 학위논문을 구상함. 이렇게 문헌학적 활동을 활발히 해나가면서도 문헌학에 너무 몰두하지 않으려고 계획을 세움. 11월에 동양학자인 브록하우스의 집에서 바그너를 처음 만나 쇼펜하우어와 독일의 현대철학, 그리고 오페라의 미래에 대해 의견을 나눔. 이때 바그너에게서 깊은 인상을 받음.
1869년	박사학위도 교수 자격도 없었지만 리츨 교수의 추천으로 스위스 바젤대학 고전어와 고전문학의 원외교수로 초빙됨. 5월에 바그너의 초청으로 트립셴에 머물던 그를 처음 방문함. 이때부터 그곳에 자주 머물게 됨. 디오게네스 라에르티오스에 대

한 연구를 인정받아 라이프치히대학으로부터 박사학위를 받음. 스위스 국적을 신청하지 않은 채 프로이센 국적을 포기함.

1870년　1월과 2월에 그리스의 악극 및 소크라테스와 비극에 대해 강연함. 오버베크와 친교를 맺음. 4월에 정교수가 됨. 7월에 독불전쟁이 일어나자 자원하여 의무병으로 참가하지만 이질과 디프테리아에 걸려 10월에 다시 바젤로 돌아옴.

1871년　2월에 그리스 비극 작품의 탄생과 그 몰락을 다룬 『비극의 탄생』 집필을 끝냄.

1872년　첫 번째 철학적 저서인 『비극의 탄생』이 출간되지만 학계의 혹평을 받음. 바그너가 바이로이트로 이사감.

1873년　9월에 『반시대적 고찰』 1권이 출간됨. 1872년 초에 이미 바이로이트에 있던 바그너는 이 저술에 긍정적인 반응을 보였지만, 양자의 관계는 점차 틈이 벌어지게 됨. 니체의 관심이 쇼펜하우어에서 볼테르로 옮겨감. 육체적 고통이 심해지고 구토를 동반한 극심한 편두통에 시달림.

1874년　『비극의 탄생』 2권과 『반시대적 고찰』 2, 3권이 출간됨.

1875년　겨울학기가 시작할 때 쾨젤리츠와 처음 만나 절친한 친구가 됨. 니체로부터 페터 가스트라는 예명을 받은 그는 니체가 정신발작을 일으킨 후 니체전집 편찬에 착수함.

1876년	『반시대적 고찰』 4권이 출간됨. 바그너는 이 책에 열광하지만 마음속으로 니체와 결별할 생각을 하게 됨. 7월에 바이로이트 첫 축제에 참가했다가 바그너의 무관심에 실망한 뒤 파울 레와 소렌토에 머물면서 후에 『인간적인, 너무나 인간적인』에 수록할 여러 가지 글들을 준비함.
1877년	9월에 바젤로 돌아와 강의를 다시 시작함. 가스트에게 『인간적인, 너무나 인간적인』의 내용을 구술하고, 다음해 5월까지는 비밀에 부쳐달라는 요구와 함께 출판사에 보냄.
1878년	『인간적인, 너무나 인간적인』이 출간되자 바그너가 냉담한 반응을 보임으로써 두 사람의 관계는 돌이킬 수 없는 지경에 이르게 됨. 12월 말경에 『인간적인, 너무나 인간적인』 2부 원고가 완성됨.
1879년	건강이 악화되어 강의를 중단하고, 5월에는 바젤대학에 사직서를 제출함. 여름에 생모리츠에 머물다가 9월부터 이듬해 2월까지 나움부르크에 머묾.
1880년	『서광』을 집필함. 자연과학에 관한 서적을 탐독함. 가스트와 함께 3월에 베네치아에 머물면서 요양을 한 뒤 여러 곳을 거쳐 제노바에서 겨울을 보냄.
1881년	7월에 『서광』이 출간됨. 여름에 처음으로 실스마리아를 방문함. 이곳의 한 산책길에서 영원회귀에 대한 구상이 떠올랐다

는 이야기는 유명함. 다시 제노바로 돌아옴. 시력이 더욱 악화됨. 비제의 〈카르멘〉 공연을 보고 감명을 받음.

1882년 3월에 제노바를 떠나 메시나를 거쳐 로마로 여행함. 이때 로마에서 루 살로메를 처음 만남. 그녀와 함께 오르타, 바젤, 루체른을 거쳐 취리히로 돌아옴. 5월 중순에는 타우텐부르크에서 여동생과 살로메와 함께 지냄. 27일 살로메가 떠난 뒤 나움부르크로 되돌아오고, 10월에 라이프치히에서 살로메와 마지막으로 만난 후 11월 중순부터 제노바를 거쳐 이탈리아의 여러 곳을 전전하면서 『차라투스트라는 이렇게 말했다』의 첫 부분을 구상하기 시작함. 지속적인 휴양 여행, 알프스의 신선한 공기나 이탈리아나 프랑스의 온화한 기후도 육체적인 고통을 덜어주지는 못함. 8월에 『즐거운 학문』이 출간됨.

1883년 계속되는 좋은 날씨에 고무되어 『차라투스트라는 이렇게 말했다』 1권이 출간됨. 바그너가 세상을 떠남. 아주 빠른 속도로 2권과 3권을 집필함. 병이 더욱 악화됨.

1884년 『차라투스트라는 이렇게 말했다』 2권과 3권이 출간됨. 건강은 비교적 호전되었고, 정신적인 고조를 경험하면서 그의 사유는 정점에 올랐지만 이 시기에 여동생 및 어머니와의 화해와 다툼이 지속됨. 여동생이 반유대주의의 지도적 인물인 푀르스터와 약혼을 발표하면서 가까스로 회복된 여동생과의 불화가 다시 심해짐.

1885년　『차라투스트라는 이렇게 말했다』 4권을 자비로 출판함. 5월에 여동생이 결혼하지만 결혼식에 참석하지 않음. 여름을 실스마리아에서 지내면서 『권력에의 의지』를 구상함.

1886년　『선악을 넘어서』를 역시 자비로 출간함. 지금까지 출간된 자신의 모든 저서의 서문을 새로 쓰기 시작함. 『인간적인, 너무나 인간적인』, 『비극의 탄생』, 『서광』, 『즐거운 학문』의 서문들이 이때 씌어짐.

1887년　건강이 더욱 악화된데다 살로메의 결혼소식을 접하면서 우울증이 겹쳐 심각한 상태에 이르지만 의식은 명료한 상태를 유지함. 『서광』과 『즐거운 학문』, 『차라투스트라는 이렇게 말했다』 재판이 출간됨. 이후 실스마리아에서 『도덕의 계보』를 집필하여 자비로 출간함.

1888년　『안티크리스트』, 『바그너의 경우』가 출간됨. 『우상의 황혼』 집필을 완성한 데 이어 『이 사람을 보라』를 완성함. 『디오니소스 송가』를 포함한 이 시기에 씌어진 모든 저술들이 인쇄소로 보내짐.

1889년　1월에 카를로 알베르토 광장에서 졸도하면서 심각한 정신이상 신호가 나타나기 시작함. 오버베크가 니체를 바젤의 정신병원에 입원시킴. 어머니에 의해 예나대학 정신병원으로 옮겨짐. 『우상의 황혼』, 『니체 대 바그너』, 『이 사람을 보라』가 출간됨.

1890년	3월에 병원을 떠나 어머니 옆에서 머무르다가 5월에 나움부르크로 돌아옴.
1892년	가스트가 니체전집 편찬에 착수하여, 가을에 『차라투스트라는 이렇게 말했다』 4권이 한 권으로 출간됨.
1894년	더 이상 말을 할 수 없게 됨. 여동생이 가스트에게 전집 편찬 중단을 종용하고, 니체전집 편찬을 담당할 니체문서보관소를 설립함.
1897년	어머니가 71세의 나이로 사망한 뒤 여동생을 따라 바이마르로 거처를 옮김.
1900년	8월 25일 정오경 니체는 세상을 떠남.

저작 목록

『비극의 탄생』

1872년에 출간된 니체의 처녀작. 아리스토텔레스의 『시학』이 유럽 문명의 시작이었다면, 이 『비극의 탄생』은 젊은 철학자 니체가 늙고 우유부단한 유럽 문명에게 들려주는 사형선고였다. 이 책에서 니체는 과학과 예술의 관계, 그리스 문화의 태동, 그리고 현대에 미치는 문학의 역할에 대한 자신의 생각을 다각적인 구도로 피력했다. 특히 감각적이고 현세적인 디오니소스와 이성적이고 내세적인 아폴론 문명을 비교하는 이 독창적인 발상은 『비극의 탄생』이 역사적으로 존립할 수밖에 없는 가장 큰 근거로 인정받고 있다.

『반시대적 고찰』

1873년부터 1876년에 걸쳐 출간되었으며, 네 편의 논문으로 구성되어 있다. 여기서 니체가 '반시대적' 이라는 단어를 사용한 이유는 시대의 불합리성에 냉담하게 등을 돌리고 방관하는 것이 아니라 적극적으로 시대에 맞서 비판하는 것이야말로 '반시대적' 인 행동이라는 의미에서 이 단어를 사용하게 되었다고 한다. 당시 니체는 약간의 우울증을 앓고 있었는데, 『반시대적 고찰』을 통해 새로운 모색을 도모함과 동시에 우울증에서도 벗어나려고 애썼다.

1편 _ 「다비드 슈트라우스, 고백자와 저술가」에서 그는 잘못된 여론을 좇아 자신의 이익을 챙기기에 급급한 교양적 속물들을 비판했다. 이 논문에는 소크라테스 이전의 그리스 문화야말로 인간이 이룩한 최선의 문화임을 확신하는 니체의 신념이 잘 표현되어 있다.

2편 _ 「삶에 대한 역사의 공과」에서 니체는 19세기 이후 대두된 '역사주의'를 비판한다. 역사주의는 말 그대로 역사적 결과를 가치판단의 기준으로 삼는 사상이다. 따라서 역사주의 학자들은 세계의 역사가 곧 세계의 심판이라고 주장했다. 니체는 이 역사주의의 시초로 헤겔을 거론하며, 인간이 실종된 역사는 단지 학문에 불과하다고 비판했다.

3편 _ 「교육자로서의 쇼펜하우어」는 쇼펜하우어를 위한 니체의 헌사라고 할 수 있다. 니체는 이 논문을 통해 처음으로 쇼펜하우어와 자신을 대비시키기 시작했다. 그는 쇼펜하우어의 부정不定을 인용하며, "모든 것을 부정할 때 비로소 모든 것을 긍정할 수 있다."는 니힐리즘을 선언했다.

4편 _ 「바이로이트의 리하르트 바그너」는 니체에게 새로운 도전으로 작용한 논문이다. 그는 젊은 시절부터 바그너를 열광적으로 숭배했는데, 이 논문을 통해 그는 바그너에게 작별을 고했다. 니체는 바그너가 도달할 수 없었던 문화적 성과를 기대하며, 한 명의 예술가가 창조하는 문명이 아니라 인류의 보편적인 문명이 이룩해야 할 문화의 힘을 처음으로 인식하게 되었다.

『인간적인, 너무나 인간적인』

1878년에 출간. 이 저작부터 니체는 아포리즘(잠언)적인 색채를 띠기 시작했다. 니체가 이 책을 저술할 무렵 독일은 프랑스와의 전쟁에서 승리한 기쁨에 한껏 도취되어 있었고, 니체는 전쟁의 승리를 문화의 승리로 여기는 독일 국민의 몰지각함에 크게 분노했다. 그는 이 책을 통해 인간이 이룩한 가장 선한 것과 최고의 개념에도 무엇인가 경멸할 수밖에 없는 부조리가 존재하고 있음을 암시하려 했고, 짧은 잠언들마다 그의 이 같은 사상이 잘 묻어나고 있다. 니체는 『인간적인, 너무나 인간적인』을 시작으로 근대 문명의 대안을 모색하기 시작한다. 여기서 그가 내세운 니힐리즘은 소멸하는 유럽 문명을 향한 비판이었으며, 새로운 극복이었다.

『서광』

1881년에 출간. 여기서 '서광'은 신의 황혼 후에 따르는 인간의 서광을 의미한다. 니체는 이 책에서 도덕 비판을 강화하며, 인간 삶의 조건으로서 힘의 느낌을 제시한다. 도덕은 비도덕적일 수도 있고, 도덕은 동물에게도 이미 작용하고 있는 자기 동화와 자기 축소의 본능으로부터 탄생하는 것으로 보았으며, 도덕은 인간을 노예적인 복종으로 이끌어 모든 위대한 것들을 폭압한다고 파악한 것이다.

『즐거운 학문』

1882년에 출간. 『차라투스트라는 이렇게 말했다』를 발표하기 직전 완성한 매우 중요한 작품이다. 한마디로 니체의 모든 사상이 압축되어 있는 잠언서라고 할 수 있다. 니체는 이 책을 집필하면서 자신의 철학적 운명을 예감했다고 하는데, 각 장의 주제별로 나뉜 짧은 단장들은 인간의 심리와 운명에 대한 니체의 직관이 최고조에 달해 있음을 완벽하게 증명하고 있다.

『차라투스트라는 이렇게 말했다』

1883년부터 1885년에 걸쳐 출간되었으며, 4부로 구성되어 있다. 초인으로 대변되는 니체의 사상이 집대성된 저작으로 특히 1부는 1883년 2월 3일 집필을 시작하여 열흘 뒤인 13일 완성시켰다. 『인간적인, 너무나 인간적인』 이후 그의 마음속에 자리잡은 철학적 명상과 불교적인 영원회귀 사상에 대한 갈망이 한순간에 폭발하여 단 열흘 만에 문학사에 길이 남을 명작이 탄생한 것이다.

니체가 창조한 차라투스트라는 절대적인 초인이다. 하지만 차라투스트라의 존재가 성립되려면 먼저 이 세상에 더 이상 절대자가 존재할 수 없다는 전제가 비롯되어야만 한다. 니체가 창조한 차라투스트라는 대지의 자식이며, 인간의 순수한 의지라고 할 수 있다. 그는 이 작품을 통해 추악하고 오류투성이이며, 아무런 의의도 가질 수 없는 인간의 삶이 어떻게 존재해야 할 것인가를 처절하게 모색했다.

『선악을 넘어서』

1886년에 자비로 출간. 『선악을 넘어서』를 통해 니체는 줄곧 비합리주의적인 힘을 요구했는데, 이 또한 『인간적인, 너무나 인간적인』과 마찬가지로 잠언과 단장들로 구성되어 철학사적인 의미보다는 오히려 문학사에 더 많은 영향을 끼쳤다. 삶을 유지하려는 인간의 욕망을 파헤친 이 명작은 버나드 쇼, 앙드레 지드, 앙드레 말로, 토마스 만 같은 대문호들의 사상적 배경이 되었다. 전통적인 선과 악으로 이분된 세계를 뛰어넘음을 '가치의 전환' 이야말로 이 책의 가장 큰 주제라고 하겠다.

『도덕의 계보』

1887년 출간. 니체의 사상을 단편적으로 압축하자면 '반反윤리적 정서'라고 할 수 있다. 물론 이것은 범죄나 악덕을 옹호하는 패륜적 사상이 아니다. 그는 『도덕의 계보』에서 인간이 스스로 도덕의 노예가 되어 짓밟혀온 시간이 바로 인류의 역사라고 정의한다. 이 책을 통해 니체는 인식이 단지 인식으로 그치는 것이 아니라 인간을 지배하게 된 경위와 그 결과를 논증하고 있다. 니체는 존재가 끊임없이 순환하는 영원회귀 사상을 주장했는데, 인간의 본성을 억압하는 윤리와 종교가 이 순환을 가로막는 주범이라고 역설했다.

『바그너의 경우』

1888년 출간. 스물네 살 때 바그너의 악극 〈트리스탄과 이졸데〉를 관람한 니체는 바그너의 절대적인 신봉자가 되었다. 그는 바그너야말로 자신의 이상인 게르만적 헬레니즘 문화를 완성시킬 유일한 선구자라고 생각했다. 게다가 그들은 쇼펜하우어를 열광적으로 좋아한다는 공통점이 있었다. 하지만 니체의 기대와 달리 바그너는 현세적이었고, 기회주의적인 인물이었다. 젊은 니체는 이 독특한 천재의 세계를 이해할수록 실망했고, 급기야는 『바그너의 경우』를 통해 바그너의 지칠 줄 모르는 지배욕을 비난하기에 이른다.

『안티크리스트』

1888년 출간. 니체는 너무나 유명한 반기독교도였지만, 그의 말처럼 니체가 실제로 비난한 것은 '오늘날 기독교적이라고 불리우는 모든 행태와 이념들'이었다. 니체가 생존했던 시대는 기독교의 타락이 중세 못지않게 변질된 시대였다. 그는 오직 예수 그리스도만이 유일한 기독교도였다고 말한다. 니체는 그리스도의 이름이 새겨진 신앙을 굴레처럼 쓰고 살아가는 대부분의 사람들은 그리스도를 십자가에 못 박았던 사람들이었다고 생각했고, 이런 관점이 『안티크리스트』의 사상적 배경이 되었다.

『우상의 황혼』

1889년 출간. 『우상의 황혼』에서 니체는 기존의 낭만주의적 견해에서 벗어나 실증적이고 심리적인 요소를 상당 부분 활용하기 시작했다. 1888년은 니체로서는 잊을 수 없는 한 해였다. 그의 책은 수많은 지식인들 사이에서 논란의 대상이 되었지만 결국 그는 이해되지 못했고, 인정받지 못했다. 『우상과 황혼』은 이런 학자적 자괴감 속에서 구상된 것으로, 니체는 이 책을 통해 종교, 사회, 문학, 과학, 예술, 윤리, 철학, 법 등이 이제는 인간의 보편적인 감성을 넘어서 인간의 본능을 지배하는 우상이 되었다고 정의했다. 우상으로 전락한 이성은 인간을 동물처럼 사육하기 시작했고, 문명은 날이 갈수록 발전했지만 실존의 증거는 사라진 지 오래라고 규정하고, 극단적인 허무주의를 발전시켜 진리가 결코 우상으로 변질될 수는 없다는 근거를 제시하려 했다. 그 결과 인간에게 유일한 진리란 오직 살아남고자 발버둥치는 생명뿐이라는 주장을 역설하게 되었다.

『니체 대 바그너』

1889년에 자비로 출간. 그가 정신발작으로 쓰러지기 며칠 전에 완성하였다. 니체의 삶과 사상에 결정적인 역할을 수행한 인물로 쇼펜하우어와 바그너를 꼽을 수 있다. 니체는 쇼펜하우어로부터 시작되었고, 바그너로 그 절정을 만끽했다. 하지만 니체는 이 영원할 것 같았던 동반자와 자신을 구별해야겠다는 의무감에 휩싸였고, 정신착란에 시달리면서도 자신과 바그너를 비교하는 한 편의 논문을 세상에 남겼다.

『이 사람을 보라』

1889년 출간. 니체의 자서전적 작품이다. 하지만 보통의 자서전과 달리 이 책은 자아의 심연을 끝까지 추적한 심리학개론으로 불릴 만큼 자기 자신에 대해 냉철하게 분석하고 있다. 그는 이 자서전에서 스스로를 가리켜 '세계사적 존재'이며 '가장 악마적인 배덕자', '인류를 위한 마지막 선구자'라고 규정했다. 니체는 이 책을 집필한 후 얼마 되지 않아 정신착란으로 병원에 입원했는데, 사라져가는 정신을 붙들고 마지막까지 자신의 운명을 추구하는 니체의 고뇌가 각 장마다 서려 있다.

『권력에의 의지』
1885년부터 1888년 사이에 집필되었다. 니체는 『권력에의 의지』를 통해 모든 전통적인 가치개념을 뒤바꾸고자 하는 욕망을 품게 되는데, 상식적으로 윤리, 혹은 도덕으로 불리는 개념들이 실은 인간의 본능을 억압하는 데 지나지 않는다는 주장을 펼치기에 이른다. 그는 해석과 논리가 언젠가는 인간을 몰락시킬 것이며, 동일하게 주어지는 사회적 욕구가 모든 인간을 하나로 만드는 날이 도래하게 될 것이라고 예언했다. 또한 기독교가 권력에의 의지를 타고나는 인간의 본성을 거스르는 종교이기 때문에 반드시 타파되어야 한다고 역설했다.